U0884204

山河望

曾剑——著

北京出版集团
北京十月文艺出版社

目录
CONTENTS

第一章　上铺下铺

1

天空晴朗。

我从锦城出发，乘坐绿皮火车，前往长沙某军事院校，踏上改变我命运的旅程。两天一夜之后，我钻出火车，犹如钻出巨大的子宫，脱胎换骨，走向新生。

站台上热浪滚滚，满眼行人，我融入其中，与他们一起喧哗或骚动。此后三年，我的生活如火如荼。

军事院校的驻地在黑石铺。黑石铺最让我难以忘记的是天气，它远比发生在我们身上的故事更让我刻骨铭心：夏日仿佛是一口大蒸锅；冬日，则如同冰窖。但天气到底单一，无非是阴、晴、云、雨；风、花、雪、月，再就是气温、湿度，很难长篇大论。

我还是说故事吧。

出了火车站，我乘坐1路公共汽车，到达黑石铺。头顶的阳光直射下来，烤得我脖颈生疼，我正想在路边寻一片阴凉，一男子朝我喊：是九中队的吗？是九中队的跟我走。我这才想起我的通知书上是标明了中队的，我是九中队的一员。我定睛一看，他一身军装，光头锃亮，反射着太阳的光芒，我眼前的世界，便有了两轮太阳。我跟在他身后，双眼眨个不停。

我是九中队的区队长。他自我介绍说。我只知道班长、排长、连长、营长、团长、旅长、师长、军长，不知道区队长为何职，看他那么老，应该是很大的官。可很大的官，怎么会亲自到校门外接我，且是步行，这不符合军情。他似乎看出我的疑惑，自我介绍说，我姓渠，名明，是你们的区队长。我很礼貌地喊了声：渠明区队长好！我的声音让我的心紧缩：渠明，音似除名，他是在给我下马威吗？他是在暗示我，我若嘚瑟，他就把我给开了？

南下之前，老部队的排长告诫我：在军校，凡事要谨慎，与当新兵一样，少说多干。他说，报到后的前三个月，是危险期，军校退学员，跟商家退货似的，简单。

不远处飘荡着臭豆腐浓烈的臭味，把我的口水勾出来了。我已经饿了两天一夜。我看一眼臭豆腐摊，渠区队长看一眼我。他说，走吧。他说话的同时，接过我手中的提包。我跟在他身后。他的脚步迈得飞快，风从他两肋泄过来。是他的秃顶给了我错觉，我以为他是一名老汉，细看，他脸上无一丝皱纹，皮肤像吹足了气的皮球，绷得紧紧的，肤色红润。他竟然那么年轻。

我说，谢谢渠队长。他说不是渠队长，是区队长。队长是正营，我才排级，比你大不了几岁。我今年刚毕业，留校任教，还在实习期。

燠热难耐，听他这么绕口令似的介绍，我心里就有些烦，但不敢表露出来。我清楚，我现在只有一只脚踏进了军校的大门，另一只脚，得三个月强化训练之后，经过各种复试考核，全部合格，才能迈进去。老排长说，刚入学的头三个月里，放屁不是时机，说话声大一点，脚步拖沓，都有可能惨遭淘汰。老排长就是从这所院校出来的，离别前，我用一只板鸭、两瓶啤酒，换取他这许多宝贵经验，和一些劝诫性话语。

此刻，我在心里发着牢骚，姓什么不好，非得姓渠，还当区队长，这不是为难我这个湖北人吗？湖北人本来就渠、区不分，我这个红安人，就更分不清了。

渠区队长中等身材，一张脸棱角分明，尽管他一直微笑着，但微笑的背后，透着一股威严，带给我入军校后的第一丝恐惧，如火的天空下，我胸口畏冷。

渠区队长问我，吃饭了吗？我看见道旁有指示牌，指示南面即是学院饭堂。很多学员，两人成行，三人成列，从饭堂那边走来。他们的脚，很响地踏在水泥地面上，表明他们已脱掉了黄胶鞋，穿上了象征未来军官的皮鞋，同时也展示着他们饱餐后的精神状态。显然，学院是开过饭了。我像一个没赶上饭时的访客，为了照顾自己的颜面，假装说吃过了。渠区队长冲我笑笑，说，那好，我们直接上中队。我这才发现他的嘴唇油亮亮的，像女人抹了唇膏，看来他也是刚吃过，而且伙食不错。

2

我跟着渠明区队长，走过一个足球场，来到三栋三层楼前。渠区队长说，这就是我们九中队。我放眼，西边是水房厕所，北边是宿舍，南边是自习教室，都悬挂着牌子。三栋三层楼呈“凹”字形排列，“凹”字形缺口处，是半人高的围墙，围墙上面焊着铁栅栏，围墙南侧是大铁门，通向我们来时的水泥路。我翘首回望，作别我的过去。

我被分到九中队一班，门楣上九（1）的绿底黑字，让我倍感庄严神圣。

渠区队长没进宿舍，他对我说，你进去吧，床铺上有名字。

宿舍格局不大，床很多，六张，上下铺。床头贴着名签，白纸黑字。我的床靠近门，我的名字在上铺。我把背包扔上去，脱了鞋，上去整理内务时，瞧见别的床铺干净得只有床板，才知我是我们班第一个报到的。我脑子里灵光一闪，决定将我的铺位与下铺对调。我是从炊事班考过来的，少在战斗班排摸爬滚打，稀拉惯了，被子总是叠不方正，叠被速度比战斗班排的战友慢半拍，若再这样爬上爬下，内务卫生肯定要拖在后面，很容易给人作风松散之感。刚入校，给人这印象，可了不得。

下铺名签写着“李大林”，名字没什么文采，像我们村里的赵大山、张大河，估计也是个马大哈。我若将我俩的名签对换，他肯定不会发觉。

我们的名签，是用双面胶粘上去的，对换很方便。之后，我把背包往下铺一放，整理好内务，躺了上去。心跳比平时快，毕竟，这不地道，如同行窃。

我隐约听见自己的鼾声，伴随着些许快感，但这鼾声不久就被一根手指敲碎，我睁眼看，是渠区队长。他问我：你没事吧？我仔细看了看他的脸。他的脸俯视着我，令我发怵，我一骨碌弹起来，连声说：没……没事。

渠区队长手里提着一把剪刀，我从没见过这么大的剪刀，像两只手臂连同手掌绞在一起，似乎咔嚓一声，就能剪掉一颗头颅。我的心咯噔一下，觉得它更像铡刀。我惊骇地望着渠区队长。我想，完了，肯定是我偷换床铺名签，被他发现了，他拿剪刀来修理我，但我很快让自己镇定下来，基层部队不让体罚士兵，何况军校乎，拿这样的刑具，更是不可能。虽说军营被谑称是“第二监狱”，但毕竟不是监狱。我就那么定睛看着渠区队长。渠区队长果然不是修理我，是让我去修理地球。他把剪刀递给我，指着窗户正对着的那块草坪说，去把草剪了。

我后来才知道，剪刀是学院给学员的见面礼，学员剪草，是入学后的第一项考核。湘江之畔，雨量充沛，水草疯长，我们每周都要剪草三次，而且是占用午休时间。

出宿舍时，渠区队长告诉我工作标准：贴着地皮剪，但不能连根拔起。那么大一片草坪，只有我一个人。我后悔来得太早。报到截止时间是明晚十二点，我早来了一天还多出几个小时。我当长工来了！

阳光麦芒一样扎着脸，汗没停止过流淌。剪刀不快，就是两个尖形的铁片而已。一根草，要剪好几个来回，不是剪断，是挤、压、磨断的，如同牙齿啃噬牛蹄筋。我发着牢骚：为何不发一把快一点的剪刀？

用割草机更快！

渠区队长的声音从我身后传来，像草里的一条蛇，突然蹿上我的脊背。炙热的天，我骤然一冷。

到处都是眼睛，到处都是耳朵，我出来时，他明明在天井里转悠。

老排长的话在我耳旁响起：头三个月，少说，多干，把自己当成一头不会说话的牛。

晚饭后，我继续剪草，直至天黑。我精疲力竭回到宿舍，九（1）班仍旧只我一人。我佩服这些未曾谋面的同学，他们可真有定力。

繁重的劳动，换来幸福的睡眠。我洗漱，冲澡，倒头就睡。刚入梦，同学们像是约好似的，陆续来到宿舍。他们一边铺床铺，一边自我介绍。出于礼貌，我站起来，在明亮的灯光下，揉着眼，晕晕乎乎，听他们说着自己的名字。我用联想记忆法，一下子就记住了他们：马德礼（西班牙首都马德里）、何其撑（吃得太饱）、蓝有情（冷血）、刘留香（送人玫瑰，手留余香）、周善仁（周善人）、郑爱武（真爱武），当然，有些牵强。牵强是联想记忆法的特点。

随后进来一个人，说他叫王守富，我忍不住笑。我问，你是有钱（首富），还是守妇道？王守富说，我是纯爷们儿，守妇道，那是女人的事。我也不是“首富”，我是守卫的守，“苟富贵，勿相忘”的富。等我有钱了，把弟兄们请到东北去，吃喝玩乐三五天，天天快活似神仙。最后两句，他扭动着高大的身躯，用二人转的腔调说唱，有人乐，有人瞠目结舌。

我是罗厚兵，有人说。未见其人，先闻其声。我笑了，觉得这人挺幽默，知道自己后报到，谑称自己落后兵。我笑，别人也笑。我说，落后兵还考上了军校，你可真行！他回我一个笑，说，当兵落后，当学员就不落后了。

我很快知道，不是他幽默，是我听错了，他叫罗厚兵，罗盛教的罗，厚薄的厚，兵器的兵。

3

一张娃娃脸出现在我面前，月牙眼，天然的笑，我忍不住也笑。他说，我，王正君，王姓的正人君子，如、此、而、已。原来他有些磕巴，但我对他印象挺好，他那样子，用东北话说，叫招人稀罕。我不免多看他一眼，再看一眼王守富，笑道，这下我们九（1）班厉害了，有“二王”。

“二王”事件[1]过去多年，但留在人们心中的威力还在，恐惧还在，名气还在。

王正君说，不要辱我的声名。

出于礼貌，我也报出我的名字。我说，我叫赵多，小名多多……门外传来区队长的喊声：抓紧洗漱，睡！

渠区队长是长沙人，方言很明显，他说“睡”的时候，我们听成了“水”。

走廊灯灭了，夜还原成夜，然而，有着夜的黑暗，却并无夜的阴凉。

最后报到的是李大林，他在第二天晚上十二点，准时踏入我们九中队的大门，这是我们新学员报到的截止时间。他像是掐着表来的，其时我们正在酣睡，年轻的小伙子们，气力足，火力旺，呼噜和响屁此起彼伏。我醒了。我不是被他吵醒的，让我醒来的是一泡尿。我从厕所回来时，看见一个影子，像一头大黑熊，从门口向我们班的宿舍移动。不用说，是李大林，全班名册上只有他未报到。他走到唯一的那张空铺前，也就是

① “二王”事件指的是1983年震惊全国的“东北二王特大杀人案”。“二王”即王宗坊、王宗玮兄弟俩。

我的上铺，把背包往铺上一扔，爬上床，两脚一磕，胶鞋掉在地上，鞋口朝天，脚尖统一朝外。窗口的月光照进来，见证着他这训练有素的一系列动作，也见证着我的惊讶，使我一时忽略了他的鞋之恶臭。他个头中等偏上，有些胖，爬上床去的动作，像一只浣熊。上床之后，也像浣熊在上面折腾。听木床弄出来的响动，就知道他的分量。我有些担心，他要是把床压塌了，砸下来，我不死也残，那我可是遭报应了，谁叫我自作聪明，将名签与他对调。

上铺终于静止，我的担心没了，换来的是一丝愧疚。我觉得对不住他。他这分量，爬上爬下，难为他。他本应该睡下铺啊。

我是在梦中被渠区队长从床上拽起来的。那时，我正梦见我与我爹，面朝黄土背朝天，在地里劳作。爹沉默寡言，我也不吱声。地边的松林里，风吹枝丫瑟瑟有声。山风过去，山谷一片寂静，能听见镐头与沙土碰撞的声音，还有爹粗重的呼吸。这时候，我感到有人在我背后拽了一下我的手，镐头偏离原来的位置，就向我的脚锄过来，我吓得抬腿躲，一脚捅着一个肉乎乎的东西，是渠区队长的腿。当我睁眼，看清站在我床边的是渠区队长时，吓得一骨碌坐了起来。

你怎么睡这里？他问我。我嘟哝道：我本来就睡这里。我颤抖的声音暴露了我的做贼心虚。

你再说一遍！渠区队长的声音并不高，但有着那种压制着的威慑力，像深洞里的一声爆破。

渠区队长问，你来报到时，你的名签是贴在下铺的吗？我说，好像是吧，也许是的。我心里一紧，知道我偷换铺位东窗事发，说话就没了底气。我垂死挣扎，用“好像”“也许”之类的词搪塞。渠区队长拽亮了灯绳。所有的人都跳下床，睡眼蒙眬地看着渠区队长，成立正姿势。与他们一起立正的，还有各自的小伙伴，把他们的裤裆撑得像雨伞。

一群年轻而雄壮的男人！

4

看到渠区队长手里拿着花名册，我就崩溃了，那里记着我们床铺的顺序。当我用双眼的余光，扫到我名单后面跟着个“上”字时，脑子轰的一声响，我知道，我的天空塌下来了。对我们这些只有一只脚踏进军校的学员，渠区队长有着生杀大权。刚到军校，就犯这样的错误，可见这个学员何等自私，这样的人，怎么能当军官？学院完全有可能将我开除。

我脑子里像苍茫而高远的天空，白茫茫一片，毫无内容，全身的神经几乎僵死，只有脚本能地抖动着，垂死前那残存的一丝意识告诉我，完了，一切都完了。弄巧成拙，偷鸡不成，反蚀一把米。

那一刻，我自然想起我的家，那是我被退学后必然的归宿。

我想起我瘸腿的爹，想起我半哑的娘；我还想起安徽肥东我那个老班长。去车站报到的那个下午，是他帮我打的背包。他的手颤抖得厉害，眼泪滴落在我的被子上。他为我高兴，为自己伤感。他想考军校，文化不够；想提干，名额有限，一切都成了泡影。我最后想到了我自己。我背着背包，光荣而来，却要耻辱而去。我不知道我这张年轻的脸，以后还怎样觍在人世间。

我努力地将眼泪挤出来，以获取渠区队长的同情、原谅，我甚至感到膝盖骨一软，差点跪倒在他面前，这时，我听见一个声音，那么浑厚，钢铁一般，略为沙哑，带着黏稠的鼻音，却不乏磁性。他说，名签是我换的。话音未落，一个人从床上蹦下来，将水泥地面砸出沉闷的声响。

整栋楼像发生了地震。

是李大林。我们这才知道，面对渠区队长的贸然进入，我们都已跳下床成立正姿势，只有他还在床上沉睡。此刻，日光灯明亮的光将他包裹，他没穿背心，一片肥而白的肉，像煺尽毛等待开膛的猪，直立在我们面前。可能是从美梦中骤然回到现实，他的裤裆与我们无异，鼓胀得厉害。不同的是，他的更有气势，有将短裤捅破之危险。

我听见有人窃窃地笑。

笑什么笑！这么严肃的问题！渠区队长说。

我是严肃的，李大林说，我说的是实话，我愿意睡上铺，上铺干净，没有那么多脏兮兮的屁股在上面蹭来蹭去。

渠区队长的脸僵了一下，怀疑的神情换成一丝冷笑。他说，那好吧，三年共六个学期，你就一直睡上铺！

李大林立正，回答：是！

渠区队长走了，灯灭了。李大林，一颗来自遥远天宇的救星！我心潮澎湃，冲上去同他拥抱，他鼓胀而丰满的裆，比他的大肚腩更亲密无间地贴着我，我像触碰到了一只肥硕的肉耗子，那感觉，此生难忘。

李大林爬上上铺。我头顶的床板，再次发出嘎吱嘎吱的声音。我在连队时，烦透了这种肉体在床板上辗转出的声响，但现在，它变得那么亲切、真实，摇篮曲一般，美妙动听。

有惊无险。我久久未能入睡，李大林却很快发出鼾声。我仰头，眼眶潮润，眼泪滑落到耳畔，这是情到深处的自然流露，与我刚才挤出的眼泪不一样。我伸出舌头，舔了一下嘴角，它又咸又涩，味道黏稠浓烈。

劫后余生，我自此与李大林，这个睡在我上铺的兄弟，开始了我们的共处。这张上下铺连体木床，就像一条友谊之船，载着我们，在人生的长河里航行，长达三年之久。

第二章　剪草运动

1

九中队的建筑群连在一起，像老北京的四合院，王正君说，有三层楼的四合院吗？这就是监狱，第二监狱！罗厚兵说，是监狱你还来？都是老兵，说话要注意分寸。我们立刻沉默，转过头去，四周仰望，看这像四合院也像监狱的我们的九中队。除了上课、吃饭、训练，这方天地，几乎是我们生活的全部。在自习教室写家信，在宿舍睡觉和聊天。集合哨声一响，全中队的学员站在天井里，像一群被圈在一起的绵羊，涌动着，接着变成麻雀，叽叽喳喳。区队长一声吼，队列停止涌动，九中队寂静下来。

静止只是表象，内心蹦得欢实。就我们九（1）班这队形，谁瞅一眼不乐出屁来。

班头王守富，一米九二，别说在我们班，在整个九中队都是鹤立鸡群。他身后，郑爱武的个子很明显地矮下来，一米七六；接着是李大林、罗厚兵、马德礼、刘留香，一米七五到一米七二，落差不大，他们形成第二梯队。之后是蓝有情、周善仁和何其撑，身高都是一米六六；之后队形海拔急剧下降，是我，一米六三，接着王正君，一米六二，这是男性军人入伍达标线，我俩被视为九（1）班的“三等残废”。王正君像球体和圆柱体的组合，圆木头似的腰，连着一个圆脑袋，两瓣排球似的圆屁股，罗圈儿腿，怎么用劲也并不拢。我比王正君略高，却与他命运相通，被示为九（1）班队列之尾巴。

两人组成的粗壮“尾巴”，加之长颈鹿一样的排头兵王守富，我们班的队列，就是一只“大怪兽”。

我喜欢炫耀我的文采。我对王守富说，你乃鹤立鸡群也。他笑道，我就是鹤，一只仙鹤，圣洁、轻盈、飘逸，像白云一样在蓝天上翱翔。

我仰望着他，还是觉得用长颈鹿来形容他更恰当。我背后叫他长颈鹿，被他听见了，他纠正说，我不是长颈鹿，我是仙鹤，看我这大长腿。王正君说，可不是，还有你那长脖子，那是仙鹤的脖子。他不恼，只是笑。一个有涵养的人。王正君嗤之以鼻，说，涵养？四年老兵，老奸巨猾！

王守富兵龄比我们长。

整个九（1）班，除了王守富以其长颈鹿似的独特形象，撞入我的视野，我关注更多的是李大林。李大林，陕北人，说话有很重的鼻音，偏胖，脸黑，大眼睛双眼皮，看上去很憨厚。如果哪个小姑娘缺少父爱，他往跟前一站，就有了。他原先的部队在海岛，守着一望无际的水，却缺水。

正式上课之前，除了吃饭和睡觉，我们就拿着剪刀剪草。我们老排长说，剪草运动将贯穿我们的整个军校时光。足球场南半场至球门往南，是我们中队的卫生区。东院训练场，也有一大块卫生区归我们中队，要管的还有我们中队四周的地界，以及体育馆的南侧，那是一片荒芜之地，灌木有一人多高。

2

我们拿着剪刀往草坪走时，王正君吟诵着顺口溜：炮院三大怪——火车轮船昼夜响，臭气熏天肉联厂，野草长到石头上。我知道他所指：学院南墙外是铁轨，火车频繁驶过，留下一阵响屁；院西是湘江，轮船一艘接一艘，像一个噎食的人打着饱嗝；火车碾轧铁轨的声音以及轮船的汽笛，常将我们从梦中惊醒，但这毕竟有个子丑寅卯，而肉联厂的气味，每时每刻，无孔不入，无时不在。那种臭，是一种腐肉的味道。我宁可去闻一个人的屁，也不愿面对这种气味。这是王正君的话。真不知道是先有这所军校，还是先有肉联厂。我们苦不堪言。我们九（1）班每个年轻的军人，都像孕妇一样呕吐了一个星期之后，习惯了，不吐了。但自此，我们不再吃火腿肠，看见就想吐，都怀疑那火腿肠是隔壁肉联厂出品的，而发出那种味道的肉，一定是腐烂的。

“野草长到石头上”，足见黑石铺野草的生命力是多么旺盛。到处是野草，让我们心乱如麻：你就看吧，石板上有一个小水凼，或是落一把土，都会长出一堆草，甚至一棵小树苗。至于石头旁那潮润的土地上，野草长得比竹笋都快。

我们在感叹土地肥沃、野草生命力旺盛之时，更多的是抱怨。每个人，几乎要牺牲所有的休息时间剪草。剪刀要是快，我们心里或许好受些。但剪刀又大又沉，锈迹斑斑，需要两只手操作。那天下午我走了神，不小心剪到了蓝有情的手指，他当时轻轻地放下剪刀，企图去捉住一只蓝蝴蝶。他的手隐藏在众多的狗尾巴草里。他“哎呀”一声，我吓得扔下剪刀，去看他的手，他却一把甩开我，继续追逐蓝蝴蝶。晚饭时，我仔细看了他的手指，既没流血，也没破皮，丝毫未损。我理解了学院为什么发给我们这样的剪刀，剪人不出血，安全，但王正君却说，学院给我们锈剪刀，并让我们没完没了地剪草，是在磨炼我们的意志，锻炼我们的耐心、韧性，让我们在今后漫长的带兵道路上，能做到“忍无可忍还能忍”“受不了折磨还能受”。

可我真的受不了。我感到自己要疯。那把钝剪刀，就像两只瓦片挤压着我的脑神经，没错，是挤，是压，是磨，而非剪。

阳光麦芒似的穿透衣服，炙烤着我的皮肤，似乎也炙烤着我的心。双唇总是干渴。以前，我只有在冬天的时候，嘴唇才会干裂，现在的嘴唇，像千张，起了一层皮，揭掉，再起一层。学院的每道菜里，还都放了辣椒。吃饭遭罪，上厕所，还遭罪。不放不行，这里潮湿，辣椒祛风湿，再说，放不放辣椒，不是我们说了算，饭堂师傅说了算。我曾经在一次帮厨时，企图请求厨师少放一些辣椒，他说，教导员是长沙人，管伙食的副队长是长沙人，我们的饭菜，怎么可以不放辣椒。天热，加上辣椒，这使得我们吃饭像打一场仗，浑身汗滴如雨。

依然是剪草，依然在剪着我的脑神经。一日长如一年，我受着剪草的折磨。我相信这把钝剪刀，杀死了我数以万计的脑细胞。我们虽然入了学，报了到，但并不是一名真正的学员，等待我们的，是三个月的强化训练。我心里隐约有一丝担忧。我并不害怕所谓的强化训练，我的身体素质没问题，军事、文化课考分并不低。我现在担心的，是怕受不了这样没完没了地剪草。看着那把锈迹斑斑、刀口比碗沿还厚的剪刀，我真担心我会疯掉。

忍无可忍，还得忍。我一个农家子弟，考上军校，多不容易。我要是中间出点什么事，回去了，我敢肯定，我那沉默少语、视我为全部希望的瘸腿的爹，会立刻晕死过去。而我那更加沉默的半哑娘，其反应，应该与爹相反，她会像一只看到米粒的鸟一样，飞奔而来。她不关心我考不考军校，她不知道这意味着我的未来，她不懂，她只想我在她身边。我当兵走后，她经常拿捣衣的棒槌，追打着爹，冲爹喊：奶！奶！这是她最初喊我的名字：奶！在我们那个闭塞的山村，管孩子叫奶伢，而我的娘，她无法连续发两个音，便只能叫我奶，从小一直叫到大。而我，竟然没有叫她一声娘，我也叫她奶，我不知道怎么就叫了她奶，应该是刚会说话的时候，饿了，寻找奶吃，便喊她奶。那时候，她仅仅是奶，是乳汁的代名词。而等到大一些，我懂事了，想改口叫她娘，已是不可能了。于是，在我们那个山沟里，有这样一对母子，母亲管儿子叫奶，儿子管母亲叫奶。很长时间里，这成为左邻右舍的笑话，直到我穿上军装，走进军营。

走进军营的路，曲折，不敢回首，每次回首，热泪双流。

3

那年我十七岁，读完高二，家里供不起，我辍学在家。我想出去做工，爹不甘心，找村干部，想让我当民办老师。我清楚地记得那个夜晚，月黑风高，爹带着我到村支书家。支书家住在另一个村庄。我们路过别人家时，爹宁愿摸黑，也要灭掉手电。爹怕这件事不成，遭人笑话，也怕他们知道我失学在家。由于爹娘身体特别，我们一家人，在村子里活得卑微，小心谨慎。

那个夜晚，爹在村支书面前点头哈腰，他的样子刺痛了我，最终，我成为我们村里的代课老师，进到观音寨小学。我内心其实并不甘，代课老师，是没有希望的，他们常常等十几年、几十年也转不了正。有时好好地教着书，村里说不用，也就不用了。临时代课，只是比在家种地，略显体面，其实是自欺欺人，没有前途。

这年深秋，我报名参军。我们先进行体检，体检合格的，接着进行文化课考试。考试时间一个半小时，我半个小时就交了答卷。我往外走时，一个穿着军装的人问我，你怎么不答了？我说，我都答了。他说，这么快？我说，是。我说，大部分都是初中的题，简单。穿着军装的人问我，你叫什么名字？我说我叫赵多。他一脸笑，一身军装却透着威严。我匆匆离开。

第二天下午，文化课考试发榜，成绩贴在武装部的大厅里，白纸黑字，全县二百多人，我第一名。

我仰头看榜时，肩膀被人拍了一下，回头，是那个穿军装的人。他说，赵多，你学习这么好，将来肯定能当军官。

我没吱声，毕竟，我现在连一个兵都不是。

穿军装的人又说，到了部队好好干。

我说，能去上吗？他说，咋去不上，身体合格，文化分最高，肯定能去。

我突然不那么惧怕他了。我跟在他身后，到武装部后院的器械场。他把自己吊在单杠上，把身体往上引。他做了十二个。他说，你拉拉看。我学着他的样子，一气拉了二十个。他说，好！你这个兵行，我喜欢，我要了。到了部队好好干！

我说，嗯。

我心花怒放。

这个接兵干部叫康健，是我们将要去的那个部队的一名连长。

然而，那批新兵里，最终并没有我。得到这个消息时是黑夜，我躺在被窝里抽泣。第二天，是新兵出发的日子，清晨起床，我对爹说，爹，我想去送送康连长，他对我好，他是好人，我想去送送他。

爹说，行，可是，总不能空手去送他吧？

爹从我家的木柜里，盛出一升花生，那是我家的花生种。他又从坛子里捡了六个鸡蛋。爹让我烧火，把煮饭的锅和炒菜的锅一并烧上，一口锅煮鸡蛋，一口锅炒花生。

我用一块农村土布包裹着滚烫的鸡蛋和花生，借了邻居家的自行车，向县城飞奔。我冲进武装部大院，在众多绿军装和大红花间，找到了康连长。我把鸡蛋和花生塞在他手中，眼泪就涌了出来。康连长说，你怎么没换军装，你不想去了吗？我哽咽道：他们没给我发军装，他们不让我去。

康健手里拎着个行李包，他把鸡蛋和花生塞回我手中，把行李包扔在地上。他冲向武装部部长。我跟着他跑。他问武装部部长，怎么回事，这么优秀的青年，你不让去？

武装部部长说，这是我们征兵办公室定的，我们定兵没毛病。康连长说，那好，带三十个兵，到武装部大厅。

康连长让军医拿出一张视力表，贴在大厅的墙上。他让军医给那三十个兵检测视力，他和武装部部长现场监督。检测到第二十个兵时，已有五个兵视力不合格，另成一列。

康连长指着那五个兵问，部长，这怎么解释？康连长又指着我，对武装部部长说，这么好的兵，你们不让他走？

武装部部长说，到办公室说。康连长说，有什么不能在这里光明正大地说？武装部部长没理康连长，回了自己办公室。康连长追进去，接着，我听见了吵闹声。我怕事情闹大，毕竟是为了我。我说，连长，我不去了，我明年再去。康连长说，今年他们都不让你去，明年能让你去？

他的一只手狠狠地拍在武装部部长的桌子上，桌上那块玻璃像破冰一般出现数道裂纹。康连长说，多的话我不说，要么，这个兵我带走，要么，我一个不带！

我很快得到一套军装，我要到厕所换，康连长让我当着他和武装部部长的面换，好像怕那几十米的距离里，再出纰漏。我不知道我这身军装，是武装部多余出来的，还是从另一个兵身上扒下来的，我不知道。我把换下来的衣服，连同自行车，交给邻村来送兵的一位家长，让他替我捎回家。

到部队后，我努力训练。可是，阴差阳错，在一次去团部干部灶帮厨时，炊事班班长看中了我，要把我要到他手下，我不去，不想离开我们的康连长，那个炊事班班长找到参谋长，直接把我的名字划过去了。

康连长还在我们连当连长，接着当作训股长。我考上军校后，他转业回了沈阳。

到军校报到的前一天，我去向老连长告别。我说，连长，谢谢你，没有你，我都当不了兵，更别说考军校。老连长说，赵多，要谢谢你自己，你知道吗？你那捧花生和六个煮鸡蛋，让我心里到现在还是热乎的。那不仅仅是鸡蛋，不仅仅是花生，那是一个人心的温度。

他说着，落下泪来。

现在，我不敢回望，没有回头路，再苦再累，我只能往前走。

4

黑石铺的夏日，高温潮润，野草清晨剪去一截，下午就疯长起来，仿佛经历了一个午休，它们格外有精神。我们便在剪草时，戴上线手套，不是剪草，而是拔草。我们的小动作被渠区队长捕捉到了。渠区队长说我们不老实，把草坪剪得像葛优的头，说着，他下意识地拍了拍自己油光锃亮的脑袋，笑了。我们不敢笑，偷着乐。

刘留香受不了钝剪刀的折磨，自己买了一把新剪刀，在铁匠铺开了刃，被渠区队长没收了。渠区队长说：这哪里是剪刀，这是凶器！

下午烈日高悬，一道道阳光像亮闪闪的银针，根根扎下来。热气升腾，我们走在地上，像走在一个硕大无比的热铁板上，那一刻，我为鱼肉，我为铁板烧。

我们的任务，仍旧是剪草。大伙都闷气吞声，听剪刀摩擦野草发出干涩刺耳的声音，像是无数人在夜间磨着牙。我的脑袋几乎要炸裂开。

刘留香就是在这个时候离开我们的。我看见他突然站起来，扔掉那把锈迹斑斑的剪刀，说，我走了，我不干了。我是来当学员学射击指挥，将来要带兵打仗的，我不是当环卫工人来了！

话音刚落，就听见剪刀被丢在了地上，两片剪叶碰撞出沉闷的声音，毫无铁的质感。我们抬起头，朝着声音的方向看，刘留香一脚踏过剪刀，继续前行。他昂首阔步地走在草坪上，朝着学院大门的方向行进。他的背影那么坚决，他的举止震惊了我们。我们看着他的背影，一直这么看着，不知怎么办。太不可思议了，这不像现实中发生的事，似乎他是演员，正在表演一个离别的长镜头，那样子特别洒脱。李大林突然迈开双腿，冲过去拽他，朝他瓮声瓮气道，你不能走！刘留香一甩手臂，甩开李大林。李大林追不上他，冲我喊：快，去喊教导员！我扔下剪刀，正要冲向我们九中队住所，王正君已像箭一样把自己射了出去。

我望着刘留香的背影，眼前浮现的却是他的脸。他有着清秀的面容，奶油小生那种，用现在的话说，是“小鲜肉”。我不知道他为何要叫刘留香。几个月之后，他回我们九中队，身后的女子年轻貌美。原来他的名字，是他未来生活的预兆，我惊讶异常。

更让我惊讶的是，他的离去，并不是因为他受不了学院没完没了地剪草，而是另有隐情。他喜欢身边这个年轻貌美的女子，她在湘潭职业技术学院读书，一个中专生而已。他当兵那年探亲，在绿皮火车上，两个人邂逅，她坐他对面，他就再也没有忘记她。他说她恬淡、迷人，她的笑，像“蒙娜丽莎”。

我那时正在偷偷写诗，我多么渴望以他们的故事，写一首爱情诗，像徐志摩的《再别康桥》那样美，像叶芝的《当你老了》那样动情，像《致橡树》那样一语双关，但我迟迟动不了笔，我想，可能还需要酝酿、等待，等待好的诗句被激情点燃，像火山一样喷发。我知道，好的诗句不是挤出来的，是喷射。

我在等待。

那天刘留香离开学院时，什么也没带走，连背包都没要，据说他直接去了湘潭，没办离队手续，也没回老部队。他直接就读了那个湘潭职业技术学院，与他的恋人成为同学。在此之前，他向她示爱，她拒绝了他，她说她喜欢军人，但不会嫁给军人，因为军人常不回家，军人的妻子，除了思念就只有眼泪。他脱去军装，同时也丢弃军官身份，只为向那个女孩证明：他有多么爱她。

在湘潭职业技术学院，他们出双入对。毕业后，刘留香做生意，从水果批发到房屋装潢，再到路政建设，慢慢地就发达了。刘留香自然吃了很多苦。毕业第十年，我去长沙出差，留在长沙的同学招待我，我见到了刘留香，他依然帅气，但昔日“小鲜肉”的影子已无从寻觅。他很有钱，但似乎并不开心。酒后吐真言，他说他并没同那个“蒙娜丽莎”生活在一起。职业技术学院毕业三年后，他们结了婚，又过三年，他的那个“蒙娜丽莎”给他戴了一顶绿帽子。于是，他们就离了。

刘留香说，那是一个什么人？脑袋大脖子粗，我手下的一个工人，俗人。她若是在你们中间找一个人，给我安上一顶绿帽子，我也就认了。

何其撑说，你这叫什么话，朋友妻不可欺，是我们，就没这事了，我们不可能配合她给你戴顶绿帽子。

于是两人拥抱，干杯。是白酒。

5

那天刘留香离去后，我们心里都有些乱，不担心别的，怕教导员骂我们，骂我们不知道珍惜，好高骛远。当领导的不常这样吗？犯了错误的，走了，听不着；听话的，留下来，当他的出气筒。出乎我们所料，教导员并没把刘留香的离去当回事。先是王正君跑回来，捡起剪刀就剪草，剪刀动着，眼却往来路睃，我们就知道，那条路上有情况。很快，教导员肖正荣在那条路上不紧不慢地走过来。肖正荣来到我们身边时，王守富大声喊，停止剪草，起立！教导员面朝着我们，将右手举过头顶，猛地像镰刀似的砍下来，说，天要下雨，娘要嫁人，由他去吧！他问我们：还有谁不想干？三个月强化训练结束，下了准尉命令，再想走就麻烦了。有想走的，趁早！

我们谁也没敢吱声，继续剪草，用剪刀将草磨得像牛在倒嚼。我们一边剪草，一边想着心思。我想，教导员的心真狠，刘留香可能是一时冲动，他作为一个政治思想工作者，最起码应该挽留一下，开导几句，哪怕是象征性的。教导员来到我们身边时，刘留香并未走远，还能看见他的背影。他离别的背影太潇洒、太决绝了，教导员不去挽留，是要维护他自己的尊严吗？

晚上，九中队全体学员大会。大会直奔主题。教导员问，还有谁不愿剪草？可以提出退学。不退学也可以不剪草，中队有几个职务，学员可以兼任。

马德礼起立，说：我！

我心里想，这个马德礼，胆子真是不小，教导员可是在气头上。教导员笑了，说：好，从今天起，你不用剪草。我的通信员是从警卫连借来的，我把他退回去。从现在起，你兼任中队通信员，每天打扫我、队长、副队长三个人办公室的卫生，每天同小值日一起，提前十分钟到饭堂，给中队领导饭桌上打好饭菜，之后，收拾中队领导饭桌。自此以后，凡中队剪草任务，你一概不用参加。

我看见马德礼的脸，在灯光下苍白如纸。通信员，这绝对是一个限制人身自由的苦差。

教导员面向大家，目光像看着每一个人，又像谁也没看。他问，还有谁不想剪草的，还有一个保管员的位置，整理库房，分发训练器材，不用剪草。

我没想到这个时候还有人敢站出来，更没想到，站出来的竟然是成熟稳重的罗厚兵，他说，我！教导员问，为什么？罗厚兵说，我不是怕苦，不是怕累，我就是不愿这么没完没了地剪草。

你是老兵，你应该懂，在部队也是要打扫卫生的，剪草、修形、平整绿化带……

罗厚兵说，正因为我是老兵，所以我不想让时间这么浪费。我是来学习军事知识技能的，不是来当环卫工人的。

他的话与刘留香如出一辙。

好吧，但是，保管员的位置不给你，给你是高射炮打蚊子。你的位置，先等着。

还有谁不愿意剪草？教导员问。

何其撑举手报告。何其撑说，我不是不想剪草，我在部队就是当保管员的，喜欢干保养武器、分发训练器材的活儿。教导员说，行，一会儿就上队部领钥匙。

我觉得何其撑是英雄，敢逆流而上，这几乎就是与教导员对着干。教导员问谁还不愿意剪草时，最好的回答，应该是集体沉默，他却跳了出来。王正君说，岂只是何其撑，整个九（1）班都是英雄，是英雄的团队，造就了英雄的个体。

我们沉默。对他的话是赞同，抑或不屑，我们都一律用沉默表达。

每次中队点名，喊到“何其撑”时，我总把他与那个叫何其芳的作家联系起来，想象中的何其撑，是一位有风度、有才气、有颜值的儒雅的英俊小生，因为何其芳在我心目中便是如此。我总是把何其撑当成何其芳的弟弟，这种想法连我自己都觉得莫名其妙。何其撑与我心目中的何其芳形象接近，他长得白，脸白、牙白，一白遮三丑，他不丑，这一白，更透着清秀，像明清时的书生。有一天，我问他，你写诗吗？

他笑道，我为什么要写诗？

那牙白得真是可爱。

何其撑之后，再也没有人举手说不愿意剪草，尽管教导员一再问还有没有不愿意剪草的。谁也不知道教导员葫芦里卖的是什么药，不知道他会给派一个什么样的活儿，所以都把屁憋在肚子里，不敢放。

会场寂静无声。我们听见教导员的冷笑，伴着一串没有内容的干咳。他跨步到墙角的痰盂旁吐了一口痰，回到主席台，朝着我们，竖起右手食指，再次发表他的演说。他说，的确，在黑石铺这火炉般的小镇，剪草是一件折磨人的事，但是，我想，你们只要能经受得了剪草这种精神和肉体上的双重折磨，就几乎能忍受一切，能闯过军校这三年时间里的每一道难关。

我们恍然大悟，这就是学院让我们用钝剪刀剪草的原因。乡村的六月，我在烈日下割着麦子，阳光如麦芒，如万根银针，砭扎着我每一寸皮肤、每一个毛孔，我挺过来了。剪草于我，仅从劳动角度而言，不是不能忍受的事。但不知为何，脑神经就是受不了，可能还是因为剪刀太钝。

肖正荣讲话，很注意姿态、语境和语感，这使得他的每一句话，都很沉重地砸在我们身上。他竖起右手食指，朝我们一字一顿：三个月强化训练即将全面展开，三个月里，你们中每一个人的每一天、每一时刻，都将面临严峻考验，你们可能随时惨遭淘汰！

之后，他给了自己几秒钟的沉默，对于我们，那沉默长于黑夜。他发话时，队长一直站在旁边，却一言不发。队长黄仕途不笑，也不冷峻，好像对周围的一切漠不关心，这给我们一个暗示：我们九中队，是教导员说了算。

时间不长，渠区队长走了。他离开我们九中队，去学院教研室报到。听说他暂时不教课，去读国防科大的研究生，教导员肖正荣宣布，让罗厚兵代理中队区队长兼第一区队区队长。

肖正荣颇有意味地说，渠区队长一直想深造，心不在中队，走就走吧。我们锻造新人。罗厚兵，你不是不爱剪草嘛，从今天起，你不用剪草，你们区队剪草时，你在旁边指挥就行。

可是，这话怎么理解？他是说真话，还是嘲讽？教导员不按常理出牌，这让我们心里没底。

渠区队长的离去，让我想起刘留香的离别。他潇洒地扔掉剪刀，沿着宽阔的操场走向学院大门的背影，在我眼里，比一米九二的王守富还要高大。我们努力奋斗多年才拥有的一切，他竟然视如草芥，说扔就扔了。

6

天气太热，我们盼着下一场雨。雨来了，气温下降，潮气却上来，浑身难受。黑石铺就没有好天。晴天，身上的汗从未干过。雨天，我们行走在宿舍、饭堂和教室之间，虽然有雨衣，可裤腿总是湿的，鞋总是湿的，衣服潮乎乎的，裤裆仿佛一片沼泽地，从未干爽过。

当马德礼与中队领导同坐一张饭桌吃饭时，我们突然觉得，马德礼天生就是当通信员的料，将来怕是要当首长秘书的。他那白净的皮肤，看上去比女孩子的都细嫩，那一双眼睛，看上去就机灵。

忙忙碌碌好几天，除了剪草，也不知道干了什么，人就像在梦境里跑来跑去，好像总有人追着，好像总也跑不过身后追赶的人。

雨后，太阳一晒，那无处不在的野草，更疯狂地往高处蹿。剪草运动一直没停，没完没了，几乎占据了我们所有的业余时间。穿着那统一配发的空前绝后的凉鞋，我手软，沉重的剪子不是向前，而是向下耷拉着，结果，把我的右脚大拇指剪了，依然没有流血，只不过有点钝痛，如同被砸了一下。

但这事很快在我们九中队传开，接着传遍了整个三大队，说是九中队一个学员，剪草把右脚大拇指剪掉了。还有一种传言更离谱，说我是故意把大拇指剪掉的，属于自残，以示对学院这种没完没了的剪草行为提出抗议。我知道他们的用意，他们是在编造一个学员的抗议，来表达他们自己的抗议。都烦这种没完没了的剪草。

我没有刘留香的勇气，不敢潇洒而去。受不了剪草折磨的时候，我就唱歌，小声唱。我唱《林中小路》。当新兵时，新兵连指导员教会了我们这首歌。我还记得我唱这首歌时的激动：一个农村放牛娃，沿着林中小路，踏上了军旅，命运似乎就此改变。其实，真正改变命运的，是这条军校之路。我记得我第一次唱这首歌，是在一个飞雪的上午，我们先是在俱乐部里学会了这首歌，之后，指导员把我们带到军营右侧的林子里，让我们在雪地踩出一串足迹，让我们面对自己的足迹哼这首歌。那一刻，我突然不觉得冷，似乎那无垠的雪野，铺的是遍地的鹅绒，我浑身温暖。是的，林中有两条路，我选择了这一条，理由很简单，就是要改变命运。我相信，我们新兵连每一名战友，都忘不了指导员带我们去林子里唱歌的情景。那是他的初心，也是我们的初心。

但现在，我唱这首歌，显然没有了当时的激动。我哼着这首歌，只是在提醒自己，这是一条真正改变命运的路，要珍惜，不要放弃，不要被淘汰。

在这歌声中，我一次次默默地回望：遥远的山村，一个沉默寡言的女人，不声不响地坐在角落里，当太阳落山，而屋子里还没有开灯时，这个女人蹲在屋檐下，她不会走进里屋，也不会去拽亮灯绳。她就蹲在那里，像一只鸡婆，在等待鸡崽们进鸡窝。而当鸡崽们都进了窝，天更黑时，她依然蹲在那里，像一个魅影。一口黄牙，掉了几颗。一头干枯发白的头发。目光中永远闪动着惧怕与惊讶。

我的娘！一个半哑女人，现在，她的病重了，几乎全哑，相伴的，还有别的病，她不会说，她需要我爹从田地里回来，把她拽进屋去。

一个人没法同时踏上两条征途，我选择了这样一条，却说不出理由……

任何事，都能说出理由，说不出理由，是我们不想说。我穿上军装，踏入军营，就是想离家乡更远，离我瘸腿的爹更远，离我半哑的娘更远，彻底走出大山。

我后来听说，学院真的就是用剪草来磨炼学员的韧性、耐性，这也是我们九月一日正式上课，却偏偏让在八月二十四日前报到的原因。我们要剪草一周，当然，这不包括正式上课之后的业余时间剪草。在我们学院，剪草不仅仅是为了绿化环境、清理卫生，确已上升为一种考核、一种运动，上升到政治高度。有人传说，我们学院的学员，只要通过了剪草运动，在漫长的未来生活中，“是可忍，孰不可忍？没有什么不能忍”。

我相信这样的“传说”，否则，如果仅仅是为了割草，学院为何不买割草机？若嫌割草机费用高，每人换一把新剪刀，总该是可以的吧？我问李大林，你说呢大林？他其时像有着心事，像是一个做错了事的人在那里忏悔。他不抽烟时，就是这个样子。每天如此，留点时间，让自己沉思，让眉毛紧锁一阵，好像那是他心的大门，每天都要准时关闭、打开。王正君谐称他为“三木”，除了他名字里有三个“木”，也暗指他喜欢木然静坐。

三木！王正君见他坐着无言，冲他喊。他并不生气。他的眉毛迅速舒展开，露出笑脸。他笑容憨厚，好看，尽管那牙并不白。

劳累一天，若是能睡个好觉，身心也就被抚慰了，然而不是这样，除了炮院三怪中的“火车轮船昼夜响”折磨着我们外，我们九（1）班的兄弟，还经受着另一种折磨。我们离水房近，离厕所近，我们以为占了便宜，方便呀！可我们很快发现，错了，这是一种折磨！王正君为此写了一副对联：冲水声，响屁声，声声入耳；尿臊味，屎臭味，味味俱全；横批，苦不堪言！

第三章　周善仁还是周善德

1

军校头三个月，对我们来说命运攸关。这期间，我们要接受学院的全面考核——军事、体能、文化、品德。一个时机不当的响屁，都可能导致被勒令退学。

从这一点上讲，周善仁的事，我要是告之中队领导，他肯定就被“勒令”了。

他有梦游症。

我们宿舍的空间有限，中间的两张床是并在一起的，像上下两副双人床。下铺的双人床，周善仁和王正君睡。周善仁瘦，看上去像营养不良。他身旁是王正君，圆脑袋，圆肚子，圆身材，他总是把头发剃得很短，近乎光头，这使他的圆脑袋更加像个球体。某个深夜，周善仁坐起来，摸着王正君的脑袋，用手轻轻敲打，说，不行，还没熟透。他起身，光着脚，连拖鞋都没穿，轻手轻脚走到我身边，摸到我的头，说，这个还行，熟了。他说完，左手按着我的脑袋，右手变掌为刀，在我额头上往下切。我吓得半死，竟然不知道反抗，这太惊悚了。还是区队长罗厚兵拽亮了灯绳，他才慌忙回到自己的床上。

我们都没把事情想得那么严重，以为他只是在闹着玩。天亮了，新的一天来到，我们觉得他应该为昨夜的事做个解释，但他毫无记忆，这就不能不让我们莫名惊诧。

王正君说什么也不在他身旁睡，恰好刘留香走了，空出一张床，是上铺。本想让周善仁睡到那张床上去，看他这个样子，怕他掉下来，王正君就去了，把下面两张并在一起的双人床，留给周善仁。一张床空着不好看，罗厚兵从中队保管员那里要来一套被褥，铺床叠被，填补了空白。这样，我们班好像还是十一个人，其实只有十个，那铺着被子的空床，成为刘留香的象征，我每瞄它一眼，就会想起他。他的身影，在我心中挥之不去。

当周善仁第二次摸到我身旁，一手按着我的头，一手成刀状“切”下来时，王守富直接将他按在了我的床沿。王守富被中队干部指定为代理班长，现在，他以班长身份，审问周善仁搞什么名堂。他怕周善仁第二天不承认，按住他不放。周善仁突然号啕大哭。天热，门窗是开着的，罗厚兵跳下床，把门窗关严实，说，家丑不可外传，都小声些。罗厚兵说，他是梦游，他是在梦游状态下寻找西瓜。

周善仁停止号哭，声音小了。他说，你们到中队去告我吧，去大队告，去学院告，将我退回去。我受不了了。我必须告诉你们，必须面对现实，再这么瞒着你们，我会疯掉。他站在门口，朝我们鞠躬，向我们道歉，说他是个梦游症患者。他家以种西瓜为副业，他摸我们的脑袋，是把我们的脑袋当西瓜，熟了，就摘下来，切开吃。幸而他没有发现熟透了的西瓜，幸而他只是用手掌当刀。

宿舍静下来，我们不知怎么回应他，找不到安慰的话。罗厚兵望一眼窗外，回头，将右手食指送到唇边，嘘一声，说，这事不小，谁也不准说出去。一个农家子弟，能上军校不容易。像他这种状态，不能再受刺激，若是告诉队里，让他退学，我敢肯定，他立刻就会疯掉。而他父母，也会崩溃。

你们去告诉教导员吧，告诉学院吧，把我退回去。我压力太大，这样下去，我会抑郁。周善仁说。

罗厚兵检查了我们的床头柜，没有剪刀、裁纸刀等。他说，没事，不会有事的，我们多关心他，观察他，盯着他，在保护他的同时，也保护好我们自己。

学院早晚各一次五公里越野，足以使我们疲惫不堪，一觉到天亮，周善仁竟然还能梦游。王守富说，交给我吧，看来他是没累着。

我们九中队宿舍位于体育场南侧，紧挨体育场。自此，每天午后，我们躺在床上午休时，扭头都能看见窗外的体育场上，一高一矮两个人，在跑道上奔跑。王守富在前，周善仁在后。一般情况下，大个子跑得并不快，王守富却轻快地跑着，这与他瘦有关。他有着修长的双腿，一步顶我们两步。小个子周善仁跟在他身后。王守富像梅花鹿，他像小麂鹿。他俩每天跑三个五公里。

被王守富弄得精疲力竭的周善仁，果真不再梦游。

王守富说，去年我考军校，文化课以三分之差落榜，我几乎崩溃了，也出现过周善仁这样的情形，甚至比他还严重。我害怕静，害怕停下来，害怕一个人独处。我整夜睡不着觉，却害怕天亮，不知怎么去面对新的一天。后来，我开始跑步，没完没了地跑步，一直跑到军区五公里越野第一名，把第二名都落下半圈。我是被保送到军校的。这不，你们看，我没什么不对劲吧？

王守富的意思是，跑步可以治疗梦游症。

2

周末，每个区队有两个外出名额。那天，周善仁说他要出去散散心，他点名要我也去。也就是说，他一人请假，却占用了我们一区队仅有的两个名额。罗厚兵说，去吧，他一个人出去我们不放心，你看着他，别让他看出来，要让他感觉到你也是去玩的，并且要装作玩得开心。

我心里涌起一股感动。对于弱者，大伙都暗自同情。

事实上，我的确玩得很开心，而不是装作开心。我们没去黑石铺，我们更喜欢乡村。出了学院，沿着乡村小路，我们一直向西，直走到湘江边。我们脱光衣服，在湘江浅水湾戏耍。累了的时候，我们穿着短裤，坐在沙滩上晒太阳。

我弟弟就在水里面。周善仁指着浅水湾缓慢流动的江水说。

我头皮发麻。他说，我没骗你。我弟弟就在水里，他淹亡在我家门前的浴马河。

他说，你真像我弟弟。

炙热的阳光下，我脊背冷飕飕的，旋起一股凉风。

他说，其实，周善仁不是我，是我弟弟，我是他哥哥周善德。他越说越离谱，云山雾罩的。我估计他又进入梦游状态了。白日之梦，比夜晚的梦更骇人。我要把他拽回现实中来。我说，走吧，下午三点归队，怕是要赶不上了。他坐着不起，我去拽他，他不动。他说，我给你讲讲我和我弟的故事吧。

他望着江湾缓慢流动的江水，语调低沉缓慢。他说，弟弟只比我小五分钟，我们是双胞胎。我家在大凉山，家里很穷。每年暑假，父亲带着我和弟弟种西瓜，日夜住在瓜棚里，卖了西瓜，凑我们下半年的学费，这也许是你们说我梦里好“摸西瓜”的原因。

我们哥俩很争气，学习很好。父亲母亲吃了那么多苦，只等我们考上大学，谁知命运弄人，那年高考，我俩一个都没考上。父亲受了刺激，自此沉默寡言。我们兄弟俩自责，哪怕有一个考上了，也会慰藉他。

我们害怕失败，不敢复读，不敢面对高额的复读费。直到那年初冬，我们报名当兵。我俩都验上了，但名额紧，只能去一个。我知道，高中生到了部队，就能有一个美好的前程，我是哥，自然要让着弟弟。

弟弟当了兵，后来考上了军校。他带着录取通知书来咱们学院报到时，特地绕道老家。到家的当天下午，他就死了，死在我家门前的浴马河。他是为救一野浴少年而亡的。

出了这么大的事，肯定要通知部队，部队一位首长，来处理这件事。他要把弟弟的事上报，想把弟弟评为烈士，当典型宣传，我当过兵的舅舅说，死去的人，已经死了，活着的人，要好好活着。舅舅有一个天大的想法，他说了出来。他说，你看周善仁和周善德，两人是双胞胎，长得一模一样，首长，让哥哥替他死去的弟弟，到军校报到，让哥哥继承他弟弟未了的事业吧。

首长落泪了。我家太穷太苦，我父亲母亲，五十岁的人，比城里七十岁的人看上去还老。舅舅说，你看，这么大个儿子，好不容易考上了军校，说没就没了，别说当父母的，我这个当舅舅的，心里都过不去。让我大外甥有个出路，两个老人，心里就会好受些，受伤的心，才能得到一丝安慰。

村长和被救少年的父母，也都过来求情。被救少年，还跪在地上，哭着请求首长答应我舅的恳求。

首长说，行吧，他是为救孩子落水的，他救了一个孩子的命，自己年轻的生命没了。这个家庭，为了老百姓，失去了一个孩子，应该受到照顾，不能凉了烈士家属的心。

首长说，最好的办法，就是把他哥特招进部队，再培养，考军校，但那样就得向总部打报告，要新兵接收卡，太烦琐；而且政策也在变，未来的事，不好说，将来，这当哥的，能不能考上军校，还是另一说。行吧，让他拿着他弟弟的通知书，到军校去报到。这事我做主，天知地知你们知，不可到外面传说。万一真的出了事，我兜着。一个家庭，为了老百姓，折进一条命，我担点责任，应该的。你们要咬定，是我的主意，与孩子无关。

首长把弟弟的入学通知书交到我手中，说，你去吧，大大方方的。

舅舅给我计算了报到时间，精准到小时。他给我挤出七天时间，教我走队列，打背包，练习枪的瞄准与击发（舅舅有仿真气枪）。那是地狱般的生活，魔鬼式训练。我每天只睡三四个小时，腰酸背痛，腿都练抽筋了，舅舅给我揉腿，把筋拽直，接着训练。我就是在这魔鬼般的训练中，暂时忘记了弟弟的死亡，忘记了悲伤。

村子里的人同情我家，都替我家保密。我们山里闭塞，我俩又是双胞胎，村子里的人少，就几户人家，几十口人，他们不说，就不会有人知道。他们只说我是弟弟，军校生，弟弟是我，死了。

周善仁说，弟弟跟我长得一模一样，我的父亲母亲有时都几乎认不出来。他说，我屁股上有颗痣，弟弟没有。他说着，站起身，见四野无人，褪下他湿淋淋的短裤。我果然看到了他屁股上的痣。

3

江面空旷而苍茫，有一艘船，在江心航行。我的心特别沉重，似乎那艘船，就碾压在我的心上。我以为，他告诉我他梦游症的原因，就是把他人生最大的隐秘告诉了我，我没想到，他还有更大的秘密。我不愿相信这是真的，但是，若不是真的，他为何要编造这样一个谎言？

他似乎看出了我的疑惑，他说，秘密埋在心里，太难受了，会把人憋疯，我得倾诉出来，可又不能让更多的人知道，就选择了你。

我不快。我说，你受不了折磨，告诉我，我要埋藏这个秘密，就不受折磨吗？他说，我不管，反正不说出来，我就会疯，你要是受不了，你就告诉咱九（1）班的同学，告诉教导员，告诉学院，把我开除，我也就解脱了。

我问，你想借刀杀人？他说，不是，我只是受不了这个折磨。我说，你受不了折磨，我就受得了？

他低下头，竟然抽泣起来。我心一软，不再责备他。我说，走吧，该回中队了。

坚守这个秘密，真难受，我就去找王正君，我把他约到水房，一边观察门口有无来人，一边对他说周善仁的故事。他说，不可能，这是他脑子里的怪念头，是臆想，他有妄想症。你想，怎么可能？这么大的事。但他很快怀疑自己的判断，声音大起来，说：不会是真的吧？若是双胞胎，还真看不出来，可他也不像没当过兵的人呀！

我说，你小点声。我向他凑过去，正要跟他说是他舅舅突击教了他，门口闪来一片阴影，王守富进来了。他冲我们喊，你们干什么呢？离得那么近，鬼鬼祟祟的。我们红着脸笑，不辩解。

周善仁是周善德的事，折磨着我，我把这个秘密告诉了王正君，王正君告诉了王守富，王守富告诉了罗厚兵，罗厚兵告诉了郑爱武，郑爱武告诉了李大林，李大林成为这个秘密传播的终结者，他没把这个事告诉马德礼，毕竟马德礼是队领导身边的人。最后，整个班，除了马德礼，都知道了周善仁的秘密。我心里清楚，他们都是怕自己守不住这个秘密，才把这个秘密告诉自己最要好的朋友。我们整个九（1）班，守着这个秘密，这个秘密就像一团烟雾，在我们九（1）班萦绕，始终没有向外扩散。

我问周善仁，你真的不怕我们到中队领导那里举报你？我真怕我的这张嘴，有一天给说出去。他说，去吧，与其这么压抑，最后疯掉，还不如回到大凉山，当个农民，平平淡淡过一生。他双目含泪。罗厚兵说，他告诉我们这个秘密的好处是，他说出来了，坦然了，精神轻松了，这有利于减轻他的梦游症。罗厚兵认为，梦游症，是抑郁的前兆。我们必须配合他，彻底治愈他的梦游症。

我一直对周善仁的话充满怀疑，可能吗？这么大的事，简直是天方夜谭！罗厚兵在我们班宣布了两条纪律：一是此事宁可信其有，不可信其无，不可外传；二是周善仁怎么说，我们就怎么听，装作相信他的话，对他表示同情，无论他“偷梁换柱”的事是真是假，他说出来了，就是想获得我们的同情，他说出来，他就轻松了。作为同学，我们能做的是让他轻松。

可我却沉重了！王正君说。

罗厚兵说，沉重你也得担着，我们是兄弟！

几天之后，周善仁果然像换了一个人，我们偶尔还能从他脸上看到笑。那笑有着实际内容，不再空洞而茫然。

第四章　晕水

1

整个夏天，我们是泡在水里的。汗水、湘江的水。我们的业余时间，与湘江水为伴。学院管理严格，我们很难出得大院，更不可能泡在湘江里，我说的是我们水房里的自来水，它们来自湘江。

每次从野外回来，或者上课完毕，我们都迅速放下作业包，褪去外套，直奔水房。每个水龙头下，挤着两三个赤裸的身体。只要不统一集合，水龙头的水就是流淌着的。

夜里，除了统一配发的那条草绿色八一短裤，我们身上不盖一丝一缕，却依然像是睡在一个巨大的火炕上。我们一次一次地往水房跑，靠湘江的水冲凉降温。有人一夜起来五六次，难得睡个囫囵觉。但有一个人例外，他不冲凉，脸都很少洗，他就是我上铺的兄弟李大林。他住在门口，南风一吹，身上的气味便溢满宿舍每个角落。这气味，与学院南边肉联厂飘来的气味，有着细微的差别，是一种纯粹的汗酸味，它从肉联厂腐肉的气味中，突出重围。

我开始了对李大林的窥探。他不但不冲凉，连晚上熄灯前的一次冲澡都免了，这在黑石铺，简直不可思议。

李大林只在清晨洗漱时，匆忙刷牙，象征性地撩一把水抹一下脸，从此一天不再进水房。学院的澡堂子他也不去。每周一次集体洗澡时，他替值班员值班，让值班员去洗。王正君说，李大林心里只有别人，唯独没有他自己。为了别人，他宁可选择与肮脏为伴。

根据物理学原理，他身上散发出来的带着膻味的气体，比重较之新鲜空气大，它们会不断下沉，向下铺涌来，我自然是最直接的受害者。晚熄灯号响过，我去冲凉，喊了李大林，我想，只要他到了水房，我一盆水泼在他身上，不信他不冲不洗，我再学雷锋，帮他搓背、抹香皂，他这一身膻味，就会去掉一半。

但我失算了，他根本不去水房！他就那么不洗手、不洗脸、不洗脚，爬上上铺，倒头就睡，不出一分钟，鼾声畅然响起。

我自己去了水房。我一晚上起来冲凉五遍，马德礼冲六遍，何其撑更甚，据说冲了八遍。他倒挺爱干净。王正君说，那是洁癖。何其撑说，天热难耐，与洁癖无关。

午饭后，我们在房后的树荫下小坐。我们谈论着李大林，想不通这么热的天他不洗澡，莫不是有什么生理缺陷，怕人窥见他的隐私？我说，不可能，渠区队长训斥我那晚，我们都见到了呀，他很正常的。但强烈的好奇心驱使着我去进一步验证，我在他撒尿时跟踪而去，的确，他不但没有生理缺陷，还很雄壮。

没有别的解释，我只能说他是个怪人、有福之人，特殊材料做成的。他就是躺在垃圾堆里，照样睡得香甜。王正君于是说。

天井里的灯灭了，各宿舍的灯跟着熄灭，四周静下来。静谧中，一种混合气味彰显：羊肉泡馍的味道、兰州拉面的味道、烤羊腿的味道，酸涩，膻气充溢，都说这是来自李大林。有人开始抗议，要他去冲澡。王守富说，你去冲一下吧，三两分钟的事。李大林不语，好像王守富不是同他说，而是同他下铺的我说。王正君说，大林，你好歹去一下水房，你不洗，去散发一下总行吧。李大林终于下床，从床下抽出自己的脸盆，去了水房。“二王”正为他们取得的胜利沾沾自喜，李大林端着自己的脸盆，回到宿舍。

脸盆里有小半盆水，水中立着军用牙缸，牙缸里的水并不满。那夜月明，宿舍外的路灯也亮，照在李大林身上。他在门边洗脸，之后，脱去上衣，擦着肩膀手臂。他掀起发黄的白背心，将毛巾塞进去，在他圆鼓鼓的肚子上蹭，两三下而已。而后，他面朝墙角，一手撑开裤裆，一手展开毛巾，在他的裤裆里掏了几下。那毛巾像一块风干的肉皮，皱巴巴的，带着膻味。他的举动让我们惊诧。我问他，你干什么？他说，我洗澡。王守富问，这也叫洗澡？王正君说，你就这么洗澡？李大林说，对着呢，我从小就这么洗。

我老家鄂东北乡里男人，也这么洗过，但那不叫洗澡，叫抹汗，且仅限于冬天。夏日里，他们去溪沟，去池塘。

几下之后，李大林用这水洗了脚，又将袜子扔进去，搓了搓，搭在床头，最后他刷牙，那刷牙的水，弄得满盆乌黑之中漂荡着雪白。半盆水，他把全身的卫生，从上到下，从内到外，都搞定了。我实在看不下去，几乎要呕吐。我说，你这样能洗干净？他说，身上本来就不需要洗得太干净。身体需要细菌，太干净了，反倒爱得病。

我问他这套理论从哪儿得来的，他说，很简单呀，水至清则无鱼。我说，可你不是鱼。李大林说，节约用水有什么不好？我说，湘江的水，有的是。他不回应我的话，端起脸盆，去水房倒水。王正君坐起来，朝着李大林的背影，夸张地吸了吸鼻子，接着仰天而叹：根深蒂固，根深蒂固啊！李大林猛回头，问王正君，你说什么？王正君笑道，没，没什么，我说令人佩服！

李大林走出了宿舍。王守富说，你们不要妄议李大林，他这种状态，肯定是有原因的，且待我们慢慢观察。或许，到那时候，我们就会理解他。

王正君说，理解，他做什么我都理解，理解万岁！

王正君就这样，喜欢补刀，唯恐天下不乱。

第二天中午，我在水房遭遇李大林。其时我正在冲凉，我让水一直流着，凉爽从头顶泻往脚心。我站在水流之下刷牙，往身上打香皂，一遍遍地搓洗自己双手够得着的每一寸肌肤。突然，这种舒畅的感觉戛然而止，我抹去脸上的水珠，定睛一看，是李大林，他关了我的水龙头，站在我面前，就那么直视着我。他表情惊讶。他惊讶的表情把惊讶也传递给了我。他这么盯着我的裸体，我直毛愣，甚感意外。这是一个男人的世界，既无女兵，也无女学员，我可以撒野，他何必大惊小怪？我赌气地打开水龙头，将水流放到最大。花洒之下，是一场暴雨。我搓洗着我自己。他望着我，望着被四溅的水花包裹的我，发出“啊”的一声惊叫，我看见他好像被一颗隐形子弹击中，差点晕倒在地。他好像是用了最后一点力气，再次将水断掉。他愤怒地盯着我。我问，你要干什么？我说话的时候，内心已有了一丝恐惧。我搞不清他要干什么。

干什么？你本来已经洗干净了，还洗个啥子？我说，夏天天热，汗多，有味。他说，男人身上有味怕啥子嘛。我说，男人身上有汗味不怕，可男人身上有膻气，就太让人受不了了。他说，你身上没有膻味。我服了。我讽刺他，他听不明白。我说，我不是洗澡，是冲凉。你不怕热，我怕。

我再次拧开水龙头，他一把将它关上。他朝我大声说，水怎么能这样用呢？水是不可以这么用的！我见不得你们这么用水。你这洗一次澡的水，在我们那土疙瘩梁上，都可以换个女人。

换个女人？我惊诧了。我顾不上擦拭身上的水珠，套上八一短裤，拿起脸盆、毛巾和香皂，悻悻而去。几步路，我走得很郁闷。我骂他有毛病，他不还嘴，跟在我身后，回到宿舍，浣熊似的爬上上铺。木板床嘎吱嘎吱的声音提醒我，我不应该以这种态度待他，那折腾人的上铺，原本应该是我的。我想同他说两句话，以示友好，缓解紧张的氛围，他却已鼾声如雷。他身上像安了开关，一按按钮，就能进入睡眠。

何其撑说，好烦，这跟打雷似的，赵多儿。他们叫我时，故意带着儿化音，那语气，有占便宜的意思。何其撑说，赵多儿，你捏一下他的鼻子。我没理他。马德礼说，赵多儿，你站起来，挠他脚心。我说，你自己挠去吧。他的脚，我挠一下，一块香皂都洗不净手。

2

热风从窗口进来。我平躺在床上，双手支在胸前，把毛巾展开，两臂摆动，毛巾生风。王正君说，你买把折叠扇多好，不嫌累。我说，扇子扇的风，也是热风，有一股膻味，我的毛巾用香皂打过，毛巾扇的风，潮润清爽，风像是飘过江水而来，夹着水汽，带着河畔青草的气味。王正君说，赵多儿，你是诗人，你的话有诗意。

他的话当不得真，他叫我诗人，肯定是嘲讽的意思，我心里一紧，如同春光外泄，被人窥视了隐私。那段时间，我正像地下党员一样，偷偷地写诗。

天井里传来罗厚兵的声音，他喊，一班不要说话，抓紧时间休息！我们不再吱声。每次中队领导或区队长在天井里喊话，我们就觉得，我们像置身于监狱，他们就是那些个看守长。中队干部喊话，我们还要好受些，罗厚兵一喊，我们心里就不爽。前几天还同我们在一个战壕，与我们同吃同住，代理区队长后，就摆出一副管理者的架势，好像与我们不是同一阶层。

王正君说，这人啊，不能得势，一得势，首先就拿兄弟开刀。罗厚兵忘了，他的床铺还在我们一班呢。

王守富说，行了，别扯没用的，睡吧，明日还有课呢。说着，他起床，将门轻轻关上。王正君跳下床，将门拉开，说，你让我们生蛆？王守富说，肉联厂的味道飘进来了。王正君说，屋里的膻味，比肉联厂的味道更重。有的人，也不知道是怎么当上兵考上学的，难道他们体检医生的鼻子是摆设？话题就又绕到李大林身上。李大林的呼噜声响彻整个九中队，他听不见王正君的话。王正君说，他们部队军医的鼻子不灵，咱学院军医的鼻子可未必是摆设，咱们身体复检还没开始呢。

这话不地道，没人接茬。

李大林不但断过我正在冲凉的水，我洗衣时用水，他也干涉。一个周末之夜，我端着一盆衣服往水房走，他跟了进来。他递给我一块肥皂，说，千万别用洗衣粉，特别费水，还伤皮肤。他说他从来不用洗衣粉。我没接他的肥皂，故意将目光在他身上扫射，他裸露在外的部分，没有一寸比我白，更别谈细腻。我讥讽道，难怪你细皮嫩肉的，你保养得这么好，我皮肤糙，不怕洗衣粉。我可不愿捏着一块肥皂，像村妇似的搓来搓去。我把水龙头拧到最大，水珠四溅，水声雷动。他伸手，一下子拧死水龙头，说，水不可以这么用。我冲他喊，你是院长？你是后勤部部长？管我冲澡还管我洗衣服！我把水龙头再次拧到最大，水流从水池里溅出来，我俩的背心和八一大裤衩都被淋了个透彻，我噌噌两下脱掉背心裤衩，往盆里一扔，端起脸盆就走。我说，李大林，水是你家的，我不洗行了吧。我走到宿舍，一班人惊呼。马德礼笑道，赵多儿，你以为你是一条鱼，可以不穿衣服吗？王正君说，赵多儿搞行为艺术呢！我低头，看见自己的惨状，才知道，我一急一气，竟然一丝不挂，端着脸盆就回了宿舍。我急忙往身上套湿淋淋的大裤衩。我说，让李大林气的，这样下去，我非得疯掉。蓝有情问，他骚扰你了？我说，他没骚扰我，他骚扰水。王正君说，你这么说，我就明白了。以后呀，你别同他一起进水房。每一滴水，他都管它叫爹。

李大林进来了。他独自坐到马扎上，脑袋一歪，像一只打盹的熊猫，任凭我们的目光唰唰唰射向他，他顾自寐睡。

他倒像个局外人。

王正君不依不饶，将寐睡中的李大林推醒，说李大林，去洗个澡吧。李大林说，我不洗澡，我洗衣服，我身上并不脏。

他这话很烧脑，我认真想了一番，才厘清它的因果关系，他是说，他不洗澡，身上的污垢都蹭到衣服上，他洗衣服，所以他身上并不脏。

我们哄笑。事实上，他也不爱洗衣服，他的床单污渍斑斑。偶尔洗一次背心短裤，他必定大张旗鼓，像举行仪式似的，让全班人都看见。他要等水房的喧闹过去，四周静下来了，才拿了脸盆，端回一盆水，坐到宿舍里，像乡村小媳妇一样，将衣裤打上肥皂，慢慢搓揉。马德礼问，李大林，你咋不在水房洗？马德礼的床，紧挨着我们，下铺，李大林偶尔一用力，肥皂沫会溅到他的床上，让他深受其害。李大林说，我见不得他们这样浪费水。马德礼说，你这不是掩耳盗铃吗？你躲到这里来，他们照样在浪费水。听啊，水房里在打水仗呢。

李大林说，眼不见为净。

李大林低头，继续搓揉脸盆里的衣服，我们受不了他这种忸怩作态，都躲到自习教室去了。

怪人，都他妈是怪人，整个九（1）班，没一个正常的！王正君刚坐下，就发起牢骚说，受不了了，啥时候调班，我申请调出去。赵多儿，你就别偷偷写你那狗屁诗了，你给他写篇报道，送到院报，没准能被评为节约用水标兵。我不喜欢王正君这种语气，钝刀子似的，杀人不见血。我不接他话茬。王正君就扯上王守富，说，班长，咱得想办法帮帮他，他这么下去，就算毕业了，是军官了，怕也找不着老婆，谁会与他这种人同床共枕？

3

我们在谈论李大林的时候，罗厚兵出现在门口。他若无其事地扫一眼我们就走了。谁都明白，他看似无意，其实早就盯上了我们，除了正常开班会，我们一聚堆，他就神探似的出现在我们面前，好像怕我们策反，随时准备向中队领导举报。

我再次见李大林弄来一盆衣服，在我的床铺前搓揉时，实在忍不了了。我走近，准备一脚将他的脸盆踢出门外，但就在我要飞起脚的那一刻，我眼前的床提醒了我。我调换铺位的事，像一道符咒扼制了我。我收住脚。我想，我若惹急了他，他将我私换铺位的事捅出去，后果不堪设想，毕竟我们还在考验期，未正式被授予准尉，我们还不是正式学员。

可我已走到他身边，脚尖已伸到他的脸盆沿，情急之中，我给自己找了个台阶。我弯下腰去，端起他的脸盆。我说，大林，你见不得水哗哗流淌，我不怕，我去给你洗。

半个钟头后，我把洗好的衣服，包括李大林的背心短裤，晾在了晾衣区。我把他的空脸盆递给他时，他平淡地说，谢谢你。我说，不谢，你不也帮我了嘛。他问，我帮你什么了？我压低声音，像是对暗号，我说，上下铺。他努力回想了一下，说，啊，那天我刚到，我又不认识你，没有义务帮你。我真的只是想睡上铺，上铺干净，没有那些脏兮兮的屁股坐来坐去，没有人在我身边爬上爬下，相反，是你帮了我。你看，我一上床，这床就嘎吱嘎吱响，害得你睡不好。

这条西北汉子，我对他感恩戴德，他顺水人情都不知道送。我自此知道，我与他，难在一个频道上交流。

李大林不知不觉中，被我们九（1）班孤立了。邋遢，往小了说是生活习惯的问题，往大了说，就是性格的问题，大家都觉得他怪。每次我与王正君、蓝有情他们打闹时，他独自坐在门角里打盹，像一只倦怠的浣熊。他像是提前进入老年状态。想起他初来报到那个夜晚，不管他是帮我，还是出于私心，他解救了我，这是事实，我应该对他好一些。那个黄昏，我们剪完草，往中队走，赶着回去冲凉，李大林走得慢，我故意落下来，跟他一起。我说，我们坐一坐。那时天暗了，只有少数足球爱好者在球场奔突。我们坐在草坪上。我问李大林，你真的这么怕水流吗？都要像你这样，怎么打仗？敌人用水枪就把我们打败了。

李大林说，我给你讲讲我的家乡吧。我的家乡在陕北农村，那是一个缺水的地方。我们那里的人，是以家里水窖储存了多少水来算家产的。那年我哥说了个女人，年底眼看要过门了，那家人到我家一看，水窖空了，这亲事就黄了，我哥到现在还打着光棍。

我心里一惊。难怪他成天像个老光棍，独自坐在门后的角落里。他哥一定就是这个样子，像浣熊一样，坐在村子里的某个角落打盹。

李大林说，因为缺水，原上的树很难长活，生我的时候，是春天，我爹在房前屋后种了十八棵树。爹给我起名李大林，就是希望这些树能长大成林。可最后，就只活了两棵，一棵在院子里，是枣树；另一棵在屋后，也是枣树。都是公的，不结枣。

不知为何，他说两棵不结枣的枣树时，我竟然想到了他和他哥。觉得他们哥俩像那两棵枣树，或者说，两棵枣树，就是他们哥俩的象征：光秃秃地立在他家房前屋后。

我问，这两棵枣树也很壮实了吧？有你腰粗？他说没有，也就像他胳膊粗。我说那也不小。他笑了，微暗中，他的牙很白，不像是抽烟人的牙。

我问，那么缺水，咋种庄稼？他说，所以才穷嘛，靠天吃饭。原上基本没收成，原下的收成，供一家人，饿不死就活着呗。

我望着他的大肚腩，笑而不语。

李大林说，人穷一点不怕，累一点也不怕，我就怕没水。我受不了没水。我从小就想走出那片原，去往一个有很多水的地方。我就努力读书，想考到大城市里去。读到高二，家里太穷了，实在供不起，我就去当兵。听说有海岛兵，我就去了海岛。

我当时就想，在岛上，守着满世界的水，用不完。到了岛上才知道，岛上的水更金贵。海水咸得不能用，更不能喝。岛上的淡水，都得从陆地送上来。在岛上，用水洗澡，那简直是奢望。一盆水，洗了脸擦身子，擦了身子洗脚，洗袜子，最后还要留着养花种菜。在岛上三年，我从未痛快淋漓地洗过澡。

你一个高中生，不知道海水是咸的？

知道，我知道不能喝，没想到还不能用。

我陷入沉思。他与我有着相同的经历，我也是高二辍的学。

4

湘江边是我们偶尔偷去的地方。因为往届有学员曾在那儿淹亡，学院管得紧。这个周末，我喊上李大林。他不爱动，怕出汗，我生拉硬拽。到江边，我指着奔涌的江水说，看吧，这么多的水，都白白地流淌，还差你的洗澡水、洗衣服的水？近水楼台先得水，向阳花木早逢春，我一边卖弄文采，一边说，我们学院不缺水，整个黑石铺不缺水，你就放心大胆地用吧。学院的水管，连着湘江，要多少有多少，没“水漫金山”就不错了。

我看见李大林那双深沉的眼里射出贪婪的光。他有心事的时候，从不说话，一贯喜欢用眼睛表达内心情感。他说，他生活在那片缺水的原上，人们不爱说话，眼神迷乱，不喜欢用语言交流，他们不允许唾沫星子飞溅，在海岛也一样。

地球上最后一滴水，也许是我们的眼泪。他说着那句公益广告语。他神情严峻，好像地球上最后一滴水，马上就会出现。

他站起来，独立初秋，凝望湘江北去，突然像喝醉了一样，浑身软绵绵的，两脚打着绊子，差点将自己绊倒。我急忙去搀扶他。他说，快，快走，我头晕。

我把李大林晕水的事，讲给我们九（1）班的人听，我说李大林因为生活在一个缺水的地方，从小没见过大江大河，见不得江河汹涌，见不得流水奔泻。王正君说，你也信？这是他邋遢的借口。他不爱洗澡，不爱洗衣服，总得给自己找个理由。他在岛上，面对满世界的海水，湘江的水，就把他吓晕了？

说的也是。

王正君说，把他拉到水房，把他的头按进脸盆，把他的衣服剥了，强行让他冲澡。就算他晕水，这一关，也总是要过的。一个军人，这么怕水，还用什么高科技，水枪就把他打败了。

他也想到了水枪。

说是强行，其实是以玩笑的方式进行的，除了李大林，所有的人，都笑嘻嘻的。大个子王守富反剪了李大林的手，王正君围上来当帮凶，何其撑抄起李大林的双脚。我们把他抬到水房。

我们褪去李大林的衣裤，把它们扔进盥洗池。那池子不宽不窄，正好将他塞进去，他便像一只煺了毛的白条猪。有人早已打开水龙头，三个水龙头水枪一样射向他，一个直奔头部，一个冲向小腹，一个扑打双脚。他挣扎着，吼叫着：干什么？放开我！粗俗，流氓，人身攻击……他的声音有着陕甘宁一带浓重的鼻音，因而不那么尖厉，它是浑厚的，失去了应有的威力。我们不理他，只当他是浑身舒坦而发出幸福的号叫。

李大林一口一个“流氓”，我们哄笑。在这男人的世界，怎么撒野，也算不得流氓。何其撑拧开那个冲地面的橡皮水管。当橡皮水管像水枪一样，射向李大林的胸膛时，他像中了子弹一样，晕倒在水池里，死过去一般。

我们这才知道，他不是装的，他真的晕水。我们急忙把他抬回宿舍，放在我的铺上。掐他人中，做心肺复苏。王正君喊，赶紧人工呼吸。没人应他，没人愿意去亲吻这样一张充满烟味的嘴，包括王正君，也只听呼声，不见行动。

你上！王正君对我说，他是你上铺的兄弟，你不上谁上？我犹豫着。他说，此时不上，更待何时！他用威逼的目光望着我。我伸手捏住李大林的鼻子，闭了眼，将嘴凑上去，还未接触到他，就听噗的一声，李大林从晕睡状态中醒来，嘴里的水喷了我一脸。他愤怒的目光扫向我们，最后落在我身上，仿佛我是他仇恨的靶心。

我们散开去，自此没人管他洗不洗澡、洗不洗衣。他就是不刷牙、不洗脸、不擦屁股，也没人在乎。

管他呢，只要他身上的蛆，莫爬到我床上来。王正君说。

我们自此对他习以为常，见怪不怪。

5

李大林终没逃过“水劫”，学院开了游泳课。那天，当我们在学院的游泳池边，像被驱赶的鸭子，纷纷跃入水池时，李大林完全把自己当成了一个局外人，仿佛面前的世界与他无关。他甚至连八一大裤衩都没有换。游泳课教员一脚把他踹进水里，他像一只肥鸭在水里扑腾，又像一条搁浅的大鱼，拍打出肉质的噗噗声，水被扑腾到池顶，半个游泳池像下雨，引起学员们的纷纷不满。直到他喝了第三口水时，游泳课教员才下令他的两个助理，也就是救生员，下去捞人。他们并不把李大林捞上岸，而是架着他的胳膊，让他练浮水。那天游泳课后，李大林被游泳教员留下，单独“加戏”。

我们不知道李大林遭遇了什么，反正他回到宿舍时，像是在阴曹地府走了一遭，一贯黝黑的脸苍白无血。他一声不吱，并且放弃了那天的晚饭。以后每次游泳课，他都被留下“加戏”，直到他同我们一样，拿到游泳课的结业证。

让我们倍感意外的是，李大林这样一个有着浣熊般缓慢节奏的人，竟然是整理内务的高手，一分钟时间，他那床被子就像一块巨型豆腐立在他的床头。他是上铺，叠被子时要跪在床上，难以施展，倘是下铺，他的速度当更快，质量当更高。而我，吭哧瘪肚四五分钟，那床被子还像发面馒头，气鼓鼓地立在那里。我恨不得找把刀，把它那鼓胀的部分削去。

这天上午上完课回到中队，我只觉一瓢雪水从头顶倾泻而下。我杵在天井里，看着南墙黑板上赫然写着我的名字，名字后面，一个“-”像一把利剑刺中我。我的名字下面是李大林，他的名字后面跟随的是一个“+”。

这是内务卫生评比结果。减号是扣分，黑色标识，加号是加分，颜色鲜红。

李大林，身居上铺，内务竟然弄了个中队最佳。我望着李大林名字后面那个红色的加号，它像一枚鲜红的军功章。而我名字后面那黑色的减号，它的确像黑夜里的一把剑。

定是中队干部别有用心，一个上铺，一个下铺，一个捧上天，一个打入地狱。

我茫然走进宿舍。我不想看到我的被子，但我还是忍不住看了，质量的确不高，但也绝非不可接受。再看李大林的被子，方方正正的，它不像是手工折叠的，更像是机器切割而成。

没有比较，就没有伤害！我被子之惨状，完全是让李大林的被子比出来的。睡他的下铺，与他纠缠在一起，以为是缘，原来是冤，是怨。

晚饭后，罗厚兵把我叫到宿舍楼后，我们站在一棵白杨树下。罗厚兵说，赵多，你的被子得下点功夫了，队长教导员说了，这几天要狠抓内务卫生，可能要连续检查，连续扣分达三次，可能会被勒令退学。他的口气语重心长，像位长者。我知道他是危言耸听，好不容易招上来一个军校学员，因为被子叠不好，就被勒令退学？不过我也清楚，这是能否继续留在学院的一个重要参考，各中队每届学员里，都会有三五个被退学的，以示军校的威严，说白了，就是杀鸡给猴看，让留下来的学员老实点，别嘚瑟。如果别的方面，学员表现都不错，队领导找不出毛病，那被子叠不好，就是大毛病了。罗厚兵的话让我一夜没睡踏实，身体在床上烙饼似的翻动。睡在上铺的李大林，真是心宽体胖，丝毫不受干扰，呼噜打得震天响。倒是住我对面的王正君，冲我喊道，你要是睡不着，就出去跑步，围着操场跑，跑二十圈、三十圈；要是还睡不着，你就打手枪，子弹一射，疲惫而畅快，立马就能睡着，比吃安眠药还管用。我骂了句，庸俗！我们的对话，惊扰了王守富，他说，下流！也不知是骂我还是骂王正君。

清晨起床，叠被子，越想叠好，越叠不好，整个一个发面馒头。我拽开被子，重叠，还是不行。李大林说，你让开。他把我推开，站在我床前，弓着腰，将我叠好的被子打开，像铺床单那样，将被子铺好，抹平，然后将被子三折，双手如刀，在折成三折的被子上砍三下，砍出六道印，再将被子叠起，右手食指往几个被角缝里一伸，往外一带，动作之快，像手指被烫一般，好像我的被子是烧红的铁块。而后，他的食指和拇指在被子边沿弹钢琴似的，边弹边移动，那被子就出了棱角，那棱角锋利得像刀，我都不敢用手去碰它，担心它把我的手指划破，流出血来。

李大林说，叠被子，从第一步开始，就不能敷衍，基础不牢，地动山摇。他的话，把我拽回三年前，那时我还在新兵连，我们的班长也是这样对我说的。只可惜我是后勤兵，赶上老兵复员，炊事班缺人，我新兵连集训未满，就提前被要到了炊事班，成为后勤兵中的后勤兵，内务卫生不像战斗班要求那么严格，我叠被子的水平，就一直没上去。

我注定与被子纠缠不清。小时候，家里穷，有垫的没盖的，有盖的就没垫的。我时常抱起我那床打满补丁的被子，上别人家与同伴们搭伙。当兵后，终于能一人睡一张床，拥有了崭新的被子。没想到到了军校，被子问题又来折磨我。

该着我命好，半路杀出个李大林，睡在我上铺的兄弟。他一把将我推开，说，我来。

自这个清晨开始，班里战友忙忙碌碌时，我坐在马扎上，看李大林给我叠被子，好像我是地主，他是我的长工，或者说，我是师父，他是徒弟，那种感觉，真是过瘾。李大林很快就让我评上了中队“最佳内务”，把上次丢的脸找了回来。不过，这也气坏了班长王守富，他说他要向中队领导告发，他说我和李大林是在合伙欺骗组织。李大林说，你不说这话，没人会忘记你是班长。赵多的被子叠得像发面馍，你非得让中队干部认为他作风稀拉，连续扣分，把他退回部队去？三个月强化训练结束，我们成为正式学员后，我就不管他了。

李大林的话使我内心波涛汹涌，但我压制了自己的眼泪。

王守富并没去告状。我的名字再次跃上中队的墙报，这次，名字后面跟着红色的加号。随后两次检查，皆是如此，我成了中队内务卫生“三冠王”。虽然班里的战友都知道是怎么回事，但他们依然很大度地向我祝贺。

6

月底，中队举行“每月之星”评比，有“学习训练之星”“好人好事之星”“内务卫生（主要是指叠被标准）之星”等。当中队干部宣读这星那星时，我思绪翩飞。我知道，这些荣誉，与我不沾边。没想到，我的名字居然被点到，情急之中，我大声答“哎”，而不是答“到”。整个俱乐部沸腾了。教导员也忍不住笑，问我，赵多，你想啥哩，做白日梦？

后来王正君说，我在台上戴红花时，脸比胸前的红花还红，像猴屁股。他说他敢肯定，这是我这辈子第一次得到荣誉。我骂他狗嘴里吐不出象牙，狗眼看人低，他也不生气，只是笑。

王守富说，其实，本月三朵红花，有两朵应该是我们班的，除了“内务卫生之星”，“好人好事之星”也应该授予我们班的李大林，赵多儿，你懂的。

我自然懂。我去军营超市，花了半个月津贴，买回一袋瓜子、两包花生、三盒饼干。我竟然忘了肉联厂的事，还买了四根火腿肠。我们从床下拽出马扎，围坐一起。我举着牙缸，以水代酒，向李大林敬酒。大伙开开心心吃东西，喝水。

我获“内务卫生之星”，队长教导员不知内幕，在随后进行全院内务（叠军被）大赛时，将我的名字报了上去。比赛当天上午，我才知道消息。得到消息的瞬间，我浑身冒汗。我说，你们知道的，我要去，非得全院倒数第一，不但不能给中队争光，反而会丢中队的脸。不能露脸，去露屁股，这不是把我往火炕里推吗？

王守富说，我去跟教导员说。我问，你怎么说？他说，怎么说？实话实说！

我等着王守富回话。想象中，教导员会走出他的办公室，走到我们一班，对我和李大林大声训斥，出乎所料，他都没露面，只让王守富带话说，上报更换名单来不及，就让李大林去吧，点到赵多的名，他就答“到”。如果检查士兵证（我们当时还未下令，无学员证），就说赵多临时拉稀，换的李大林。

比赛在当天中午进行，赛场设在体育场主席台前那片水泥地。

可能因为那天午后阳光有些毒辣，评委想节约时间，他们并未查验士兵证，点名答到后，参赛者按要求，将自己的被子拽开，铺在水泥地面。评委一声令下，各中队选送上来的六十人，双手麻利，忙碌起来。那场面，甚至比我日后在电视里，看张艺谋导演的数千人击缶而歌还要壮观。

李大林是第六个喊"好"的人，按规定，完成比赛后，参赛选手立正在自己的被子旁，不能有多余的动作，但我分明看见李大林朝着观众席回头，他像是在寻找我，也许不是。他开心笑了一下，因为那一刻，我看见有一缕阳光在他下巴的上方晃动，那应该是牙齿的反光。

经评委验收，李大林叠被质量第一，用时第六，总排名第三。

我们并没把这次全院叠军被大赛当回事，它在我们心目中，甚至不如我们中队的乒乓球比赛重要。直到三天后，一张立功证书和一个三等军功奖章传递到我手中，我才知道，学院是多么重视叠军被。全院前三名都算立功，前六名给予嘉奖和奖品。

千万别小看叠军被，它最能反映军人作风。教导员说。

可这功应该是李大林的啊，但证书上、奖章上白纸黑字，写的是"赵多"。教导员说，就这么着吧，若到学院去更正，李大林照样立不了功，你这枚三等功奖章，也得收回，我们队的领导，还得受批评，给个处分也说不定。

谁说天上不能掉馅饼？天上就真的掉馅饼了，还砸中了赵多儿的头。王正君嚷嚷道。

教导员肖正荣想给李大林一个补偿，可李大林干什么都像提不起精神，干什么都像无所谓，没法把功给他。当他终于知道李大林还不是党员时，就把中队这个季度的预备党员表格给了他，前提是让罗厚兵先动员李大林，写了份入党申请书。

王正君给我们分析李大林叠被水平如此之高的原因，主要是海岛无事可干，寂寞的时候，李大林就叠被子，叠了抻开，抻开再叠，如此反复。

林哥叠的不是被子，是寂寞。王正君说。

学院同样重视队列，可惜我们九（1）班没这个实力，别说整个学院，就是在九中队，我们也排不上号。每次中队队列会操，有着“大怪兽”之称的我班队列，都毫无悬念地获得倒数第一，同时获得许多别的班压抑不住的笑声。

我说这要怪罪于“二王”，王守富一米九二，王正君一米六二，这落差，本身就有喜剧效果，而队列，是严肃的。王正君说，队列的高低不重要，重要的是排面，你们看，我们班这排面，不倒数第一才怪！李大林往队列里一站，那个大肚腩，整个突出去三十厘米。

我扭头去看，李大林的肚子的确突出明显，但说三十厘米，显然是夸张。王正君的心思我清楚，他转移话题，是怕别人把队列得分垫底的责任归咎于他们“二王”。他想多了，身高是爹妈给的，我们无权指责，怪只怪队干部不该把“二王”分在同一个班。

我对李大林感恩戴德，在内心准备把他当作一个憨厚的大哥去尊敬，他一盆脏兮兮的衣服打消了我这个念头。他说，帮我洗一下。我一愣。他说，我见不得水啊这么白白地流，我听不得水哟这么哗哗地响……我说，你别跟我唱信天游，你啥意思？他说，以后，我所有的衣服，你帮我洗，我每天帮你叠被子，直到三个月强化训练结束。

原来是交易。

我望一眼我的床，那豆腐块一样方正的被子，的确给我带来了荣誉，还有安全感。我弯腰，屏住呼吸，端起他的脸盆，和他那散发着汗酸味的衣服，走向水房。我急匆匆打开了水龙头。水并不是无色无味的液体，水有着淡淡的香味，像雨后的茉莉，但它们一流进李大林的脸盆，一切都改变了，从颜色，到气味。

第五章　考核季

1

考核的序幕，像一张黑色的大网，悄然拉开。与考核挂钩的，是末位淘汰制。这个末位，并非最后一名，也许是倒数三个，也许是倒数五个，每个中队都有，以示军校的威严。那些体能跟不上、文化素质差、身体不合格的人，将被“打捞”出来，“扔”出学院的大门。

考核分为身体复检、文化复试、军体考核三项，时间长达三个月，这一切，其实在一周时间内就可完成，院领导在新学员入学动员大会上说，学院宽容、博爱，要给新学员足够的时间和机会，但几乎所有的新学员都认为，时间越长，精神上越折磨人。

这分明是拿钝刀杀人啊！王正君仰天而叹。

最开始是身体复检，这等同于走过场。我们坚信我们的身体都没毛病。一路走来，体检多少次了，每个人体检抽的血，若是献给医院，都能救一条人命了。有毛病早被刷掉了，挺不到今天。所以这一关，我们并不担心，总觉得学院搞这种体检，是脱裤子放屁。我们也知道，学院这个裤子年年要脱，这个屁年年要放，否则，今年不复检，明年就有部队敢把身体有毛病的战士，送到军校。

我们每个人都脱了一次裤子，检查有没有痔疮、性病，尴尬的是，不都是男军医，还有穿着白大褂子的女医生。王正君说，一位“半老徐娘”，在检查他有无痔疮，是内痔外痔还是混合痔时，顺手摸了一把他的前面。好尴尬啊！他感叹说。但他的话可信度不高，我们一笑而过。

李大林炮兵专业好，文化课也不错，他担心体能，更怕器械。王守富说，赵多，你与李大林组成对子，互帮互助，手牵手，心连心，传帮带，共命运。我面有难色。王守富说，怎么，不乐意？他可是帮过你的。

他的话让我周身陡起一股寒意，我以为我偷换上下铺名签，被李大林保下的事，他知道了，还好，他说的是叠被子三等功的事。他说，你那个三等功，应该是李大林的，你不知道？我说，我知道啊，整个九中队都知道。他说，知道就好，李大林就交给你了。

我陪李大林去往操场。王正君追出来，碰了一下我的肩，朝李大林的背影努了一下嘴，说，注意风向。我明白他所指，他是让我躲避李大林身上的气味。我们都纳闷，饭堂从未做过羊肉，这味道在他身上，怎么就如此根深蒂固。

李大林回头，看我和王正君在他背后嘀咕，脸上不悦。王正君赔笑，解释说，呵呵，我告诉赵多儿注意安全，保护好你。

李大林说：一个班副，还挺拿自己当个官儿。知道为什么选你当班副吗？因为你适合站排尾。王正君停下他的脚，立在原地，他努力地伸着脖子，像是水鸭在努力吞咽一枚田螺。

李大林站在器械旁时，我在他身边保护。一股汗酸味几乎将我熏倒，幸亏有风，我站在风的上游，这样气味就淡了许多。我后来对王正君说，你他妈的成了精，连风向都考虑到了。王正君说，我们是炮兵，射击指挥专业，风速风向是必须要考虑的。

李大林并不练，他在器械旁静默几分钟，像是在祈祷，然后，坐在沙坑边抽烟。他说，赵多，你练吧。我说，我又没事，我都能过，我是来陪你练的。他不上器械，只顾抽烟。他问我，你要不要来一支？我说，不，我从不抽烟。我不理解，他竟然那么喜欢抽烟，抽不起好烟，抽劣质的烟，一支接一支，躲着抽。别人偶尔给他一支烟，他笑着，露出牙缝，很黑，牙很白，黑白分明的笑。彼时，他脸上有着贪婪与满足。我说，大林，你能否把烟戒掉？他说，在海岛上，寂寞难熬之时，是它陪伴着我，我怎么能忘恩负义，抛弃老友呢。我这辈子都丢不掉它。

他狠劲吸口烟，把烟立在眼前，朝着烟吐着烟圈。一个个烟圈，在空中升腾、扩散。烟圈大了、淡了，慢慢地，在我们头顶的天空消逝。他陶醉在烟雾里的神态，让我不忍心阻止他。

他接连抽了三支，然后，把最后一个烟屁股往地上一扔，一脚踏上去，踝碎。说，练！那语气，就像给自己下命令。

烟像是他的兴奋剂。

自此，每晚自习后，我都陪李大林到器械场，说是练器械，他都是先抽烟、唠嗑，最后才练习。抽烟和唠嗑，像是他上器械前的一种仪式，好像他踏上器械，是踏上一条不归路。而我，是陪练，也是陪聊，无形中，起到安抚作用。有时看他上器械，真像是人生的一次送别。

他很折磨人，但他总是在我忍无可忍，不想再忍时，像赴刑场一样，冲向机械。上了器械，他像黑夜里的一个球，在上面滚动。那个晚上，再次因为胖，动作不连贯，像球一样滚动时，他怅然坐在了双杠上，不再移动自己的身体。他说，走吧，治标还得治本。

我没想到，他的所谓“治本”，是减肥。第二天晚饭前集合，他同我们一样，站到队里，可当队伍走向饭堂时，他报告、出列，走回宿舍，以后每天如此。他说是胃不舒服，没胃口。王守富上医院，给他拿来胃药，他不吃。王正君有空就走到他跟前，对他“望闻问切”，他忍无可忍，才说出实情。他说，我胃没毛病，我减肥呢。王守富说，减肥不能这么减，这么下去，胃早晚会出问题。下次集合，李大林喊报告，王守富当着值班员的面，朝李大林喊：不准出列。硬是让他同我们一起，走到饭堂。到了饭堂，李大林就是狼见了肉，想不吃都不行。为了控制食物的摄取量，他上来就先喝一碗汤，然后，再盛一小碗米饭。吃半饱的滋味，李大林说，不如不吃。

你害我，非要我到饭堂。李大林对王守富说。

随之而来的这个夜晚，李大林像是故意报复，他没完没了地往厕所跑，我们的美梦，一次次被他打断，最终都无法入睡，苦不堪言。起先，我们怀疑他是吃了什么变质的东西，后来才知道，他到学院卫生队，说自己便秘，骗来了泻药，企图泻肚减肥。静夜里，他泻肚的动静大而急促，从厕所传到我们宿舍。王正君道，我的个妈，一泻千里呀！

王正君起床，拦住李大林，说，我爷爷是个老中医，我懂的，你这样会丢掉这条老命。李大林推开他，上床睡觉。一夜之后，李大林不但没瘦下来，反倒浮肿起来，双脚像踩在棉花上，落不到实处，几次差点跌倒。我扔了他的泻药。

2

军体考核即将开始，喜欢坐在屋角，像老光棍一样沉默的李大林，紧张起来。他专业好，不怕军事，他害怕体育。体育分跑和跳，外加器械，器械包含单杠、双杠和木马。器械三项，至少要有两项合格，才可视为合格。器械三项，考核内容都是三练习。

李大林说，完了，我可能要成为这个学院的过客。说完，他恢复成可怜的老光棍模样，独坐宿舍一角，好像是在躲避，但谁都知道，躲避不是办法，我们必须面对。我们别无选择。

罗厚兵说，考都考进来了，还怕复试？李大林说，当时为了改变命运，拼了老命，现在，那股劲泄了，拼不动了。

在李大林他们那个海岛，像他这样的高中生并不多。五月份的某一天，李大林坐一天一夜的船，到陆上海防团参加考试。他吐得一塌糊涂。他们的团长是老海岛，同情守岛兵，把军里下来监考的考官灌了个半醉，李大林的军体科目，才侥幸通过。

两个月后的文化课考试，李大林再去陆上，团长竟然认出了他。团长那天喝了很多酒，舌头僵直，嘴里吐出的话，像石头一样硬。团长说，黑小子，文化课白纸黑字，本团座帮不了你，你好好考吧。

李大林考进来了。

这次百米考核，我与李大林同分一个小组。我一口气冲到终点，转过身来看他，他还在遥远的跑道中间，一双胖腿像是粘在一起，膝盖以下，才看出分了叉。那不像是两条腿，更像是一条鱼的鳍。快到终点时，他明显跑不动了。他努力地摆动着他那对粗胳膊，双脚却跟不上手的节奏，整个人看上去像一只受惊的扑腾着的肥鸭。终于过了终点，他歪倒在地上，大汗淋漓。他朝天甩出一句鼻音很浓的脏话：百米，我日你大的尻子！终点线处的考官忍不住笑了。一笑泯恩仇，紧张局势得以缓解。李大林见考官笑了，胆子大起来，说，教员，我是海岛兵，那个岛很小，根本跑不了百米，速度太快刹不住，就会冲到海里去，就是能跑百米也不敢跑，跑一身汗，没水洗，喝的水都没有。

我听见李大林的声音震颤，像是哭了，但我不知道他是不是真的哭了，因为他满脸是水，看不出是汗还是眼泪。我们几个早到了终点的学员，都把恳求的目光投向考官，希望他能放李大林一马。我看见考官右手一挥，说，我们学院大，横跑竖跑一千米，都撞不到南墙。我们学院不缺水，你下去好好练，莫怕出汗。

“下去好好练”对我们考生来说，是一道赦免令，他暗示着我们还有下次，暗示着这次放你一马。

穿着背心短裤的李大林，立正，向教员敬军礼。他大肚腩挺得像个孕妇。他这个脱了裤子放屁的动作，差点自毁前程。考官皱着眉头，说，这体型，可得练！说着，在他的“合格”二字旁边，添了一个“-”号，勉强合格的意思。合格指这一科进了保险箱，勉强合格，则是悬着的，要以别科成绩为参考。勉强合格的超过三项，将被视为不合格。

单杠考核。单杠三练习动作要领：双手撑杠，单脚跨杠。李大林将自己吊在单杠上，无论怎样折腾，两只胳膊就是无法将他的身体，引到杠的上方。他像是在向我们表演大熊猫爬竹竿。折腾几下，他一屁股跌在沙坑里。顷刻，他像是想起什么似的，突然跳起来，快步往沙坑外走。他人过去，沙坑里留下椭圆形的两瓣屁股印，那印砸得很深，都成坑了。

军校有险阻，苦战能过关！李大林大吼一声。他朝自己的手掌上吐了两口唾沫，拍了拍掌，紧握双拳，挺起他软塌塌的胸脯，走到单杠下，再次把自己挂了上去。他没有按要领把身体自然下垂，他双脚像青蛙腿一样蹬动，好像空气中有看不见的梯子，好像蹬踩空气也能借力。经过一番挣扎，他终于把自己的上半身立在单杠上方，并最终让身体上部，直立在杠上，然后，他努力将一条腿迈过杠去，借助身体重心，使劲后倒。身体在惯性的作用下，绕杠一周。

他成功了。他完成了杠上动作。尽管他的下杠动作并不标准，不是跃下来，是跌下来的，屁股还砸在原来的屁股印上，使那两个屁股印更深、更肥硕。

这哪里是在考核，简直是演哑剧。考官笑，又怕我们看见他笑，便转过脸去笑。笑了几声，他克制住自己，问李大林，你哪儿来的？李大林说，浪遮岛。教员说，浪遮岛？那个岛我去过，艰苦啊。巴掌大一个岛，岛上除了兵，什么也没有。一个巨浪，能把岛遮挡，这是它名字的由来。岛上考来一个大专生，不容易，下去多练吧。你得减点体重，单杠三练习，不难，减点体重，轻松上杠，下杠也不会那么狼狈。你叫李大林，你兄弟李大双的比赛，电视里看过吧？下杠动作，非常重要。李大林羞涩地笑，向考官敬礼，说，谢谢考官大人！考官笑了，大伙跟着又是一阵乐。

3

双杠考核时，李大林采取滚动战术，摆臂、坐杠、前摆内转90°，他都免去。他将整个身体蜷缩成一只球，就那么叽里咕噜在双杠上滚，他身宽体胖，此刻倒成了优势——这使得他不至于从两杠之间掉下来。他在双杠上滚动，像在地面滚动一样自然，考官还未反应过来，他已滚落到沙坑里了。

器械的下杠动作要求自然落地，他却是自由落体。

憨态可掬，憨态可掬！王正君小声说。他憋住笑，嘴角咧到了耳朵根。

考官对李大林说，再来一次。李大林说，我做了嘛，我做过了嘛。他浓重的鼻音让人觉得，他不是在用嘴说话，而是在用鼻子。

毕竟人家是考官，回到队列里的李大林，只好又向器械走去，考官却突然制止了他，说，不用了，下去好好练。

双杠考官为何突然不让李大林再来一遍，事后，我们有几种猜测。有说考官同情李大林的，有说考官认为李大林可爱，放他一马的。王正君说，你们说的都不在点子上，考官是怕李大林受伤。他不往下跳，而是滚，万一脑袋先着地，颈椎受损，造成全身瘫痪，那就麻烦了。

王正君的话虽刺耳，但不无道理。

考官让李大林下去好好练时，李大林屁颠屁颠地走向队列，三五步路，他竟然还颠出一个屁。我们哄堂大笑，威严的考官，再也控制不住，大笑。唯一不笑的人，是李大林，他疑惑地看着大伙，好像那屁与他无关。那神情是在问我们：怎么回事？你们乐啥呢？他一脸无辜、茫然，我们又乐了一次。

李大林单、双杠勉强过关，接下来是木马。他最怵木马，木马像一座山横陈在他面前，他从未跨越过。考前我问他怎么办，他说，没事，爬也要爬过去。

他果然就是爬过去的。

那天的木马考试拖到黄昏。夕阳微光映照，木马立在沙坑边，像一匹出征前的战马，等待着它的主人。残阳如血，木马悲壮而孤寂。

我脚踏跳板，腾空展臂，像一只鸟飞过山丘，轻盈落地，屈腿、站立。每个人有三次机会，我一次到位。我站到一旁，当下一个人的保护。

下一个是李大林。

木马三练习的动作精髓是屈腿腾越，但“腾”和“越”，好像与李大林的体形不沾边。

李大林脸憋得通红，冲向木马，在脚弹离踏板的一瞬间，双手在木马上拍打。我忍不住为他叫好，他终于有了腾空飞跃的愿望。然而，他并没将自己的身体腾起来，没有越过木马，而是坐在了木马上，“坐马”是跳马的大忌，好在他并非坐着不动，他借助惯性向前爬行，双手在木马上倒腾两三下，之后，像腹中胎儿，头朝下，双手抱膝，跌向沙坑。我一个箭步上前，拽着他的胳膊，哪里拽得动，我的手较之他飞行的身体，就是一片羽毛，被他的身体拂扇开去。奇怪的是，他眼看就要扎向沙坑的脑袋，突然往他自己的裤裆钻去，最后砸向沙坑的，依然是他那肥硕的屁股。他的屁股砸得沙坑里的沙子，水花一样四溅。

李大林坐地不起。我去拽他，他推开我的手，自己站了起来。肥胖，的确是他的“自然灾害”。他将自己的肉身像沙袋一样扔向沙坑，一副赴汤蹈火的样子，这无异于在战场上拿肉体去堵枪眼。

这是拼了命啊！

考官要求李大林再来一次。李大林故技重演，他依然在木马上爬行，依然像胎腹中的婴儿，头朝下，双手抱膝，头向裤裆钻去，屁股扎向沙坑，不偏不斜，两瓣屁股，还砸在原来的屁股印上。

能做到这一点，简直就是特技演员。王正君惊呼：叹为观止！

我去拽李大林，他坐起来，一个趔趄撞上我，我感到他皮松肉懒，肌腱无刚。

考官在李大林名字后面打上一个“√”。考官说，同学们，李大林的动作并不标准，但他的精神感染了我。我当着你们的面，让他过。如果有什么问题，我来承担。如有必要，我亲自向院长解释。我们先不论李大林的动作标准与否，就说他这种精神。有这种拼命精神，别说是考场，战场上他都不会退却。

掌声响起。

李大林是我们中队最后一名参考人员，李大林过后，他那两片椭圆形的屁股印，在沙坑里保留了好几天。周末晚饭后，我与王正君漫步器械场，他像发现新大陆似的，发现了这两片屁股印。回到班里，王正君吟起了诗句：啊，九（1）班，难忘九（1）班，百米跑道上，有你蹒跚的步履；器械沙坑里，有你深深的屁股印……

他这打油诗，我们一听就明白，他剑指李大林。其时，李大林正坐在门角的马扎上抽烟。我担心他会从屁股下抽出马扎，向王正君的后背拍过来。我随时准备拉架。但李大林没有，他只是将烟掐灭了。他灭烟不借助外力，用食指和中指捏住烟的火星，那样子比拿马扎拍人更让人惊骇。烟熄灭后，他将烟屁股扔在脚下，将身体矮下去，双肘拄着膝盖，双掌捂脸，静静地坐在马扎上，半天无语，那样子，让我倍感心酸。我问他，大林，你怎么啦？他慢慢地放下手，那手湿淋淋的，全是眼泪。

王守富说，王正君，你他妈的一张臭嘴，少说两句，没人把你当哑巴！

李大林说，与他无关，那几位考官让我感动。

我们面面相觑。李大林貌似没心没肺，实则柔情如水。他以柔克刚，没费吹灰之力，就让我们对他充满同情，对王正君满怀不满，他若如我猜想，拿马扎拍王正君一下，那他的形象，就坍塌了。

李大林接着点燃一支烟。按中队规定，宿舍不许抽烟，队领导让我们互相监督，可李大林不抽烟，似乎没法活，我们就睁一只眼，闭一只眼，只要他知道开窗换气。何况，烟味能掩盖他身上那羊肉泡馍的味道。

4

按学院规定，文化、体育、军事专业三大项，任何一项里，如有一小项不达标，可以补考一次。两小项不达标，这一大项就不达标。有一大项不达标者，将做退学处理，没有补考的机会。

李大林的单双杠和木马侥幸过关，百米有一个“-”，这表明五公里越野，他只许成功，不许失败。而五公里越野，恰恰会令很多学员谈虎色变。五公里越野同百米跑一样，在规定的时间内，过了就是过了，没过就是没过，没有任何商量的余地，不像器械，考官评判的标准是橡皮的，有伸缩性。

五公里考核前，王正君说，李大林，为兄教你一个绝招。

李大林两眼露出欣喜，问，什么绝招？

王正君说，想象你前面有个美女，你是色狼，没命地去追。

李大林说，你才是色狼呢！他情绪沮丧，声音低沉，说，那么累，面前就是真的有个美女，我也没力气追。

蓝有情说，那就想象身后有一只狼吧，你还是你，是人，后面有一只狼，不是色狼，是肉狼，要吃你的肉，拼命地追你，你不努力奔跑，就会没命。

李大林摇头，说想象终归是想象。

李大林那张苦瓜脸，真是让人不忍卒看。那次我换床铺名签后，他站出来解救我，我从未忘记。我站出来说，我替你吧，到终点时，你报我的名，我报你的名。我体育成绩全优，五公里是强项，到时候就算让我补考，我也能过。

王守富制止了我们，他说，这是作弊，抓住了，就得“双开”，考试是要带士兵证的。这样吧，我们带着李大林跑，前半程我，后半程你赵多儿。替跑不行，是作弊，要处分。带跑是团结友爱，体现团队合作精神，学院支持。

带跑也是有风险的。带跑距离短了，李大林同样过不了关。而距离一长，势必影响带跑者的速度，弄不好，两人都过不了。这分寸，难把握。

见我犹豫不决，李大林说，其实也没什么，大不了不及格，退回原部队，年底退伍，也好早点回家搂婆姨。我说，你就那么急着搂婆姨？你老家是不是有婆姨了？你的婆姨一定很漂亮。他脸涨得通红，说，你瞎说什么？我说，是你自己说要回家搂婆姨的。

五公里考核前，教导员肖正荣站在出发地，亲自为我们吹响冲锋号。他还特地送李大林一句话：军校有险阻，苦战能过关，加油！

我们绕着一个人造湖奔跑。学院选择这样的路线，并不是为了让我们欣赏湖光山色，是怕我们作弊。车把我们运到起点卸下，我们就没命地向终点狂奔，选择其他任何一条路线，都将远于沿湖而行，这一招阴险，谁也没法抄近道，除非他泅渡。泅渡哪有跑步快。

带跑，是指在跑步人身边陪着他跑，给他鼓劲、打气，控制他的节奏。我们做的，却超越了带跑的本义，直接拽着李大林跑，这是学院不允许的。所以，我们拽着李大林跑的路段，选在考官的视线之外。

前半程，王守富一直拽着李大林，他身高腿长，是我们九中队有名的长跑高手。跑到二点五公里处，王守富放开李大林，自己开始加速。李大林的速度慢了下来，他呼吸急促，不断喘气。我在他身边跑。我鼓励他坚持。我说五公里最困难的时期到了，挺两三分钟，气息顺畅了，人就会轻松，跑起来就快了。我让他及时调整呼吸，三步三呼吸，两吸一呼，吸短气，吐长气，中间停顿。他按我说的做了，但效果并不明显。他一仰脖子，闭上眼，停在那儿，让我先走。他说，我不行了，与其两人都过不了关，不如甩下我这个包袱。我一把抓住他的手。说来也怪，我抓住了他的手，如同抓住了自己劫难中的兄弟，责任感顿生，疲惫的身体像打了鸡血，浑身气力凝聚。我身体前倾，双脚最大幅度蹬起来，越跑越轻快。转过湖湾，李大林挣脱我的手，说他轻松多了，想自己跑。

有一段时间，我忘记了李大林，按照自己的节奏跑，后来，我发现我把他落下太远，便往回跑，去接他。于是，在那天的五公里考场，出现了与目标方向相反的奔跑。当我跑回到李大林身边时，他已经停在路边，抱着一棵梧桐树喘息。不错，是抱着，而不是倚靠。他努力不让自己趴下。我一把拽住他。我说，快跑，快了，路标指示，还有一公里。他不动。我说，你抱着梧桐干吗，你又不是凤凰。他说，我不行了，你快跑，别把你给耽误了。我说，没事，走！

他死死地抱着梧桐树不松开，还发着牢骚，说学院纯粹是故意整人，现在都用GPS系统定位，用电脑指挥打仗，将来的战场，其实就在电脑机房里，没有必要这么练体能。我不理他的牢骚。我说，你说这些都没用。我一记重拳砸在他手背上，他哎哟一声，松开双手。我拽起他就跑。我说，我们得加速。我左手抓住他的右手，奋力挥动右臂，像赛艇运动员在拼命划桨。我用前脚掌蹬地，让身体一次次弹起。李大林同样拼命地划着手臂，同样地跳跃着。他被我的频率所左右，想慢下来都不可能。他被我拖拽，脚倒腾得快起来。我以为我俩在湖边夕阳里奔跑的剪影，一定像两只健美的梅花鹿。我侧头去看，水面的倒影却是那么滑稽，像一只落水瘦猴，与一只海豹在水里戏耍。

正是这个画面，让我激情四溢。我看到我在帮他，我看到我的不抛弃，不放弃。我被我自己感动了，顷刻间，犹如一支兴奋剂注入体内，我活泛起来。我能听见血在血管里奔涌的声音，它们在给我擂鼓加油。李大林好像也过了五公里越野的艰难期，变得兴奋起来。我看到了他脸上的自信，他的脚步似乎也变得轻盈。我看见终点离我不远了，那里用半人高的彩色编织袋，围了一个“门”，两三个考官，五六个兵，在那里把守。

早已跑到“门”里的战友，向我们俩挥手，加油。教官在那里倒计时：一分钟……五十秒……三十秒……二十秒……

时间到！考官发出号令，守在“门”两旁一左一右两个战士，就要将“门”往里合。我脑子轰的一响，身子就要向地上歪去，但在最后一秒钟，我做出了惊世之举，我就着惯性，把李大林往前一拽、一搡。李大林的身体，像一个麻袋被我推了出去，反作用力使我不但没有扑向正在关闭的“门”，反而向着远离“门”的方向，一个趔趄。在跌倒的那一刻，我斜一眼李大林，我看见那两个战士在将“门”合上那一刻，做了瞬间的停顿，正是这一瞬的停顿，李大林才在教员宣布“时间到”的长长尾音中，像一只大黑鲨被大白鲸吸入它那宽阔的大嘴，进了那道彩色的“门”。

“门”合上。我跌倒在“门”外。

我闻到浓浓的血腥味。我看到我痰里的血丝。我累得快吐血了。我想，如果再坚持一百米，那血肯定会喷涌而出。

我等着补考。

一个星期后，五公里越野补考的名单下来，居然没有我，我明明被关在了“门”外的。王守富说，一定是你舍己为人的精神感动了主考官。

我不知道是不是，我只觉得浑身轻松，愉悦，自豪。

5

计算盘计算射击诸元考核。室外，图上作业。我对数字不敏感，计算盘是我的弱项。我把希望寄托在李大林身上。

那天天气很好，不太热，风似有似无。在中队大院里列队，我就跟着李大林，跟得很紧，就像他的尾巴。他的屁股往哪儿掉，我就往哪儿站，唯恐被他有意或无意甩掉。倘若恰好李大林坐在该纵队的最后一位，那我只有坐下一纵队的第一个位置，如果是这样，我的算盘就落空了。好在这次有惊无险，李大林是该纵队倒数第二，我稳稳地坐在了他的身后。天时、地利，就差人和。我觉得，凭我这么多天在器械场给他“陪聊”，凭那天五公里越野，我把自己舍出来帮他，他一定会帮我。李大林在教员整队的那一瞬间，斜眼看了我一下，那眼神意味深长，似乎在暗示我什么，我会心一笑，感叹他不愧是我上铺的兄弟，与我心有灵犀。

我们坐在马扎上，双膝支撑起图板，装订好地图，考官一声令下，我们开始作业。一共二十五道计算题，每题四分，共一百分。用计算盘推算出答案，要求速度，还要有精度。我本来就慢，还怕算错，为了保证精度，计算得更慢。但我仍不自信，不敢把答案往答题纸上抄写。我装模作样地把答案写在草纸上，只等李大林递给我精确的答案。李大林在岛上寂寞的时候，就拨弄计算盘。他的计算速度比计算器还快，精度也高，一个密位都不差。他计算盘的推算，不只在我们班，在整个中队，都是顶尖的。

我知道作弊有风险，要是被考官逮着，我们将双双受罚。考试不及格的，可以补考，一旦发现作弊，将被勒令退学，没有商量的余地，可我还是怀抱侥幸心理，渴望闯关成功。我们坐在开阔的操场上，考官站在前面，将我们尽收眼底，但我相信有机会，只要李大林愿意帮我。我幻想李大林瞅准时机，以迅雷不及掩耳之势，将纸条扔在我脚旁，我装作系鞋带，伸手把它捡起来，把它压在掌心，找机会悄悄展开，之后就安全了，就可把纸条当作自己的草稿纸，大模大样地誊写。

我等待着。

李大林坐下后，再没有给过我任何眼神。时间过半，我越来越着急，考官来回走动，并没有盯得特别紧。当我肯定他们没有盯着我时，我用脚踹了一下李大林的马扎，他装着没有感觉到，但他分明感觉到了。

李大林是第一个交卷的人。交卷的人往方队外走时，怕影响别人，一般都是走到方队后面，再从侧面离开。我以为李大林交完考卷的那一刻，经过我身边时，会把纸条悄悄扔在我的图板上。没有，他走过我身边时，一粒尘埃都没留下。

那一瞬间，我像落水的人要抓住一根救命稻草，用手去拽他的衣襟，但他屁股一扭，躲过了，仿佛我的手只是树枝，剐蹭了他一下。那一刻，他肥硕的屁股竟然扭动得那么灵活，像一堵墙的移动，带起一阵风，把我的心彻底吹凉了。

指望不上他了，我只得把刚才做的不太有把握的答案往答题纸上抄。

那天下午，我不知道是怎么走回中队的，我脑子里就像一张白纸，上面写满了“忘恩负义”这四个字。

回到宿舍，我不理李大林，把他当作我身边的一堵墙。他从我身边走过，或者，我走过他身边时，我屁股一扭，躲过他，就像他在考场扭屁股躲着我。我故意做给他看。我们就这么冷战了两天。那两天时光，对我来说，尤其漫长，我不想理他，但怎么可能？他可是睡在我的上铺，白天装着看不见，晚上没法装。

体检结果出来，中队一百多号人，全部合格。合格通知下发的当晚，王正君就把一副近视眼镜架在了鼻梁上，趾高气扬的，好像全学院的人都被他骗了。而一旦踢球，他把眼镜摘下来，传球又比谁都准，看不出他是近视。我们怀疑他那副黑色圆形玳瑁镜框的眼镜，仅仅是一种装饰，因为那张圆圆的没有棱角的脸，戴上眼镜，的确要可爱得多。

李大林冷战那几天，我与王正君打得火热。

周六晚上无课，李大林从自习教室拎来作业包，掏出计算盘，拽个马扎坐在我身边。他说，我出题，咱俩同时推算。熟能生巧，反复练，成百上千次地练，肯定没问题。

我噌地一下站起来，脸转向窗外。我说，我不练了，我没有必要练，我只等着被退回原部队，年底退伍回家种地，搂婆姨。

李大林微黑的脸瞬间成了猪肝的颜色，他木然地坐在那里。

三天后，计算盘计算火箭炮射击诸元成绩出来，我精度六十分，超时，总成绩不合格。我与李大林友谊的小船，就这么翻了。

什么同学、哥们儿、上下铺的兄弟，狗屁！我说。他在他报到的那个晚上拯救了我，我在他五公里越野时帮他，现在扯平了，互不相欠了。从此，他走他的阳关道，我过我的独木桥。

6

第二天是专业考试中的另一项：给火炮赋予射向。

射击教员石竹山那时还不是我们的教员，只是一个考官。他点到我的名字时，我走向我前面的方向盘，它被提前架设在一片空地上。

队列里的李大林，突然向我开口，声音不高，教官听不见，我听得清楚：别紧张，一步一动，注意节奏，哪怕误差大一点，动作也要像那么回事。动作不专业，主考官一眼就能瞅出来，想放你一马都难。

我没理他，给火炮赋予射向，要的是精度，不是花拳绣腿。一个海岛来的家伙，在寂寞的海岛上为了排除寂寞，把计算盘和方向盘玩溜了，就像上了一回天似的，当起我的教员了。而真正需要他“拽一把”时，他却冷漠如石头人。

我努力甩开李大林留给我的不快，走向考场。但开始操作时，李大林那有着浓重鼻音的话，在我耳边萦绕着，像山谷的回音：一步一动，注意节奏，哪怕误差大一点，动作也要像那么回事。我跨步，上手操作，微蹲、弯腰、报数据、喊好。我喊“好”的同时，手离开方向盘，人成立正状，此为考试结束动作，之后，我不能再去碰方向盘。

我的确注意节奏，一步一动，把手和脚都甩疼了。

石竹山走到我跟前，在检查我方向盘刻度时，右手拇指在方向盘上轻轻滑动了一下，速度之快，像蜻蜓点水，方向盘的指针便指向另一个数字。他冲着二十米外的记分教员说，合格。又低声对我说，误差二十个密位，真正打起仗来，是要伤自己人的。这次放你一马，下去好好练。毕业考试时可没人会这么仁慈，何况毕业前还有实弹射击，那可不是闹着玩的！

我急忙立正，敬礼，大声说谢谢。这是我素质的体现。结果，惊动了主考官，他走过来，问，怎么回事？石竹山说，他说看过我写的诗，以后也想写诗，我答应指点他，他谢我。

我吓出一身汗，这多此一举的“谢谢”，差点毁了我的前程，好在有惊无险。我记住了他——石竹山，一个很诗意的名字，同时知道了他是一个诗人，这出乎我的意料。一个射击教员喜欢写诗，这个问题困扰了我很久。

石竹山后来教我们的射击课。第一次课后，我跟到他的办公室，要了他的签名诗集——《寂静的山谷》，那是他自费印刷的，没有书号。那其实不叫书，一本册子而已，但在我看来，已够厉害的了，我自此成为他的粉丝。遗憾的是，他的诗不如他的名字有诗意，也就是比顺口溜强些的水平。他的形象在我脑子里迅速坍塌，但他办公桌上的一本相册，很快又将他的形象支撑起来，原来他曾是老山前线的一名战士。他的很多文字，虽然平淡，但浸染着鲜血。他当时正忙着追电视台的一位播音员，没多少时间搭理我，我们私下的交往，就中断了。

我后来问李大林，考方向盘赋予射向，为何要把动作放在第一位，而不是精确度。他说，主考官就在前面盯着，你动作不专业，他一眼就能看出来，那时候，考官想帮你也帮不了。我问，你怎么知道考官会帮我？他说，考官知道我们不容易，不会轻易对我们开杀戒的。

可我专业不好。我说。

我们到军校来，不就是学专业的吗？李大林说。

这个“老光棍”，要么沉默不语，要么语出惊人，一语道破玄机。大智若愚啊。

下午是英语课。英语教员郝美丽没让我们上教学区的教室，而是在课前，来到我们中队。她让我们上自习教室。她将我们复试的英语试卷发给我们，把选择题的答案写在活动黑板上：ABCD、ACBD、BDCA、BACD……之后，她拿出一张纸条，说，这是马德礼递给王守富的，上面写道：对不起了对起不了不了起对不对起了……直到“我不能给你答案”。郝美丽说，这是他们的暗号，被她破译了，A所对应的字“对”，B所对应的字是“不”，C所对应的字是“起”，D所对应的字是“了”。英语试题，全部是选择题。二十五道题，每题四分。郝美丽说，按照这么对应，马德礼给王守富的答案，全部正确。

我们这才知道，在考场，英语教员收缴了马德礼递给王守富的纸条，我们当时忙着做题，并不知晓。马德礼是我们中队考分最高的。他原本可以读本科，但家里穷，想早点毕业当军官、挣工资，于是就报了专科。

马德礼也是实在人，故意错上几道题，老师的证据也就不那么确凿。王守富也是贪婪，故意抄错几道，老师怕也无话可说。

我们事后议论我们的英语教员，指责她太阴险，马德礼的纸条刚递过去，她是看见了的，她不制止，不把他们的作弊行为掐死在萌芽之中，她故意等到王守富把答案抄在了考卷上，让他们的违纪变成事实，她才出手。

马德礼不承认，说他真的只是想帮王守富，但没有机会，是觉得对不起对不起，直说对不起，情绪激动，又懊悔，就写乱套了，至于与答案ABCD、ACBD等重叠，纯粹是巧合。

年轻的英语教员不作辩解，扬长而去，高挑傲慢的身影，配上半高跟军用皮鞋叩击地面的橐橐声，引得无数学员回味。教导员肖正荣向着背影追过去，无奈为时已晚，通信员已将学院的处分决定取来：马德礼按勒令退学处理，而王守富，却平安无事。

据说这么处理，有一个很充分的理由：每次新学员开学复试，作弊行为屡禁不止，学院不处理抄袭者而大力度处理被抄袭者，就是要从源头上掐死作弊之风。马德礼行侠仗义，中了枪。

按教导员吩咐，马德礼将身上那串钥匙，交给何其撑。何其撑身兼三职：学员、中队器材保管员、通信员。他成为我们班头衔最多的人。

马德礼走的时候，我们应该送他，应该流泪，应该失声痛哭，但我们没有。我们这么冷漠，似乎是在照顾王守富，怕触及他的痛处。好在马德礼与我们共处的时间并不长，深厚的友谊还未结下，我只花了一个早操的时间，就忘记了他。但黄昏逼近时，湘江的风越过学院围墙，吹在我的脸上，我心底莫名地涌起一股忧伤，我知道，这与马德礼的离去有关。他用他的离去向我证明，李大林在计算盘考试时，对我漠然视之是对的。否则，李大林或许也会被学院开除，果真那样，军校三年，我的精神上将备受折磨。

李大林看似是个马大哈，其实是个精明人，大是大非面前，他并不马虎。

我凑近李大林，让他告诉我怎样把计算盘转得飞快。他拽出马扎，在我身边坐下。他从作业包里掏出计算盘。七个晚自习后，我获得计算盘推算真谛，在随后的补考中，我得了六十五分。在军校，六十分万岁，六十五分，够了。

第六章　忧伤

1

石教员身高一米八，国字形的脸，轮廓分明，皮肤微黑。他要是不吱声，往那儿一站，从他身边走过的人，都会误认为他是一尊青铜雕塑。石教员当兵后，被选到仪仗队。不久，南方有战事，他写血书，到了前线，几次与死神擦肩而过。一次，他们排去执行任务，整个排，几乎全部牺牲，他也昏死了过去，是树叶上的露水滴进他的嘴里，浸醒了他。在战友们倒下的地方，他活了过来。后来，他被保送到我们学院学习，之后留校任教。

他主教射击，还兼带我们的队列课。我们从当兵的第一天起，就走队列。队列在军校，只是辅助课。

石教员的射击课讲得生动，讲着讲着，他就跑题了，讲当年他所在的南方前线。他告诉我们，教材是死的，战术是活的。他们在战场打炮时，遇到紧急情况，来不及计算射击诸元，就用肉眼和手指判断，火炮同样能覆盖目标。

石竹山是我们心中的英雄，三十多岁，未婚。王正君说，这样的男人，身后肯定有一大堆女人在追。后来，我们从别的教员那里得知，王正君的判断是正确的，追他的女孩不下一个排，都是二线演员、电台非主播、模特但非名模。我们猜测他是玩弄女性的高手，这话被王正君当玩笑传到他耳朵里，他淡然一笑：婚前要选好女人，婚后要对女人好。

也就是说，他一直在选，选那个他婚后要对她好的女人。

石竹山嗓音浑厚，歌唱得不错，一次野外课上，在一片有溪流的林子里，他给我们唱《十五的月亮》，唱《血染的风采》，唱《长城长》。他说，有一位战地文工团演员，没有名气，但是他们很多战士心中的偶像，她来慰问他们，演唱的正是这几首歌，她同他们握手，没有一个战士不激动、不流泪。他们排一个叫“小喜子”的战士，说想同她拥抱一下，她很大方地拥抱了他。小喜子不久后战死了。

石竹山讲的故事，让我们陷入忧伤。溪流潺潺有声，我们沉默不语。

我喜欢听她的歌。石竹山说。

我喜欢你的歌。我说。

我们私下议论，石竹山，那么一个粗壮的男人，怎么喜欢写诗；那么阳刚的一个人，不应该叫石竹山，干脆叫石头得了。我们后来私下叫他石头。

他几乎是一个完美的男人，唯一的遗憾，就是皮肤有点黑。不过，在某些女性眼里，那是健康的肤色。

2

石竹山的课很活，不生搬硬套书本。一次，依然是在野外，他扔下器材，带我们满山抓“敌人”。他体力好，满山跑，跑得我的两条腿都快不是自己的了，像是两截木头，承担不住自己的体重；我们有一半人都趴下了，他却还在山坡上追蝴蝶，用手指去碰落树叶上的露珠。之后，他沉默了，凝望着远处的山巅，一直沉默。我们跟着沉默，因为怕打破他的沉默。我们都知道，他是在怀念他那些牺牲了的战友。

周善仁攀上了石竹山，他是我们中队少数几个可以进到石竹山宿舍里的人。我觉得周善仁最终能通过学院一系列复试，是石竹山暗中帮了他，就像我那次给火炮赋予射向，石竹山暗中帮了我一样。否则，一个假兵，就算曾有他舅舅教他，也学不了这么快。

何其撑说，看周善仁的素质，不像是一个假兵，他是周善仁的哥周善德的说法不可信。他认为周善仁还是周善仁，他哥是他哥。他哥淹死了，他想念他哥，觉得他哥活着，其实他哥死了。他说他是他哥，是他的臆想。他哥活在他心中。

王正君说，阿掌你他妈的吃饱了撑的，给我们说绕口令呢。

周善仁其实是周善德，这到底是周善仁的臆想，还是一个不可告人的秘密，我们不得而知。我们保守着这个灼人的秘密。

周善仁这个秘密压在我心中还没消弭，新的秘密露出端倪：他竟然有一个亲戚在总部当大官，那个总部首长，是他的舅姥爷。这个秘密，较之周善仁其他的秘密，更让我莫名惊诧。

这个秘密，是我最先发现的。那段时间，我常见周善仁在自习教室写东西。他的神态诡秘，见到有人进到自习教室，他就匆忙停止书写，把稿纸塞进抽屉，再在上面压本书，把抽屉推进去，还要检查抽屉是否关得严密。他一边藏起稿纸，一边偷看我们，像一只受惊的松鼠。我猜测他一定在偷着写情书。

刚入校时，大家一个个装得跟和尚似的，无一人说有女朋友，好像有女朋友，是一件不道德的事。三个月强化训练结束，我们下了准尉令，成了正式的军校学员，胆子大起来，相伴的是，各自的女朋友，像水里憋闷太久的鱼，纷纷浮出水面。有人甚至扬着女朋友的来信，招摇过市。那氛围，搞得我们没有女朋友的抬不起头。都是军校学员，层层筛选，差别能有多大？凭啥你有女孩子喜欢，而我没有！所以我们之中，一旦谁有了女朋友，甚至还不能称之为女朋友，仅仅处于相识阶段，也掩饰不住内心的狂喜，总想让同学知道。于是犹抱琵琶半遮面，假装掩饰，实则是张扬。

周善仁那种躲闪，分明就是这种心理。在好奇心的驱使下，我溜进教室，偷看了他的稿纸。

是一封信，一封让我透不过气的信，他竟然是写给总部某个大首长的，他称大首长为舅姥爷。我的个天啦，他竟然有着这么厉害的关系，简直不可思议。更不可思议的是，他对这种关系，秘而不宣。

一道阴影出现在我面前，我仰头看，是周善仁。他质问我，你偷看我的信？见我惊慌失措，他笑道，看了就看了，别告诉别人。然后，他就走了。我望着他的背影，佩服得难以言说。我珍藏这个秘密。直到有一天，他的秘密被王正君发现。王正君说，周善仁这个家伙，看似老实，其实不然，多疑。他写情书，看见我去，就藏了起来，好像我要偷看，我才不看。

说不看的王正君，只坚持了一个小时，见周善仁进宿舍，他就溜了出去。我知道他去翻周善仁的抽屉了。这样好，知道秘密的就不只我一人，我也就没有必要坚守秘密。坚守这个秘密，会把我憋死。我冲周善仁友好地笑，他却并不看我。他静坐在马扎上，望着他脚前的那片地面，那里什么也没有。他眼眶凹陷，目光深邃，多数时候，看上去心事重重。但现在，他眼里只有虚无。

时间不长，王正君回来了，他装作若无其事，却是满脸喜悦。他朝我挤眉弄眼，我心知肚明，跟着他上了水房。

王正君心里永远藏不住事，让他坚守一个秘密，会把他憋疯。一个秘密，他知道了，就意味着九（1）班都知道了；九（1）班知道了，就意味着全中队知道了。果然，仅仅过去一个下午，外加一个晚上，周善仁就声名大振。第二天的周善仁与头天的周善仁，判若两人。他很快获得了我们的尊重，还有嫉妒。在入学头三个月的强化训练期，我们随时面临淘汰，他有这层关系，无疑进了保险箱。周善仁让我妒火中烧，也令我肃然起敬。在这命运攸关的时刻，我们每一个人，挖门盗洞，想找关系都找不着，周善仁有这层关系，却从未提及。他的低调，使他瘦削的身影，像一座山一样，屹立在我们面前。

如果这事，仅在我们九中队传播，也就罢了。在一次语文课上，他又一次给他的舅姥爷写信，被语文老师抓了个正着。他不听讲，鬼鬼祟祟，语文老师以为他在写情书，收了他的信，一看总部这位大首长的名字，也是吓了一跳。这事就大了，院长办公室的参谋干事都知道了。他们把他叫到办公室，同他说了一阵子话。

几天后，教导员肖正荣换下通信员何其撑，让周善仁当了中队兼职通信员。

我们九（1）班，无论淘汰谁，周善仁都不会惨遭淘汰，班里的人这么想，周善仁就很快被孤立。

我在队列里往饭堂走。一米九二的王守富依然走在排头，鹤立鸡群。他脚步迈得坚定、洒脱，队列里少了一个人，他好像没一点感觉，好像马德礼的离去，与他没有一点关系。

据他说，他并没有让马德礼给他答案，是马德礼见他文化课差，主动就把答案递过去的，所以，这个黑锅，他不背。他的话，王正君表示怀疑。王正君说，事先没有商量，怎么知道“对”“不”“起”“了”几个字各自代表的字母？我觉得王正君的话有道理，但事实如何，除了王守富和马德礼，没人说得清。现在，马德礼走了，王守富咋说，我们咋听。

我觉得王守富心狠，马德礼离去，看不出他感伤，我不是当事者，还伤感了一个早晨。我劝诫自己：这种伤感是无谓的，除了让自己不舒服外，没有意义。我对自己说，马德礼的离去，与我无关。

3

刘留香在时，我并没与他有过多的交往。他就是一个花花公子、纨绔子弟，油光水滑的，不像个兵，我心里既排斥他，又怕他瞧不起我，就常躲着他。他走了，我竟然有些想他。他的确不像一个兵，在大伙眼里，他就是一个文弱书生。他离去也许是对的。他看上去，比我还不适合带兵。

我对马德礼的怀念，只是瞬间的事，那感觉像飞走了一只蝴蝶，直到有一天，他像一只蝴蝶，又飘然而至，回到我们面前。

那是个沸腾的星期天，其时，同学们还在午睡。我被一泡尿憋醒，去了趟卫生间，又回到床前，抱起我的军被，趿着拖鞋，送到晾衣区。我往宿舍走时，听见外面响起锣鼓声，先是隐隐约约的，渐渐就明晰了，声音高起来，由远而近，直逼我们九中队。

是马德礼，他身着军装，却像个新郎官，胸挂大红花，脸像大红花那么红，后面是簇拥的人群。

我们很快得知，马德礼被学院勒令退学后，在回湘西老家的途中，勇救落水少年。这些簇拥而来的人，是被救少年和其父母，还有当地的政府官员。

人群中，有我们的教导员肖正荣，比马德礼还像英雄，在那些记者的摄像机面前，跑来晃去，做着演说。他说，马德礼是英雄，是我们九中队的英雄，是我们学院的英雄。他没说马德礼被学院勒令退学的事，他没有视马德礼为我们九中队之外的人。他带着马德礼，带着落水少年，带着少年的父母，带着当地政府官员和记者，带着那些记者拍摄的马德礼救落水少年时的照片，直奔院长办公室。

我们议论，说，咱当兵的人，就是不一样。马德礼，平时就乐于助人，关键时刻，才能冲上去。

后来，教导员对我们说，是他坚持让马德礼回到学院的。他恳请院长说，马德礼在归队途中学雷锋做好事，回到部队了，这个救落水少年的英雄就是部队的，马德礼留在学院，这个英雄就是我们学院的。学院生活平淡，需要这样的英雄，这样的英雄，甚至可以培养成学院的典型。

马德礼就留了下来，再次回到我们九（1）班。院长发表感言，说马德礼这种助人为乐的精神，是一贯的，关键时刻，才能将生死置之度外，展现出一个学员的品德。那次作弊，他不是自己抄，他是在帮别人，当然，方式不对。

马德礼像哑巴，一句话也不说，只红着脸，我们则像是在梦里，这也太超出我们的想象了，不像现实，像电影。王正君说，马德礼心眼好，感天动地，这是老天的恩赐。

4

马德礼回到学院第二天，周善仁突然被院长办公室召去，说是他舅姥爷来了，叫他到学院招待所某某房间。我们都替他高兴，他却似乎高兴不起来，好像还很忐忑，非要拽着我做伴。找到那个房间，他本能地敲门，报告，敬礼。得到允许后，他进去了。看到那个长脸的大首长，坐在招待所豪华间的真皮沙发上，周善仁当即“啊”的一声惊叫，像中了子弹，呆若木鸡。坐在首长一侧的院长站起来，冲他说，周善仁，你舅姥爷来了，多少年没见着了？正好让你来见见面，叙叙旧，别紧张。

我站在门口。我去关半掩的门时，看见周善仁突然跪倒在地，“哇”的一声大哭起来，直呼自己错了。

原来他根本就不认识总部的这位首长，首长更不是他的什么舅姥爷。他哭泣着说，他家是大山里的，到军校后，压力大，自己军事素质一般，害怕军校把他退回去，就假想着首长是他舅姥爷，给舅姥爷写信，以壮胆，这完全是一种心理作用，一种心理暗示。在一次次想象的倾诉中，他竟然对大首长产生了亲情，仿佛大首长真的就是他的舅姥爷，他真的就有那么大的一个靠山，哪想后来他的信被人发现，又不敢申辩，怕被说是欺骗，就一直瞒了下来……

院长愤怒了，当场表示，要将周善仁逐出学院大门。老首长微笑着，站起来，对院长说，算了，一个孩子，一个农村娃，给他一次机会，给他一条路。他拽起周善仁，握着周善仁的手，满脸放着和善的光。他说，这事到此为止，从今往后，老老实实做人，认认真真学习，顺利完成学业，回到部队后，贡献祖国。

周善仁回答说：是！请首长放心，我一定做一个诚实的人！

他的话，把我拽入五里雾中。做一个诚实的人，那怎么不把他顶替他死去的双胞胎弟弟的事，向首长交代？

周善仁的“舅姥爷”事件，只有很少的几个人知道，但还是在我们班传开了。几天后，他不再兼任中队通信员，通信员依然出在我们一班，是王正君。周善仁腰间那串不离身的钥匙，挂到了王正君的腰际。

星期六下午，王正君腰间挂着这串钥匙，叮当作响。他约我去湘江边玩。我说，你这钥匙，像狗链子一样，将你拴得紧紧的，你去了，行吗？他说，没事，我问过教导员，下午无战事。

我们来到江边，上了风波亭。站在风波亭上远眺，浊浪排空，千姿百态。王正君迎风而叹：

生活啊
如这水里的浪花
变幻无常
我来不及惊诧

我说，该写诗的是你，不该是我，你才是一个诗人。

我那时写诗，已由地下转入地上，九（1）班的人都知道。

第七章　室内课

1

我喜欢室内课。室内课，我们看似被桎梏，其实最自由，神思飞扬，想给谁写信就给谁写信，愿意思念谁就思念谁。

这天的室内课是马克思主义原理，简称马原。马原课属于哲学范畴，不生动，但它让我想起那个作家马原。我喜欢他，读过他的书，《冈底斯的诱惑》。他的叙述潇洒自如：我就是那个叫马原的汉人，我写小说。

于是，我在上马原课时，埋头看马原的小说，并且模仿着马原写小说。我写道：我就是那个叫赵多的军校学员，我写小说。我接着写：我叫赵多，不是因为我家兄弟姐妹多，恰恰相反，我是独子。我的父亲怕我被鬼魂缠住。物以稀为贵，多就贱，命贱好养，鬼魅不感兴趣，阎王爷不惦记，父亲就给我起名赵多。现在，我是一名军校学员。同学们喜欢加儿化音，叫我赵多儿。我喜欢他们这么叫我。他们这么叫我我觉得亲切。

其实，我并不会写小说。我只是把我这种拙劣的模仿，美其名曰小说。

有一天，我从马德礼手中得到一本杂志，我就把我所谓的小说，邮寄给了那个杂志。那个杂志社根本没把我的小说当成小说，也没发表我的文章，而是从我一万字的我自认为是小说的文章里，选出了开头那一句话：我就是那个叫赵多的军校学员，我写小说。之后是一个破折号，连上的是通信地址。

我才知道，那个有名的杂志，每页底部都登着交友信息，类似于广告。于是，麻烦事来了，半个月后，给我的信像雪片般飞来。

有一封挂号信。当我看到右下角落款“牛娃”时，我以为对方是一个男孩，心不在焉地拆开，一张女孩的照片滑出信封。女孩说不上漂亮，但也不丑，有着一张大嘴，像后来那个电影明星。那个明星出名以前，几乎所有的观众都认为大嘴丑，她红起来后，那张大嘴就流行了，非但不丑，还被看作性感。

可惜那时候那个明星还没出名，所以当我看到牛娃的照片时，我没有觉得她的大嘴性感，反而觉得遗憾，若不是她那张嘴，她可真是一个完美的女孩。我就用寻求完美的目光，欣赏牛娃。我不去看她的嘴，而去看她的长发飘飘，看她的修长身材、白色连衣裙、白色运动鞋。于是，我看出了清纯、美丽。照片上，她将自己置身于一片柳枝旁，让她的秀发与柳枝一起在风中飘动。她左手自然下垂，右手从头顶伸向空中，像是要摘一片柳叶，更像是天使准备展翅飞翔。她那双丹凤眼，此刻正凝视着我。

我从牛娃的文字里获知，她在广州，是中山大学大二的学生，英语系。

那个夜晚，我失眠了。我躺在床上烙饼，遭到王正君的斥责：你不睡，到操场跑五公里去，把个床搞得吱吱响，还让不让我们睡了？我不再烙饼，让自己平躺着，我想早点睡去。没有用，就是睡不着。我在考虑要不要给牛娃回信。她不认识我，没看见过我的照片，更没见过面，为何想同我交友？是对军人的喜爱、崇敬，还是轻浮，还是另有所图？一连几日，我心神不安，难下决定。在我犹豫之时，她的第二封信飘然而至。在信中，她告诉我，天渐凉，要多穿衣，好像我们已认识好久似的。她问我，你在长沙还好吗？我冬天想到长沙来看雪。你到广州来看雨吧。我读着这些文字，忍不住笑了。长沙离广州那么近，广州的冬天没有雪，长沙就一定有吗？长沙就没有雨，偏要跑到你广州去看雨？到底是大学生，浪漫，浪漫得幼稚。

那天，我收到牛娃的来信，是一首短诗，诗很直白：

我是一匹任性的马

我是一匹任性的马
独自走天涯
风霜雨雪
是我眼前盛开的花
我是一匹任性的马
追逐天边的流霞
你是我远方的牵挂
你是我心中绿色的花
…………

我们的语文老师告诉过我们，诗歌要有意境，有意境的诗，才美，看牛娃这诗的意境，美得惊艳，你眼前就会出现一个长发飘飘的女孩，骑着马，独自走天涯。而我，是她的牵挂，穿着军装的我，是她心中“绿色的花”。这是一个文采飞扬的女孩，但同时，你会觉得，她是一个任性的女孩，如她所言——一匹任性的马。

我拿着这封信，表面上将它东藏西藏，实则是招摇过市，想让九（1）班的同学都看到，看到一个叫牛娃的女大学生，给我写了信。我就是想让九（1）班的同学都知道，才不出众、貌不惊人的赵多儿，也有人爱，而且爱得深沉：

我是一匹任性的马
独自走天涯
风霜雨雪
是我眼前盛开的花
我是一匹任性的马
去追逐天边的流霞
你是我远方的牵挂
你是我心中绿色的花
…………

2

我反复诵读这首诗。我就是在这个时候，迷上了写诗。以前，我只是喜欢，很浅地喜欢，现在，达到狂热的地步；也就是在这个时候，我真正尝到了一点恋爱的滋味。恋爱的滋味，其实就是牵挂。你会在不经意间想起她，会在夜里睡不着觉，思念她。

与她交往，已不仅是满足自己没有女朋友的虚荣了。

牛娃在她给我的第三封信中写道：你还好吗？现在，女生宿舍只剩下我一人，我坐在窗前，一把吉他，为你弹一曲《梅花三弄》。

我不知道《梅花三弄》是什么，去请教王正君，正好把信暴露给他。他拿出他的小型录放机，塞进一盘磁带，按下播放键，录放机里，传来一个女人的歌声，九（1）班充斥汗味的男性世界里，旋起一阵清凉的风。歌者的声音，像秋日的雨丝，清爽，带着凉意，伴着忧伤。他们野兽一样吼叫起来，喊道：赵多儿，你小子有艳福。一个女孩，为你唱相思歌哩。

但我只沾沾自喜了几天，牛娃的又一封信，让我陷入苦恼中。牛娃说，她想要我一张穿军装的照片。

这不是为难我吗？我知道我的样子：个子小，眼睛小，八字眉，窄额头。个子小好说，照相时垫块砖，不照全身。但我这张脸，实在不忍示众，用王正君的话说：贼眉鼠眼。这样的照片，邮给她，我们的关系不“黄”才怪呢。

可我想与她保持这种关系，想同她“处”。

我在我的床头柜里，搜寻着照片，希望能找到一张像样的。我找出一张，放下，再找出一张，还是放下。我知道，这些照片，无论寄出哪一张，都会把事情搞砸。

王正君在我的相册里，冲我调皮地笑。他这人，不能用帅来形容，但模样还算周正，没有明显的缺点，重要的是，他有“耐人毛”，招人稀罕，至少不招人烦。我突发奇想：把他的照片邮给牛娃。反正牛娃又没见过我，我邮谁的照片，她都会认为那个人就是我，我就是照片上那个样子。

王正君缺点如我，个子不高，但这都不是事儿，给她半身像，她怎能看出？至于以后事情败露，我就说我装照片时搞错了，那时，我们的感情加深了，我的才气已将她折服，她未必那么绝情，定要同我吹灯。何况还没到那一步呢。以后的事，以后再说吧，反正现在，我不能没有女朋友，不为情感，也要为这颗寂寞的心，还有面子问题。

牛娃很快回了信。她说我穿军装的照片果然帅气，问我是否有挎枪的照片。那几天我们正好有野外课，荷枪实弹。野外课出发和归队前，我们各自抢拍了几张照片，样子都很威武。我给王正君买了一听可乐，向他讨得一张挎枪的照片。他问我做何用，我说，我想写诗，对着你这张照片写一首军旅诗。

我把王正君的照片邮去了。

牛娃随后的信，对我（其实是王正君），进行了一番褒奖，说我（其实是王正君）可爱。她说，她特别喜欢我（其实是王正君）挎枪的样子，说真威武。

全乱了。

恋爱中的人，都是傻子。这还称不上恋爱，就傻了，我的信有漏洞，难以自圆其说，她竟看不出来。而这一切，还远没有结束，只要我在信里提到什么，她就要让我给她寄类似的照片，比如，我说我们踢了怎样快乐的一场球，她就要我踢球的照片。我只得拉着王正君一起去踢球，最后请王守富给我们拍照一张。王正君嫌麻烦，不想照，我说把我的表妹介绍给她，他就同意了。他同我一样，需要一个女孩子牵挂，填补精神空虚。

我其实没有表妹。

3

时隔多年，回望黑石铺，王守富的精明、沉着和冷静，给我留下了深刻印象。那时的我，不是热衷于踢球，就是思念虚无缥缈的牛娃，而此时，王守富已开始为毕业前的考试铺路。第一堂高数，王守富就向吴启明献殷勤。吴启明年近六十，矮小、干瘦、仙风道骨。他教我们高数。那是我们第一堂高数课，我们区队轮到我班值日，而我班恰好轮到我。课前，我将黑板擦过。我们静等上课时，王守富拿着黑板擦，走到前面，又把黑板擦了几个来回。他边擦黑板，边扭头看吴启明，渴望被他发现的心思暴露无遗。

于是，后来的高数课，我们这些值日生，都特别善解人意，故意把黑板给王守富留着，给他献殷勤创造机会。

每次室内课前，我们会唱一两支歌，大都是军歌。这个时候，教员站在讲台一侧，听我们歌唱。指挥者不定，谁愿上谁上。九（1）班，我和王正君最活跃，经常冲到讲台上，潇洒地比画几下。王守富从不登台指挥，偶尔轮到他值班（各班长轮流），无人上台，冷了场，他就朝着我或王正君喊：来一个。我或者王正君，就屁颠屁颠地冲上去。

王守富的身材，加上讲台的高度，他的头几乎碰着天花板。我们坐着，仰头看他，他高得滑稽。他擦完黑板，也不下来，继续指挥我们唱歌。教员吴启明站在讲台一侧。吴启明身高估计一米六零，又穿着平底布鞋，在穿皮鞋的王守富身边，像小花猫遭遇长颈鹿。

王守富起唱的歌是《咱当兵的人》。唱到“咱当兵的人，就是不一样”时，不知是谁，突然喷出一声笑，接着更多的人笑起来，那歌就唱不下去了。王守富双手本能地做着指挥动作，双眼茫然地望着大家。他不知道下面的人为何而笑，这时，王正君指了指王守富的小腹，王守富一边做着指挥的动作，一边低头，看是不是自己的腰带松了，或是裤门没扣。他没发现问题，抬头接着指挥，王正君依然往他的小腹处指，他再低头看，发现没问题，再抬头，王正君再指，他再低头，这样反复五六次，歌唱中的我们笑得不成曲调。那个叫吴启明的小老头儿，双眼笑成两条线。

高大的王守富走下讲台，路过吴启明身边时，吴启明伸手想拍拍他的脑袋，抚摸他一下，结果，只够到了他的肩膀。

你叫什么？吴启明冲王守富的背影问。

王守富！王守富答道。他转过头去寻吴启明，又极快地转过头来，那长颈鹿似的脖子，被他的脑袋拽得越发细长，似乎就要拉扯断。我听见王正君夸张地喊了一声“我的个妈”。

哄笑声骤然响起。

那天的王守富很兴奋，他想让吴启明认识他、记住他，他的目的达到了。吃过午饭，他快活地同王正君斗嘴，问他，我指挥唱歌时，裤子拉链没开，你何以指我裤门？王正君说，我指的是你的肚子，我让你收腹，你肚子太挺，指挥的时候，像老汉推车，难看。我让你身体前倾，你看，指挥唱歌的时候，身体前倾，翘臀，特有指挥家的范儿。王守富说，那你指我肚子好了，为何指我裤裆？王正君说，对不起，射向产生了偏差。当然，你的判断也有偏差，我指的是你的小腹，不是裤裆，我没那么下流。他说完直乐。王守富上前，将王正君按在床上，捶得他直喊饶命。

王守富失算了，吴启明并没记住他，他只记住了他的形象。在第二堂高数课上，他问鹤立鸡群的王守富：你叫什么？

王守富说，我叫王守富。吴启明说，啊，王守富王守富！他站在讲台上，开始讲课。课间休息，王守富走上讲台擦黑板，他又问王守富：这个高个子，你叫什么？声音低沉而沧桑。王守富突然一个急转身，冲吴启明喊：老吴，我叫王守富。

王守富说完，嘴里突然像卡了一根肉骨头，合不拢，就那么张着。我们也吓得直吐舌头。王守富之所以叫吴启明老吴，是因为那几天，我们总在背后议论吴启明。我们议论他时，口口声声叫他老吴，王守富就说顺了嘴，脱口而出。

吴启明并没在意王守富喊他老吴，或许他根本没听清。他念经似的自言自语：啊……王守富王守富。

我们哄堂大笑。

王守富脸上绷紧的肌肉绽放开。吴启明望着他，像突然想起什么似的，说，王守富，你刚才叫我什么？

王守富在原地立定。他受了惊吓，不敢回头，背对着吴启明。众目睽睽之下，王守富面红耳赤。他的目光一直盯着地面，似乎要寻一条地缝钻进去。

谢谢王守富同学，吴启明说，你叫我老吴，没叫我吴老。

我们不知道他说的是真心话，还是在嘲讽王守富，都屏住气，目光在王守富和吴启明身上来回睃动。吴启明笑得似乎很真实，他冲王守富说，下去吧，叫我老吴吴老吴老老老老吴都可以，别在我的课堂造反就行。说完，他自个儿哈哈大笑。

吴启明笑的时候，嘴张得很大，那个黑洞里，金属假牙闪着银光。他的表情天真无邪。他的样子把我们逗乐了，好像他那么哈哈大笑，我们不配合他笑，就不礼貌。然而，他那大张着的嘴，突然合拢，笑容消失，神情严肃。这让我们觉得，即便这样一个小个子，一个老头儿，只要他严肃起来，也是威慑四座。我们被他的表情感染，都不自觉地挪动屁股，正襟危坐。

吴启明说，同学们啊，我有一个弟弟，在山里种田。去年农闲时，我让他来我家住几天，他本来比我小十岁，到这儿，左邻右舍，都认为他是我哥。今天，我弟弟要是站在你们面前，王守富同学，一定会对他叫吴老，他看起来比我还大十岁哩。

同学们，这就是差距啊。我们这个学院，就是分界线！同学们，莫忘理想，记住初衷，珍惜时间，好好学习，过一个无怨无悔的人生吧！

掌声如雷。

这堂课，我们有些蒙。我们没想到吴老头儿会在一堂数学课上，给我们谈理想，谈人生。

这堂课，王守富看似受了奚落，其实他赚了。他与高数教员吴启明的距离拉近了，这正是他所期望的。

4

王守富同高数教员吴启明处得火热，先是表现在课前的几分钟，擦黑板、指挥唱歌，不久，他们的友谊延伸到课堂上。几乎每堂课，吴启明都要提问王守富。有的问题简单，王守富答上来了，他就表扬两句。有的问题复杂，王守富像脖子里卡了螺蛳的旱鸭，结结巴巴，说不出所以然，吴启明就让他站在黑板边上，给他详细讲。这个时候，整个课堂就变成了一个人的高数课，这自然引起众人不满。可吴启明我行我素，他冲闹哄哄的教室喊：吵什么吵，着什么急？只要王守富能及格，你们都能及格！

这话无疑给我们吃了一颗定心丸。王守富都能及格，我们还有什么怕的？那一刻，我特别庆幸我们中队有一个王守富。

王守富居然能自由出入吴启明家，这太让我们惊诧了。我们先前是不知道的，有一天，王正君上东院卫生队看病，碰见他俩，一高一矮，走在家属院的一号楼下。王守富扛着一个煤气罐，跟在吴启明身后。很显然，王守富给吴启明当“力工”去了。

这事要是让我们班的李大林撞见还可，让王正君撞见了，就等于让全班的人撞见了，不出一根烟的工夫，我们都知道了。

王正君说，两人好得情同父子，王守富就差管吴教员叫爹了。他背后说不定，已认吴启明当干爹了呢。

说话间，王守富踏进宿舍。不见其人，先见其影，整个门全部被阴影堵死，能有这种效果的，不可能是别人，只能是王守富。王守富拽出马扎坐下。他不坐床，上下铺之间的间隙，安放不下他坐着的肉身。

不知是王守富没听清王正君的话，还是装作没听见，他无任何反应。王正君不识时务，近乎挑衅。他说，班长，我有个创意，咱们周末搞个学雷锋活动如何，帮助他人，提升自己。你看看，有哪个教员家需要帮助，我们全力以赴，拖地、擦玻璃、扛煤气罐，都可以做。

王守富小脸微红，知道自己的踪迹暴露，干脆大方地向大伙坦白，并表示，周六下午，他将带一个人，到吴启明家擦玻璃、拖地。他说，王正君最近精力旺盛，我就选他。

王正君说，没问题。

周六下午，王守富喊王正君去吴启明家，王正君说他与老乡有约，要去三中队会友。王守富说，班长的命令你可以不听，但这是吴教员亲自点将。你可以不去，我告诉他，说你去会老乡了，没时间。

王正君说，别别别，班长一声令下，你指哪儿我打哪儿。

晚饭集合哨声吹响的那一刻，王正君跟在王守富身后，冲进队列。在队列里，他迫不及待地说着吴启明，说他枉费了这么阳光诗意的名字，他哪里能启明，完全是把人带到万恶的旧社会，把他当长工。喝无一杯水，吃无一口粮，眼看饭时已到，把我们赶了出来。地主资本家，也不过如此。

王正君在队列里小声嘟哝，我们不便插言，都窃窃地笑。

饭后回到宿舍，王正君扑倒在床，喋喋不休道：我的王班长哟，我可真服你了。你杀人不见血。你今天下午，让我在那个老头儿家里，流了五斤汗，掉了四斤肉，脱了三层皮。我出生以来，没干过这么苦的活儿。这个老吴，比资本家还资本家，干了四个钟头，一瓶水也不给买。

王守富笑道，钢铁就是这样炼成的。

晚自习课，吴启明常会转悠到我们的自习教室，直奔王守富，给王守富出题。起先，王守富总是被吴启明折磨得满头大汗，慢慢地，也就习惯了。偶尔，他们讨论题，说着说着，竟然笑了。

他们越来越像父子。王正君说。他这话并非空穴来风。有一天黄昏，我们竟然发现王守富同吴启明一起，绕着足球场散步，说是谈论数学。远看，一个大高个儿，领着一个小孩子；近看，一个小老头儿，领着一个大高个儿。王正君寻机指着王守富的下巴（王守富那个头儿，他无法指到他的鼻子），直问王守富，我们的王大班长，难道你缺少父爱吗？

高数课上，王守富除了擦黑板，还给吴启明倒水。一旦玻璃杯里的水喝没了，吴启明干咳两声，王守富就快步上前，将水续上。那天，王守富内急，去了卫生间，吴启明干咳一阵后，王正君上去给他续水。王正君去了，下来后，也干咳，咳无止境，最后被迫跑到卫生间，接着干咳，到晚上还咳个不停。他说，他至死不会再给那个糟老头子倒水，他杯子里泡着干鱼的尸体、朽木的碎片，一股中药味。他直问王守富：我的个哥呀，你这么伺候那个老吴，真指望这个糟老头儿考试时放你一马？他这么怪，不会按常理出牌的，你别枉费心机。同为王氏兄弟，我为你汗颜，莫非你真的缺少父爱？

王守富一屁股坐在马扎上，沉默不语。我们凝视着他，眼见着他默默地落下泪来。我们很快知道，他真的缺少父爱。他九岁没了父亲，是她娘一手把他养大的。

我问，真的吗？你说的是事实，你确定你没编故事？王守富的声音缓慢而低沉，说，如果我爹活着，我为什么要咒他死呢？

宿舍里静下来，窗外蝉鸣刺耳。

如果王守富只考了六十分，我坚信是吴启明在帮他。他考了七十二分，他的成绩应该是真实的。吴启明若帮他，只会给他及格分。王守富的高数单科成绩并不靠后，在“及格万岁”的心理驱使下，很多人把握住了火候，让分数处于六十分到七十分之间。

军校毕业前夕，我们才知道，王守富的父亲并没离世，只不过是瘫痪在床。这让我觉得他这个大个子的东北男人心硬，说一个活着的人死了，这近乎是咒语。也许，他将来能成大器。他知道怎么去博人同情，扫清阻碍。他情商高。

5

啊，万里红，美丽的万里红……

王正君背对宿舍那面窗，面朝我们，手捧着一本《中国革命史》，朗诵他写的诗。无奈灵感受阻，这两句诗，成为他的“绝句”。

我们都喜欢《中国革命史》的课，而且我们的教员万里红是女性。我们都认为万里红漂亮。我们认为她漂亮，是因为她是我们为数不多的女教员。物以稀为贵，在这个寺庙一样的男性世界，是个女人我们都会觉得漂亮，何况万里红真的很漂亮。她披肩发，鹅蛋形的脸，欧式双眼皮，悬胆鼻，眉毛细而修长，看似精心修理过，其实是天生的。一张不大不小的嘴，似红非红。脸像刚熟的桃子，白里透着红，红之外，有着一层白嫩的绒毛似的粉。万里红最美的，是她尖尖的下颏，因为这个尖下颏，她的脸才成了标准的鹅蛋形，她才像一个舞蹈演员一样，有着独特的气质。

别的课，我们都喜欢往后坐，唯有她的课，我们抢占第一排，这样不但能看清万里红的美丽，还能嗅到她身上的香味，很淡，茉莉花一样的清香。

这堂课，我和王正君都抢在第一排，他就坐在我右侧。

王正君目光茫然，左手按住后腰，右手在前，杵着尖下颏。他呆望着讲台上的万老师，想入非非，像那尊有名的《思想者》雕塑。

我碰了他一下。我说，你别想入非非。他反问我，余非非是谁？我不认识，我干吗要想她？我说，不幽默，不可笑。他不理我，恢复成那个《思想者》的造型。

王正君望着万老师，我望着王正君。这节课，万老师讲的是红军长征。美丽的万里红说，红军长征不容易，长征路上，有一个县，做出了巨大牺牲，这个县，就是有名的将军县——红安。长征路上，每牺牲四个人，就有一个是红安人。

万里红说到这儿，我大喊一声：报告！同时站立起来。我的叫喊惊吓四座。万里红问，有什么问题吗？万里红的声音那么温柔，像春日的暖风在我周身吹过。我只觉腿一软，差点跌坐在椅子上。我努力让自己站稳。我说，万教员，我就是红安人。

教室里哄堂大笑。

万里红的脸红了。我转身，冲着身后大笑的同学吼道，笑什么？我家就是红安的嘛，我家在红安县竹林湾。

又是一阵哄笑。万里红也笑了。她说，好，生长在革命老区，光荣。

万教员让我坐下。她接着讲课，讲红军长征。我沉浸在自豪里。

历史测试，王正君考了第一名，几乎是满分。王正君说，他喜欢历史课，我说他是爱屋及乌。我说你爱上了万老师。王正君说，不行吗？我说，你是学生，她是老师，这样不道德。他说，爱情里只有人性，没有道德可言。我说，她是老师，在她眼里，我们只是孩子。她说，万里红并不比我们大，她十六岁考上武汉大学历史系，研究生毕业，在职读博，主攻中国现代史。

我说，一个把历史研究得太透的女人，是很可怕的，你确定要追她？王正君说，是的，还有两年时间。这时间也许太短暂，我要专升本，读本院的炮兵指挥专业，然后读研究生。我知道，我们学院没有历史系，但本科和研究生，都开有历史课，而且都是她的课。我说，但愿你说到做到。

我们九中队的学员，尤其是我们九（1）班的十一个男性，目光如剑，射向万里红，万里红知道我们男性贪婪的目光，但她总是装作没有感觉到。她浅浅地笑，嘴角有一个小酒窝。很小，若有若无。或者说，笑的时候有，不笑的时候没有。我不但发现万里红有小酒窝，还发现，她只有一个小酒窝，右嘴角有，左嘴角无。人体是对称的，人体有着对称美，但万老师小酒窝的不对称，一样有着其独特的美丽，这使她更显妩媚。

王正君说，万里红不但嘴角有甜甜的酒窝，她的脸蛋也光滑而白嫩，像剥了皮的熟鸡蛋。我们取笑他，你又没碰过。他说，我当然碰过，我的目光千万次地在那光洁的脸上滑行。

何其撑指责他不道德，有悖伦理，要遭天谴。王正君不理他，埋头写诗。他所有的诗都指向万里红，都有着同样一个开头：啊，万里红，美丽的万里红。他的诗，近似顺口溜：

啊，万里红，美丽的万里红
你淡淡的微笑
像清泉
我怎么能忘记
你那鹅蛋形的脸
你那长长的头发
柳絮一样拂动着我的心田
…………

我说，好诗。你终于冲破“绝句”，走出你诗歌创作的瓶颈了。他说，谢谢！

王正君毫不讳言他对万里红的爱恋，他说，思念而见不着的感觉，就像刀插进了太阳穴，刈绞着他的脑神经。李大林说，王正君，你的诗写得真好。王正君喜形于色，两眼笑成弧形的缝，等着李大林的夸奖。他问，真的吗？李大林说，是的，让我豁然开窍，几个月的便秘，一夜之间，全通了。

王正君冲上去，两人扭打在一起。

王正君自此爱上了中国现代史。他买回十几本现代史的书，一有空闲就坐在床头柜前阅读，做笔记。我们九（1）班，自此多了一个好静坐的人，他与李大林相对而坐，一个抽烟，一个看书。都说被动抽烟害处多，他笑而不语。他说，被历史书中那高于生命的爱情故事浸染，他百毒不侵。

他全然成了一个历史系的研究生，遇到困惑，就去向万里红讨教，直到我们的历史课结业了，他考了九十八分，他还要研究历史，还去找万里红探讨历史知识。

他的醉翁之意完全暴露。

6

李大林重视学习。业余时间，他除了抽烟、打盹，都在学习，那种认真劲，我看着都累。然而，最近他松懈了，别说业余时间了，上课都走神。这天室内课，我俩坐在最后排。他再度神思飞扬。我轻轻碰他一下，问：想什么呢？他说，想浪遮岛。他说的是他当兵的那个岛。那是一个弯月形的岛，涨潮的时候，岛被浪遮，浪花飞溅，满世界淹没在暴雨般的水花里。

浪遮岛不大，驻扎着两支部队，两个兵种：空军雷达兵和陆军守岛炮兵。雷达兵一个排，炮兵多，一个连。

李大林朝着窗外，望着远方，吟道：

浪遮岛，你听见我思念你的心跳了吗？
像温柔的海浪
轻轻地拍打着礁石
浪遮岛
…………

这是李大林当新兵时写的一首诗。原来他也写诗，诗龄比我还长。他隐藏得深。可惜这首诗的命运不济，没能像《战士第二故乡》那样被发现、被谱曲、被传唱。我替他遗憾。他说，他不觉得遗憾，他不希望这首诗被传唱，它是属于他自己的，成于他心，存于他心。

一个海岛，何至于让你这么魂牵梦萦，莫不是那个岛上有你思念的女孩？王正君问。李大林说，没有，那个岛上全是男性，没有女孩。

说到女孩，我想起牛娃，思念涌动成潮，好像要将我的身体淹没。

我偶尔会想起我们的英语教员郝美丽，想起历史教员万里红。英语和历史课结业后，我们失落了很长一段时间。在这个男人的世界，两个女教员突然在我们生活中消失，这让我们有些不适应。我们便以争论的方式，将她们挽留在我们心中。我们争论的主题是：郝美丽和万里红“孰美”。有人说，郝美丽美，她傲慢、冷艳，像雪中寒梅。有人说万里红美，她温柔、细腻，像月光下的小夜曲。

这样的争论，不会有结果，我们也不需要有结果。我们要的是色彩，生活的色彩。当我们觉得生活单调而重复时，就自我制造色彩。关于女性的话题，永远是色彩中最鲜艳的那一种。

第八章　功夫在室外

1

军事地形课，室外。

“大解放”穿桥而过，把我们拉到湘江对岸的山地。车轮扬起尘土。车骤停，尘土像爆炸后的蘑菇云。我们被扔在深山野地，“大解放”绝尘而去，到下一个目标点等我们，这中间的距离，我们得步行。

我们在山水间跋涉，按图索骥，找点，找到地图上的点所对应的现地位置。我浑身酸软疼痛。黎明即出发，现在是正午，我饿了。我拿着中队分发的面包、火腿肠，却并不想吃。被米饭养大的我，不喜欢这些洋玩意儿。

我的一条腿几乎无力支撑另一条腿。

李大林举起望远镜远望。指北针、地图、计算盘，他都用上。他忙而不乱，这与他平时的浣熊状态判若两人。我们野外图上作业，都是两人一组。多人一起会滥竽充数，一个人吧，深山野地，不安全。两人一组是最常见的野外训练组合。

我想与李大林为伍。他问，你是认真的？我说，是的。我说，我跑得快，你精度高，我俩绝配。李大林说，那好吧，你到时可别嫌我拖累你。

我以为我会吃现成饭。他军事地形学学得好，他手往哪儿一指，我体力好，往那里跑，把地图上那个相应的点找出来，比上树摘果子还容易。我没想到，他是那么固执。他的固执，我是领教过的，但这次，他的固执尤甚。找点前，他要我蹲在他身边。他展开地图，利用比例尺、铅笔、指北针，给我标出更详细的坐标点，找出方位物，找出地图上的点对应的现实中的物体。我觉得他啰唆，不想听。他偏要讲。他说，军事地形学非常重要，一旦实战，地形学没学好，你不但完不成任务，还很可能走不出来，被困在荒山野岭，成无谓牺牲。

我说，走一步看一步吧，莫不是我们还真的会上战场？李大林说，未来的事谁说得准？有备无患。看他那表情，我不听他的，他不会指出现实中的点。我想早点完成任务，好歇息。我说，好吧。他就对着地图，给我讲解。他讲得很细，比地形学教员讲得细。他说，教员讲解，很多是纸上谈兵，需要我们到训练中实践。

李大林说，地图是死的，人是活的。面对地图，得灵活运用，现地分析。他指着图上某处，说，比如，这里曾经有一条季节河，但现在水干了。有一架小桥，桥也塌了。他伸出手指，指着图上那块空白，然后站起来，指着坡下不远处的一片洼地，说，你看，这是它现在的位置，一片荒野。

李大林地图、现地对照，分析两个点后，我说我会了。我说，剩下的，你指哪儿我往哪儿找，别浪费时间。李大林说，没那么简单，你还不行。既然合作，每个点，你都得做出自己的分析、判断，否则就是欺骗。欺骗教员，更是欺骗你自己。我撇着嘴，表示我的不屑。李大林说，我们现在不是考试，更不是实战，没有必有抢时间，要的是精度。赵多，我告诉你，先不说精度，很多基本方法，你都不过关。这不是小事，真打起仗来，是要丢命的。

危言耸听！现在是和平时期，何战之有！

练为战！军人就是为战争而存在的，有的发动战争，有的阻止战争。

我没再反驳。他的固执我已多次领教。我若不听他的，他会坐着不动，一直沉默，直到我按他说的去做。或者干脆不用我，他自己去翻山越岭，自己找点，证明没有我，他一样行。相反，如果没了他，属于我的那几个点，我未必找得到。

我蹲在地上，展开地图，对照、分析，说出我的判断。这么找到四五个点之后，我居然对地形学有了兴致，至第七八个点时，我条理清晰，方法运用比较合理，获得李大林表扬，我自己也有了成就感。实践是检验真理的标准，我的军事地形学的确不过关。回想课堂上的时光，我常神游千里。军事地形学，我缺少实践，也缺少理论支撑。

我先分析，李大林细化，最后按他指定的路线，我们找到了九个点，所对应的字分别是“黄山”“华山”“ 泰山”“祁连”……最后一个点，按图上标识，在密林深处，一片并不明显的土坡前。我突然想，莫不是坟地？想到坟地，我就有些害怕。我说，李大林，找到这九个点，且没超时，够了，咱们向集合地行进吧。李大林说，你怎么会有这种想法？取法乎上，得乎其中。取法乎中，稍有闪失，很可能就不及格。

我说服不了他。我说，好吧，咱俩一起去，反正是最后一个点。李大林说，你先去，我一会儿再去。这个点，必须单独完成。

我走过一条塘埂，沿着林子里的一条土路往前走。越往里去，树越茂密，阴森森的。我有些害怕。我对自己说，走吧，也许不是坟，也许真的只是一个土包。穿过这片密林，眼前略为开阔，我看到一个土包，那分明是一个坟，我看到了墓碑。我头皮发紧，疾步回头，往外走。脚下踩着一片柔软，肉乎乎的，像是一条蛇。我只觉心像一枚弹丸，差点弹出体外。我没回头，反正穿着迷彩服，高勒靴，蛇攻击不到我。

出了树林，回到塘埂，我凝望那口水塘。山谷无风，水塘一片寂静。寂静的水面下，像随时都会钻出一个水鬼。这并非我胡思乱想，我家在大别山，儿时，关于这样的传说，每年都有，带着声，浮着影。我喊了一声：李大林……喊声惊得林子里的鸟儿扑的一声飞起，喊声将水塘里的鱼呼出水面。鱼跌入水中的声音，像有人在身后拍打我的脊背。我脊背发冷。不闻李大林的回声。我在窄窄的塘埂上飞奔而过，继续呼喊。我飞奔到刚才与李大林研究地形处，他在，依然蹲在那里，像没事人似的，不理会我。我说，李大木！我故意喊他李大木。我生他气的时候就喊他李大木。我说，你怎么不回应我？他不接我的话，冷冷地扫我一眼：这么快？什么字？你看清了吗？抄在纸片上了？

我想说没有，但我知道他的犟脾气，不会善罢甘休。我想撒个谎，脑子急速旋转。我想起前几个点，“黄山”“华山”“祁连”，我脱口而出“玉门”。

我印象里，玉门关好像在祁连山以西，离祁连山不远。我猜想教员是按这顺序，排出的一组地名。

他说，不对。回去看准了。我说，何必那么认真。他说，这一关，你总是要过的，你必须过。你若是个军人，不，你只要是个男人，你就不要怕。

我还是不愿去。他说，好吧，我先去。然后，你再去。你在这里等我。我要跟他一起，他不让。时间不长，他回来了。

他手心纸片上，用炭笔写着一个字。他将它展开，是一个“魂”字。他说，是两个字，我只抄了一半，前面的那个字，你去抄回。我们将这两个字合在一起，成一个词组，就是这个点的名称。

2

我起身，再次走过水塘，走向那片茂密的树林。有松树，有柏树，它们不像是野生的，像是人为栽种，这让我的恐惧感减弱了些。想到李大林刚刚来过，我并不像第一次来时那么害怕了，不过，恐惧还有。我感到头皮发紧。我退了回来。我退回来，不完全是惧怕，我头皮一紧，同时脑子里灵光闪现，有答案了！这里有座坟，这里埋着一个死人。李大林手中那个字，是“魂”，这个字，肯定就是一个“鬼”字。鬼魂，它适合这里。“鬼魂”两个字，在我脑子里涌现出来时，我感到我浑身哆嗦了一下。我疾步走回来，把答案告诉李大林。我说，是一个“鬼”字。他说，鬼？我看是你心里有鬼！

李大林紧锁双眉，满脸失望、不屑。瞧不起人，比愤怒还让人难以忍受。他说，人不怕笨，就怕华而不实。

我最受不了的，是他用笨来形容我。我专业不好，是我爱玩，上课思想总溜号，不是我不聪明。真正学起来，我又比谁差？我只不过觉得，能毕业就成，不必学得那么精。

这有什么难的，你再去。那两个字，不在墓碑上，在坟右侧的一块石头上。

我坐着不动。他也坐下来。他什么也不干，就那么坐着看我。那倔强的表情，那架势，我不去，他就会这么坐着，一直坐下去，坐到太阳落山，坐到天黑，坐到天明。

我起身，默默地往那个坟地走。

我突然不那么害怕了。我眼前没有荒冢，只有李大林的脸。他一脸失望、不屑。我往前走。我赌气似的往前走。我来到坟前，壮着胆，让自己站直。头皮慢慢地有些紧，我伸手，展开十指，按着头皮，将头发往后梳，头皮松懈下来，我的心也不像刚才那么怦怦怦跳得厉害。我扫了一眼坟旁，那里立着一块黑色石头，石头上刻着两个字，“军魂”，红色的。我来不及多想，撤回到李大林身边。李大林问我，什么字？我说，军，军魂。李大林笑了，在我身上擂一拳。他说，这不结了，有什么可怕的。他的笑随后僵在那里，神情严肃。他说，你知道为什么是“军魂”两个字吗？我回答不上来。他说，他是一个烈士，他叫杨海洋。这个水塘，叫野水塘。抗日战争时期，这山顶上发生过一场阻击战，一个排的八路军，完成了阻击任务后，无法撤离，杨海洋将敌人引到这个水塘边，拉响了全身的手榴弹，与敌人同归于尽，为他的战友们脱身，赢得了时间。

我脑子里出现杨海洋杀敌的场面，就像电影里那些镜头出现在我眼前。恐惧在我心里消失了。

我懊悔。我为自己解脱。我说，大林，你莫瞧不起我，六岁的时候，我看见一个没有脑袋的人，在黑夜里行走。我撕心裂肺地叫，村里人说，我的喊声，像刀子似的，把天都划开了一个口子。自那之后，见到坟地，见到尸体，那个场景，就会在我眼前浮现出来。那天，我吓破了胆。

李大林说，那是你的幻觉，真正没有头的人，是不存在的，世上也没有什么鬼。我看到的情形，比你看到的，更骇人。我目睹我爷爷死亡，那年我七岁，与你那时候差不多大。我是同我爷爷睡在小屋里的，爷爷得了癌症，被病痛折磨，家里穷，没钱给他治。他不愿拖累家人。一天黎明，我去学校早读，回来时候，我去他屋里喊他吃早饭，发现他吊在房梁下，眼珠子瞪着，舌头伸出老长。我当时吓坏了。爷爷是爱我的，他怕吓着我，故意等我上学了才寻死，但我还是第一个发现了他。

我没想到李大林的经历这么坎坷。他说，你那只是恐惧，对不存在的东西的恐惧，是自找的。而我，那次事件之后，我除了恐惧，还有疼痛。我努力使自己忘却这个场景。就算这个场景再次出现，我也不会害怕。如果有一天，我们真会上战场，会杀敌，要将活生生的侵略者杀死，那个时候，你还害怕吗？你没有时间害怕，生与死，就在瞬间，你来不及害怕。

我低下头。我觉得我真是懦夫。李大林将一只手搭在我的肩上，他安抚我。他说，兄弟，胆子是可以练的。胆子像人的力气，越练越大。

我的目光越过他搭在我肩膀上的那只手，落在灌木丛上，落在草地上。我看见早开的菊花，和在秋日里顽强盛开着的野玫瑰。我走过去，默默地采着花。我采了满满一捧。我捧着花，默默地走过塘埂，走向那片松柏林，走向那座坟茔。我站在杨海洋坟前，读着墓碑上的文字，与李大林说的一致，他是烈士。我向他三鞠躬，将鲜花放在他坟头，让鲜花倚着墓碑。

我没有一丝恐惧。

李大林告诉我，按排列组合，每个中队，将有十组，二十人左右，在地形学训练或考核中，来到这个点。设立这个点，就是保证每年都有学员，来缅怀杨海洋。这是纪念烈士的一种方式。

山谷幽静，很长时间，我和李大林沉浸在肃穆的氛围中。

3

那天训练，给了我们一天时间。其实用不了一天，教员顺带着考验我们别的能力，比如怎么打发完成任务后漫长的时光，这也是为了适应战场的需要。当军人被困某地，或者需要在某地坚守一段时间时，就要学会打发时光。

离去集结地集合的时间还早，我想就在山林间游荡。李大林不想游荡，他想躺在树下的野草上睡觉。我说，我饿，想到附近村子里找吃的。他不情愿地跟着我走，走得缓慢，像旱地里的一只肥鸭。

乡村的狗想咬我，我吓得手舞足蹈，驱赶着狗。狗再次扑来，一个女孩吆喝一声，那狗停止了吠叫，垂下尾巴。

是一个湘妹子，很年轻。她说，你这个当兵的，真是胆小，幸亏是狗，要是敌人，不把你吓死。我说，要是敌人，我一枪就把他毙了。可是，这狗，我没办法嘛。

她捂嘴一笑。

李大林逗她说，小姑娘，能否给我一个橘子尝尝？她摘下一个橘子，说，行，给你吧大叔。那橘子就抓在手中，那手伸过来。李大林满脸通红，自言自语道：我长得老相，也不至于叫我大叔吧？山里清静，山里姑娘耳朵灵性，听见了，说，你多大？四十岁总有吧？我爸三十八，你总比我爸大吧？李大林不吱声，手捂胸膛，仿佛这女孩的话是子弹击中了他。他快步逃离这片橘园。

女孩摘了几个橘子给我。她说，哎，吃橘子，充饥，又解渴，吃吧。她也不管我要不要，就扔过来，我只好接着。她玩戏法似的一个接一个地扔，我去接，手忙脚乱，好几个没接住，掉在地上，沿着地沟滚。我急忙逃跑，再不走，这个火辣辣的湘妹子，怕会有更损的招数来捉弄我。

李大林往回走，他说，咱们不能白吃人家的，怎么能这么拍了屁股就走？他的军挂里有一条白毛巾，纯白纯白的，部队发的，上面有一个红色五角星，很亮堂，今天天不是太热，它没派上用场。他就把那条毛巾团成团，扔过去，像她扔橘子一样。毛巾在空中散开，像一片云飘向她。她张开双手，接了。

她笑，说，你不用吗？李大林用很浓的鼻音说，还有，我们用不完，每个月都发。其实我们每季度才发一次，一次两条。我们不爱用白毛巾，两三下就变黑了，不好洗，就攒下了。

那是个阳光灿烂的上午，阳光带来温暖，天空碧蓝。远处的山峰上方飘荡着白云，我心中飘荡着那条白云样的毛巾。我懊悔，我军挂里也有这样一条毛巾，我怎么就没想到送给她。

李大林看起来像个马大哈，其实精明着呢，我们都被他憨厚的外表蒙骗了。

4

这是春天的野外，溪沟的流水很清澈，蜻蜓和柳絮在空中飞舞。我们把手伸进溪沟，溪水带给我们清爽、舒坦，有小鱼在手背上滑过。

我们坐在溪沟边吃橘子，那个妹子所言极是，橘子甜，解渴，也充饥。

时间过得快，我们不得不回返。我们走在树林间，我们穿出林子，再次看见了阳光，看见了江水，心里豁然亮开。鸟声如洗，眼前是一个仙境一样的世界。大自然如此之美，美丽的景色，在我眼前是虚无的、缥缈的。那个清秀女孩的笑，还有她嘲弄我的样子，一直在我眼前，也是虚无的、缥缈的。

很长一段时间，我记得那个“橘子妹妹”鹅蛋形的脸，那尖下颏。我甚至在一个星期天，假言有事，请假外出，我其实是想去找她，到她的那个村子，再装作巧遇。但是，这只是我的一厢情愿，我的胡思乱想，到她的那个村庄，要绕道，坐车过桥，或者到黑石渡坐船过江。我不知道坐什么车，我也不知道到江的那边后，怎么走向她的村庄。那个“橘子妹妹”，便只能出现在我的记忆里。

或许缘不该尽，在一个星期六的正午，我见到了她，她在黑石铺摆摊卖橘子。我看着轮廓有点像，但没敢认，因为那天我一直被她追赶，甚至被奚落，并没记住她具体的样子，只记得个大概，那是一张白净的脸，尖下颏，眉眼没看太清。

我对自己说，也许是轮廓有点像她的另一个女孩罢了。

是她先认出了我。她说，哎，当兵的，吃橘子。我一听她这一声“哎”，就想起来了，仅一个字的发音，却那么清脆、明亮，像被泉水洗过。她身边的那只狗还在，它还记得我，摇头晃脑跑到我跟前，但不再是追咬，而是友好地摆动尾巴，向我打招呼。

她问，跟你一起的那个大叔呢？她说到大叔时，笑了。我也笑。她说，上次得罪了他，你给他带几个橘子去，这橘子熟透了，比上次的好吃。

她用网兜装了七八个橘子递给我。我心里不快。她都没让我吃橘子。我的不快表现在脸上。我就是这样一个人，有头发丝那么细的不满情绪，都会在脸上，像青筋凸现出来。她看出来了。她拿出两个橘子，说，这是给你的。

狼多肉少，这十个橘子拿回宿舍，被一抢而光。我把遇见“橘子妹妹”的事告诉李大林，他放下吃了一半的橘子就往外冲。我紧跟在他身后。在大门口，哨兵拦他，向他要请假条，他双手一甩，朝他们吼，我不是学员，我是军工，东院政委家的下水道堵了，让我马上去疏通。

李大林长得黑、胖、显老，只穿一条军裤、一件衬衣，与学院里掏下水道的军工相似。哨兵信了。可是，当看见李大林冲向黑石铺的方向，而不是跑向东院时，他们冲李大林喊：回来，回来！

李大林没回来，他们也没去追。一个哨兵冲他背影喊，等你回来的！李大林不吃他们这一套，等他回来，也许换了哨兵。若没换哨兵，他会先去东院家属区，再从地下防空洞回西院。这是王正君告诉我们的秘密通道。

以防应急之用，防空洞两边的大铁门，是虚掩的，那把锁只是个摆设。洞里黑幽幽的，很少有人敢独自穿越。

李大林敢。

我刚才已进了大院，就算销了假，再出去，还需另附一张请假条，我没有请假条，被哨兵拦住了。他们拦我拦得那么坚决，可能是把对李大林的气，都撒在了我头上。

李大林与“橘子妹妹”唠了一些啥，我不得而知。我能感觉到的是，李大林自此像换了一个人，他不再一脸低沉，对我们的嬉笑耍闹、插科打诨，偶尔也会参与进来。他不经意递上一句话，也会让我们暗笑。

不觉间，李大林脸上少了暮气。他看上去年轻了。

同室战友，对李大林的变化，都感到莫名惊诧。他们不知其因，只有我知道，因为那个“橘子妹妹”，他给自己在精神上找到了一块暂时的栖息地。但我同样知道，他们不会有结果。

初冬的时候，我再去黑石铺。我直奔那个橘子摊。我没看到那个湘妹子的身影，整个黑石铺空旷而荒凉。黑石铺，已进入潮冷潮冷的时节。我回到九（1）班，遭到他们的谴责，说我浪费一个外出名额，却只不过是到黑石铺放了个屁。

粗俗！我训斥他们，与他们横眉冷对。

5

日头烈。学院举行长途野营拉练，我们背着背包、手枪、水壶、望远镜、军挂，军挂里装着雨衣、指北针、饭盒、筷子、面包、火腿肠、榨菜、图上作业彩笔，还有很多鸡零狗碎。背包里鼓鼓囊囊的，像背着一座山，卸下来，恐怕能装满一辆121吉普车。有些东西，比如雨衣，我们想把它放在运输车上，队长不让，说，没给你们军挂里塞砖头就不错了，偷工减料，能达到锻炼的效果吗？

每次到野外课我们都很兴奋，接着是疲惫，到晚上，已经是厌倦了。恨天热，也庆幸天热，到处有水，能冲凉水澡。更多的时候，我们两个班挤一辆车，睡车厢板。这些车，白天消失，到晚上就出现了。我们走小路，车走大路，只有到晚上，车才与我们在某个开阔地会合。车白天消失，对我们来说，就是破釜沉舟，这意味着，我们无论是脚上起了血泡（每个人脚上都有血泡），还是拉稀，都得硬挺着，否则，在规定的时间，到不了规定的地点，见不到送给养的“大解放”，就意味着挨饿，意味着这野外生存科目的考试不及格。

我们先是到了雷锋的故乡，参观了雷锋纪念馆，了解了雷锋苦大仇深的历史。我觉得雷锋真的了不起，做了那么多事，永远想着别人，永远那么快乐。雷锋虽然个子矮，长得还是很帅的，尤其是擦汽车微笑着的那张照片，感染人。

我们步行而达的下一个目标，是毛主席的故居。韶山冲有水塘、稻田，院里有水井。后山的树特别茂密，一看就是风水宝地。

连续的急行军，我们又累又困，站着都能睡着。在我闭上眼的那一刻，眼前有光，刺得我眼皮震颤，是几个外国人，正举着相机，对着我们这些戴着红肩章的人拍照。而我们，就在毛主席他老人家门前，坐着，半卧，或倚墙而立。我突然意识到，我们这疲惫而懒散的形象，不能进入他们的镜头，尤其是在毛主席故居前。我们是军校学员，未来的军官，此刻，代表中国军人的形象。我朝同学们喊，起立。所有的人“唰”地一下，全站了起来。

我是没有权力向同学们喊起立的，我连一个副班长都不是。我最好的处理方式，就是向值班区队长建议，让他请示教导员，让大伙都站起来，树立良好的形象，但如果那样，就来不及了，我们东倒西歪、疲惫不堪、军容不整的样子，早就进入外国人的相机了。

面对那些外国人的相机，我们站得笔直。

有几个外国人，竖起大拇指，朝着我们说，Good！

王守富也将我们笔挺的身姿，拍进照片，后来，我给照片命名：站直了，别趴下。那照片发表在学院院报上。那张照片，把我们在极度疲劳的景况下，在外国人面前挺立如松的姿态，展示给了每一个学员，为后来参观的学员们，做了个榜样。

离开毛主席故居时，教导员表扬了我，说我这次野营拉练表现不错。他没说具体表现在哪方面，但我知道他指的是什么。

冬天来了，这是黑石铺的冬天，我们完全像是置身于冰窖中。黑石铺的冬天猛于虎，衣服永远是潮湿的，肌肤上像有无数张嘴在噬咬。整个夜晚，脚都是冰凉的，像一块生铁，没一点热乎气。

那晚下了雨。冬天的雨，夹杂着沉甸甸的冷气。晚上睡觉，我的脚都不敢往冰冷的被子里伸。我对上铺的李大林说，下来吧，省得你爬上爬下的，我们挤一张床，暖和。李大林没有下来，他说他不冷，黑石铺的天，从秋天开始，就已让他麻木，他像一个醉酒者，感觉不到冷。他说，你要取暖，找王正君吧，他肚子大，像个暖水袋。

王正君心宽体胖，肚子的确不小。若不是好踢球，他不知会胖成什么样。

王正君来到我床上，说，我们两个睡一张床。学院应该改革，冬天两人睡一张床，暖和。

我们睡通脚，他的热量传递给我，我的热量传递给他，真的就暖和多了。那个夜晚，我睡得特别香。

第二天晚上，我们故技重演。少有言语的李大林，在上铺将大脑袋伸将下来，朝我们笑，黑脸映衬着他的白牙。他说，你们重温旧梦？唱一曲《昨日再现》吧。阿掌，用英文唱。何其撑英语好。李大林话音刚落，教导员肖正荣查铺，发现我们同睡一张床，他倒没批评我们，只是笑着说，两人睡一张床，学院是不允许的。王正君笑，就要往被窝外钻，我拽住了他的腿。既然躺下了，就将就一夜，这时因一句话爬起来，反倒不好。

教导员走了，满宿舍里，是窃窃的笑。我也笑了。

王正君起床，到厕所撒了泡尿，回来的时候，就上了他自己的床。他像带走了我身上的所有热气，我越发觉得寒冷。睡不着，我望着夜空，黑夜缠绕而来，昏暗的光线消失在昏暗之中，像幽灵般无踪无影。

失落的情绪越来越强烈，我竟然有些留恋王正君的体温，这是一种奇妙的感觉。这种感觉告诉我，学院禁止两人同睡一床，是有道理的。

窗外有一盏夜灯。我凝视灯光，听着树上水珠滴落的声响。下雨了，细雨，沙沙沙沙。天地静下来，接着听见落雪的声音。

黑石铺的天就是这样，先是一场雨，再是雪，雨夹雪，雪总也存不住。

清晨醒来，雪停了，地面没有积雪，路洗过一般洁净光亮。落光叶子的黑色树枝上，积雪努力地不让自己坠落成泥。黑色的树枝，映出雪的白。冬天好美、好冷。

这种冷一直持续到春天。

中队组织春游。这是个星期天，所有共青团员到橘子洲、岳阳楼，看洞庭湖，逛岳麓书院。四台“大解放”，一个区队一台。

也就是说，车费不用自己掏，但要门票，还有中午一顿饭钱，共六十块。

我是团员，我应该去。但那几天，父亲写信来，说他胃不好，问我能不能在院校里要点胃药。他说，部队的药管用。我去找了军医，他问了情况，给我拿了一盒药，但他说，只是止痛的。他给我开了一个单子，让我到地方药店去买些消炎药，还有保护胃黏膜的，配着吃，那样效果更好。买药，花了我两个月的津贴，我已是身无分文。当团员代表王正君来收那六十块钱时，我说，我不去，我不喜欢郊游，我就想待在中队看书。王正君说，集体活动，还是参加一下好，看书，有的是时间。我说，有一个报社，约我写诗，着急。他疑惑地看着我。我就装作尿急，上了厕所，摆脱了他的纠缠。我打开水龙头，眼泪也像那自来水，就要涌出来。我急忙逃离厕所。

所有的共青团员都去了。天黑时，所有的共青团员都回来了。他们一个个笑脸如花，他们玩得很开心。

6

我黯然神伤，独自在院外的梧桐树下，眺望家的方向。王正君常问我，赵多儿，报社约你写的诗，发表出来了吗？我摇头。他说，什么时候发表，让我先睹为快。真是哪壶不开提哪壶。他不是问一次，而是见面就问。起先几次，我觉得他是在嘲笑我，后来才发觉，他是在羞辱我。我知道他为何盯着这事不放，他觉得我欺骗了他，觉得那是他第一次负责这么大的一个活动，我是那个唯一不去的人，没给他面子。我想哭。都是虚荣心惹的祸，直接告诉他，我没郊游的钱，何至于引来这样的麻烦。

一次，整个宿舍只有我、王正君和罗厚兵。王正君又问，赵多儿，诗发表了吗？罗厚兵搂着他的肩，把他推出门外。我不知道罗厚兵同王正君说了什么，王正君自此不再追问我诗是否发表。

未去岳阳楼和橘子洲头，未看洞庭湖，留给我的不只是遗憾，是痛。

王正君喜欢嘲讽别人，揭人伤疤，在别人的伤口上撒盐，加深别人的痛苦，而他，却似乎没有感觉，以为是玩笑。直到有一天，他自己也深陷痛苦。

那几天，他伤心极了，他看见万里红与她的恋人在一起散步。那是一个帅气的年轻人，他在操场出现，立刻就有了明星效应，跑步的经过他身边，会放慢脚步；踢球者，只顾凝望他，丢了球，遭了队友责骂。

也有人说，他们并不是看那个帅气的男性，是在看万里红。

我们九中队，离体育场最近。体育场地势低，我们打开窗，体育场的一切，尽收眼底。

骗子骗子骗子！王正君说。她说过，说她喜欢我。

这是不可能的事。我们都笑他痴。故意逗他：她真说过？她原话是怎么说的？王正君说，她嘴上不说，心说了。她对我的态度，就表明她是爱我的。瞬间，他把“喜欢”换成了“爱”。我说，你这情感的升华，是坐火箭的速度。他没理我，坐到一边生闷气。

我们不理他，越看着他，他越矫情、撒野。让他闹去吧，这本来就是他自导自演的一场闹剧。一个学员、一个教员，能有什么结果？只是他的白日梦罢了。白日梦，在军校，偶尔是需要的，它引领着我们，在艰苦岁月里，怀着美好前行。

第九章　不谈爱情

1

刘留香回九中队看我们。

他缓慢地钻出那辆红色轿车。我们后来知道，那是一辆二手车，那也足以让我们惊慕。他身着夹克上衣、牛仔裤，那么洒脱自如。此时的他，已离开那个职业技术学院，是一家装饰材料商店的老板。一股香水的气味扑面而来，轿车里随后钻出一个年轻女人，她一头长发，戴着墨镜，冲我们轻轻晃动右手，微笑。那笑真迷人，像电影明星走到了现实中。那笑在我的脑子里，停留了很长时间。

刘留香和那个女人向我们走来，越过站在最前面的我，直奔王正君。离校前，刘留香与王正君打得火热，王正君每天跟着他，像他的马仔。

刘留香离开后，很快从我的生活和记忆里消失，现在，他杀回来了。自此，我无法再忘却他。

是他身边的女人，增强了他留在我脑子里的记忆。她长发飘飘，穿着紧身皮衣皮裤，腰的前摆、后摆、左摆、右摆，遍布三角形的红布片，随意垂下来。她像一朵盛开的荷花。

我的目光，在那荷花下的臀部移动。我内心伸出一只手来，触摸到了它，感觉到了它的光滑、它的性感。

她叫冷冰冰。冷若冰霜。她的孤傲让人心里发冷，我都没勇气跟她打招呼，更别说同她开玩笑。我对漂亮的女性，总是怀着一种畏惧。我知道，这是我内心的自卑在作怪。

我背地里说，冷冰冰，一朵鲜花被牛啃！我心里清楚，我这么说，其实是出于嫉妒。冷冰冰长得像花，刘留香也不至于是牛，他的帅气，我们何人能比？

刘留香和冷冰冰就住在学院外的黑石铺宾馆，那是黑石铺最好的宾馆。他们像两只鸳鸯，成双成对。我们午休和晚饭后，他们过来。我们上课，他俩离去。星期六，刘留香请教导员肖正荣吃饭，让我们九（1）班陪同。教导员不去。教导员说，你的饭我吃不起。教导员还私下叮嘱我们：你们也不要去。

教导员怕刘留香动摇我们的军心。撼山易，撼我们军心难，当然，内心小小的波动是有的。冷冰冰每天换一套衣服，样式不同，颜色不变，主打红色，像一团骚动的燃烧着的火焰，撩拨着我们的心。更有甚者，星期天晚上，在我们九（1）班，刘留香居然当着我们的面，让冷冰冰坐在他的腿上。冷冰冰又不老实，像小鸟依人，偶尔回过头，撮起鲜红的嘴唇，在刘留香脸上“啄”出一个红印，这让我们很尴尬、很羡慕、很妒忌。这一情形，恰好被查房的教导员撞见，他横眉冷对刘留香：你可以带着你的女人走了！

肖正荣的语气那么冷硬，他叫冷冰冰“女人”，而不是女孩。教导员私下对我们说，不要羡慕他，他带着美女轿车，到这里显摆，恰恰说明，他的内心是空虚的。

刘留香走的时候，我们送他到大门外，他哭了。他说，其实，没了军装，他浑身轻飘飘的，成天像穿行在云里雾里，落不到实处。

教导员肖正荣的判断果然正确。

直到毕业，我们再也没见过刘留香。二十年后，我们九中队那届毕业学员，搞毕业二十年庆典，诚请各位带上老婆孩子。他虽然没有毕业，算不得我们九中队的人，但出于礼貌，我们的区队长罗厚兵，还是向他发出了邀请。他没来，他说他生意太忙。但在长沙城与他交往密切的马德礼私下说，他不好意思来，他现在孤身一人，他的那个美女，给他戴了一顶绿帽子，他就把她休了。原配没了，情人不断地换，一直固定不下来。他很有钱，在我们九中队那一届里，应该是首富，但马德礼说，他并不幸福。

还有一种传言，说刘留香特别想我们，特别想来，但教导员肖正荣不同意。当时，教导员已转业到省委宣传部，任某处处长。他的理由是，刘留香没有毕业，他不是我们九中队的一员。王守富说，这其实并不是教导员拒绝他的真正理由，人家公司做大了，开着豪车，身边的女人又换了，不是冷冰冰了，是“赵冰冰”了。这样的人，到一群军人（或曾经的军人）中间，会让大家心理失衡。

你们不像我，我干到正团，没位置了，不向后转不行了。你们要往前干，干到正师，干到将军。教导员对我们说。

教导员真爷们儿，王守富说，刘留香本来是想赞助这次活动的，教导员不同意，他说，我们集资，AA制更有意义。有钱怎么啦，钱能收买我们一百四十四颗心？

一百四十四，是我们九中队那一届学员的总人数，当然，不包括刘留香。

2

三个月强化训练结束，没被淘汰的，获准尉命令，成为正式学员。在第二天那个晴朗的早晨，教导员肖正荣把我们集合在大操场。这个早晨，我们不出操，站在天井里，面向太阳，唱着我们的队歌。肖正荣在队列前，既是教歌员，也是指挥。我们早就知道有这首歌，但在下准尉令前，我们还没有资格唱响：

巍巍岳麓，

滔滔湘江。

八一军旗迎着朝阳，

年轻的九队学员，

在炮兵摇篮里茁壮成长

…………

今天勤学习军事本领，

明天是炮兵建设的栋梁。

前进，我们是光荣的九队学员，

前进，向着那胜利的前方！

…………

我们唱得激情豪迈，一个早晨的时光，就学会了这首歌。

我们成为正式学员，有一个光荣的授衔仪式，外加一个缅怀活动。

周一早饭后，我们集合到体育场，院长站在主席台，给我们下达准尉命令。近两千学员，他当然不可能将我们的名字一一点到。他点了几个名字，然后一个“等”字，我们就都被“等”掉了，但这已足够让我们自豪。

院长祝贺我们正式成为炮兵院校的学员，说我们炮兵是战争之神，是战场主角，我们作为炮兵中的一员，要感到骄傲，要有自豪感。他要求我们珍惜光阴，努力训练，不要辜负“炮兵之神”这个光荣的称号。

院长的慷慨陈词，让我们热血沸腾，这使得我们随后出发去黑石山，像是奔赴战场。

院长一声令下，我们近两千人，身着迷彩服，背着背包、军挂、雨衣、水壶，还有枪，枪里无弹，这在和平时期，也算是全副武装。从一大队一中队至三大队九中队，一个接一个，我们步行穿过黑石铺，向黑石山进发。黑石山最高峰名红石顶，整个黑石山的石头，都是黑色的，唯有顶上那半间宅基地大小的一块石头，呈暗红色。

这块石头，原本也是黑色的。土地革命时期，一小股红军，被数倍于己的白军围困于黑石山。战争从上午打到黄昏，红军伤亡惨重，最后只剩下七人，他们组成一个战斗班，继续战斗，直至弹尽粮绝。为了不被抓去当俘虏，这七名战士爬上黑石山顶，远眺祖国的山河，然后，他们依次纵身跃下悬崖。他们站到山顶时，已是伤痕累累，身上不断地流血。他们的鲜血，染红了山顶的大黑石。有一个战士，因流血过多，无力自己跳下崖去，他紧紧地抱着另一名战士，一同坠入深谷。

时光流逝，眼前红石顶上的这块石头，像一本翻开的书，更像一面飘扬的旗。它是一块无字的英雄碑。

现在，我们全体新学员，从山的西面上到红石顶，以班为单位，在红石顶的大红石前，敬礼，献菊花，每班一束，寄托哀思。而后，从东面下山，归队。

整个上午，这支纵队，像一条巨龙，缠绕着黑石山舞动。我们眼前是长长的队伍，我们身后，队伍还在行走，那场面非常壮观。那天的黑石铺，热闹而庄严，所有的店铺，在门前摆满矿泉水、饼干，还有烧鸡。老百姓把这些东西塞到我们手中，这情景，让我们好像回到了那个惨烈的战争年代，好像我们正在经历一场战争，正感受着浓浓的军民鱼水情深。

那天，班长王守富把我叫到水房，语气很轻，神情诡秘。他说，告诉你一个好消息，我们一区队还有一张党员申请表，你有什么想法？我说，我想入党。

这种好事，落在我头上，不是我表现有多好，而是我们军校学员里，没入党的不多。能考进军校的，大都是作战部队的班长、骨干，自然也就是基层的积极分子。当然，我也不是区队里唯一没入党的，像我这样的，一区队还有五六个，这也是班长用那种诡秘的语调跟我说话的原因。

王守富把党员申请表交给我。我看后面要附入党申请书，“紧跟党走”等政治语言，说上三言两语，我就没有话说了。可那么大一片空地，不填上文字，那张表就显得苍白，没有力量，我入党的决心就显得不足，没有诚意。我在自习教室找到罗厚兵，让他替我想两句，我再抄在表上，他阻止了我。他同样把我叫到水房，与王守富有着一样神秘的语调。他说，我今天跟你说的话，是作为老乡说的，而不是作为区队长。我以兄长的身份跟你说，而不是以一个党员的身份。

我点头，说，我明白。他说，入党之事，你慎重考虑一下吧。军校这一套，我最懂，作为区队长，我清楚着呢。每年分配到艰苦地区的名额多，而想去的人太少，于是，在学院入了党的，自然就是积极分子，到时候，你就不好意思不写血书，申请去那些地方。

我说，那就去呗。

我那时候狂热地迷上了诗歌。我认为，写诗的人，就应该到艰苦的、荒凉的地方去，也只有那样的地方，才能出好诗，就像岑参到边塞，三毛到撒哈拉大沙漠。罗厚兵说，诗是浪漫的，生活却是残酷的。西藏、海岛，那些地方是会死人的。人死了，就什么也没有了。他放低声音说，作为区队长，我不应该跟你这么说，但是，作为老乡，我必须告诉你。比如我待的北疆，一粒尘土早晨吹上天，下午还未落下。

我被他的话吓住了，把党员申请表退给王守富，我说，班长，我离一个党员的标准还差得很远，我这次不入了，下次我争取。

王守富惊讶地望着我。他尴尬地笑笑，说，没事，咱们班还有两个人没入党哩。

那张党员申请表，最终被周善仁填写。那几天，周善仁满面春风。宣布周善仁成为预备党员的那个晚上，我很后悔，半个夜晚没睡着。想起罗厚兵在水房对我说的话，我苦笑一声，暗道，什么罗厚兵，呸，落后兵！

3

李大林的未婚妻到来的时候，我们正围坐在一起谈论爱情。我们谈论爱情的时候主要谈论姑娘的美丑。我们谈论完美的姑娘，就谈论丑的。我们对丑女已经有了心理准备，但李大林的那个丑姑娘的到来，还是把我们吓了一跳。我的第一感觉是，那是一个老相，皮肤粗糙、黝黑的厚嘴唇姑娘。她跟随李大林来到我们九中队时，我们都以为她是李大林的姐。

事实上，李大林也叫她姐。

李大林很快从对“橘子妹妹”的美好遐想中，陷入面对丑姑娘的痛苦泥潭。他介绍说，那是他姐，可那个黑皮肤姑娘抢着说，我是他的婆姨。于是，在厕所里，李大林告诉我，她的确是他的未婚妻，但与爱情无关，他正忙于摆脱这个没有爱情的婚约，忙于甩掉这个婚约带给他的心灵上的伤痛，他要解除婚约。

丑姑娘有一个好听的名字，叫兰花花。当时，门卫来电话，让李大林去接亲属，李大林却是去阻拦，不让她进到学院里，更不让她到中队来。兰花花就在门外喊，用“信天游”喊，一声亲哥哥一句痴妹妹的，惊得路人纷纷驻足，貌似看猴戏。李大林怕事情闹大，就把她带进来了。

兰花花从李大林对她的态度，知道李大林变心了，她不同李大林纠缠，坚持要找当官的。教导员肖正荣听见天井里一个浑厚的、带着浓重鼻音的人说话，问了句：哪路汉子？仔细一看，是女性。他接待了兰花花。兰花花从怀里掏出一封信，交给教导员。她叮嘱教导员，莫把信给李大林，给他，他要是撕了、烧了，她就没证据了。教导员说，不会的，你把我们当兵的当成什么人啦？

是李大林他大他娘的信。他大他娘识不了几个字，让人代笔，说是让她过来与李大林成亲。信上说，兰花花的大快不行了，惦记着这门亲事，不放心，若不趁他还有口气，把这亲事办了，他死都闭不上眼睛。

教导员说，学员不让结婚，不让结婚就开不了结婚申请，没有结婚申请就不能批准结婚，不能批准结婚，就结不了婚。

兰花花一屁股跌坐在教导员办公室的门槛上，放声大哭，一声哥哥亲亲一句妹妹疼疼，教导员好不尴尬，命令李大林自己解决，解决不好，带着你的妹妹回家种地去，愿咋亲亲咋亲亲，愿咋疼疼咋疼疼。教导员绝不是危言耸听，学院领导最烦“陈世美”，开学动员大会上，院长亲自讲过这个问题，说有的人，在农村时，图一时欢快，把姑娘睡了，考上军校了，快成军官了，忘了本了，不要人家了。对不起，发现这样的事情，有一起处理一起，没得说，哪儿来还回哪儿去！

李大林不知道怎么解决这棘手的问题，他再次恢复农村老光棍的形象，坐在门角里独自抽烟，那样子，让我第一次对他有了同情。抽到第三根时，他把烟屁股一扔，站了起来。他站起来那一刻，有一缕阳光透过窗户照在他的脑袋上，无数根白头发从黑发间钻出，它们似乎是被这三根烟瞬间熏染而成。我突然有些心疼他，当然，这种疼与兰花花那种“疼疼”，不是一回事。

李大林给了我一个眼神，然后去了厕所，他这是有话要单独跟我说。我跟了过去。我们没有私人空间，十几人一个宿舍，一个区队一个自习教室。在中队，厕所是我们说秘密的唯一场所。

我跟着李大林的背影步入厕所时，王正君说，大林，莫怕，就说你不认识她，打死都不承认，就说不知她是从哪里来的精神病。

不识相！李大林是找我说秘密的，他却跟过来火上浇油。相比较，我比王正君要冷静。我说，大林，这事不能蛮搞，得冷处理，拖住她。

王正君说，大林，你说实话，你睡过她没？你要没睡，你就不怕她，莫理她。你要睡了，那你就得认了，没办法，老二犯错，老大承担，天经地义。

厕所空气污染严重，不是久留之地。李大林没有撒尿，碍于王正君，也没同我说什么。他回到走廊，兰花花已转移阵地，由原来的教导员办公室门槛，来到我们九（1）班。李大林走向兰花花。他拽着她的手。也怪，李大林拽着她的手，就像点了她发声的穴位，她不哭也不闹了。

兰花花跟在李大林身后，去了学院东校区招待所。

教导员给李大林一晚上的假，让他去摆平“家事”，有点纵容的味道。兰花花在招待所等他，李大林让我陪同，我说，我才不跟你去当电灯泡。李大林说，都这个时候了，你还开玩笑。我就跟着他走。他两腿像灌了铅，脚步沉重而缓慢，迈的不是一个军人的步伐，好像他走向的不是招待所，而是刑场。走了一段路，他停下来，拐进路旁灯光照不到的林子里。他倚着一棵树，叹着气。我说，你既然这么痛苦，就狠下心来，踹了她。他说，说得轻巧，八中队那个学员的事，你又不是不知道。

我当然知道，开学不久，学院就通报了他。入伍前，他把他们村的一个女孩睡了，接到军校入学通知书，就把人甩了，那个女孩告到学院，他被勒令退学。

早知今日，何必当初？我说。一个字，穷。他说。他随后同我谈及他的过去。我问，怎么办？同意还是不同意？李大林说，同意还是不同意，都是个问题。同意吧，不愿面对，痛苦；不同意吧，心不得安宁，也痛苦。再说，学院肯定不会放过我。算了，先这样吧，走一步看一步，命里该有此一劫。

我问，你真的把她睡了？李大林点头，又摇头。我说，你到底是睡了还是没睡？他说，稀里糊涂。他说，那是我三年士兵生涯中唯一的一次探亲，一到家，我大就给我张罗亲事，就是这个兰花花。兰花花名字好听，长相嘛，你也看到了。兰花花家与我家隔道梁，两家熟悉。我不同意，她难看。我大要我同意，他生气，骂我，还拿木头棒子敲我。我大说，咱家欠着人家的哩，我才知道，我走后，我娘就病了，兰花花像亲闺女一样伺候我娘。我说，这是两码事，欠她的情，我还，但不能用这种方式，不能牺牲我一生的幸福。我大举起烟斗，敲在我脑袋上，敲起一个大血包。我大说，你幸福个屁子，像你哥一样打光棍，你就幸福？

我只是哭，流泪，不出声。那天下午，兰花花到我家来，帮我家收苦荞。我们俩收割，捆扎，往驴车上装。父亲驾车。兰花花像男人一样，将一捆一捆的苦荞装到驴车上。有一捆很重，我去帮她，碰着了她的手，她冲我笑，说，你摸我的手哩，我戴着手套哩。她说着，就摘下手套。她的这个样子，让我感到肉麻，浑身起鸡皮疙瘩。

我往家逃，我大举着一柄铁叉，像举着一把长戟，冲我喊：你干啥咧？三年了，你没给家里干过一天活，没给地里浇过一滴水。你哥没媳妇，破罐子破摔，好吃懒做。我老了，你娘是个病秧子，三年了，全仗着兰花花。你这就想走，你是不是俺的娃？我大说完，竟然蹲在地上号啕大哭。我大这么一闹，我就不敢走了，接着干活。那个晚上，我大朝我吼，我娘朝我哭，都说让我应下这门亲，家里穷，哥是光棍，名声不好。我娘又是个病秧子，一年四季吃药，这亲事我要是不应下来，将来怕是要打光棍。我说我不喜欢她，我娘流着泪说，什么喜欢不喜欢，能暖个被，生个娃，传个种，留个后，就行啦。儿啊，你非要我们老李家断子绝孙？

那个夜晚，她留了下来，住在我家。她跟我娘睡。后来，她跟我娘说，我把她亲了。事实上，是她趁我不注意，把我亲了、啃了。第二天，我在家发呆，不敢出屋。第三天，我爹又拿长烟斗敲我的头。我流着泪去了她家，见了个面。整个原上就都知道我俩好上了，是“一对对”了。

李大林说，我想，就这样吧，也许命该如此。我虽然读过两年高中，但视力不好，肚子天生就大，军体素质也差。你们说我像企鹅，我不爱听，但我心里清楚，我的确像企鹅。一只“企鹅”，在部队能有啥发展？只等年底回家。一看到家里这个样子，我心都凉了。我怕真的是要打光棍哩。我就想，先同兰花花处着再说吧，好歹不会当光棍。

我借酒消愁。那个夜晚，我喝了很多酒，不省人事。清晨醒来，我浑身赤裸，兰花花就躺在我身边，她说我睡了她。她还哭了。她哭的样子好假，那是鳄鱼的眼泪。

我问李大林，你到底睡没睡？李大林说，我也不知道。我说，你睡没睡，你自己不知道？他说，就算睡了，也是她把我睡了，我什么也不知道。

李大林的话，在我脑子里飘荡很久。我搞不懂，觉得他关于那夜的描述，不太符合生理逻辑。

李大林说，兰花花说我把她睡了后，就哭着找了我娘，这亲事，不定也得定了。我探亲归队后，连长通知我去陆上考军校，先考军事。我知道我这样考不上，连长说，去吧，考不考得上是一回事，不去考，就是另一回事。不去考，好像我们连队，一个文化人都没有。

我就这样去了，类似于出公差。没想到有政策向高原、苦寒地区和海岛考生放宽，我就考上了。听说我考上了，兰花花家缠得更紧。一想到要跟这种人生活一辈子，我的心就像石头一样，又冷又硬。到军校后，正准备写信吹灯，一看学院这阵势，就想，还是拖一拖再说吧，哪知，她杀到军校来了。

我说，不行你就当没考上吧，就当你还是个农民，这样你心里会平衡些。李大林说，可事实是我考上了。考上了，心就回不去了。

我一时没有更好的主意，只能陪着他唉声叹气。

4

李大林起身，拍了拍屁股，说，走吧，走，走一步看一步。我就跟在他身后。我说，你去，大胆地告诉她，说你不爱她，说你看着她就烦，说你不可能跟她睡在一张床上，说你跟她在一张床上，就萎靡不振。

李大林说，你真恶心。我说，我可是为你好。我脑子里突然掠过一道光，灵感像闪电而至。我说，硬的不行，就来软的。

我有个主意，今夜你以身相许，这样，她就会认为你是她的人了，她就会放心回老家去。听我的，先把眼前这一关敷衍过去，保住军官再说，至于以后的事，以后再说，就像你说的，走一步看一步。李大林说，她其实不是要我跟她怎么样，她只要我的一句承诺，只要我对他说一声我爱她。

那你就说嘛。

说不出口。

这没什么难的。

太难了，我不会撒谎。

善意的谎言，没什么。

善意的谎言也是谎言。

我转过脸去，不再理会他。他这榆木脑袋，不开窍，犟，没法交流。

我跟在李大林身后，进了招待所。兰花花看起来是个粗人，倒有心计，房间号选了个520（我爱你）。李大林敲开门，进去了。我正要往里钻，李大林咣的一声将门关上，里面传来门反锁的声响。我尴尬地立在那里。我听见里面传来打斗的声响，沉闷浑厚，像是肉体碰撞。我急忙推门，门反锁得严实，推不开，有重物撞击肉体的噗噗声从门缝里钻出来。短距离的追逐，脚步声急促而零乱，床像被掀翻，衣服被撕扯，这就是屋里传出的声音给我的猜测。之后，肉体碰撞的声音更响亮地响起，地动山摇。

他们打起来了！我正要喊，里面忽地静了下来，我突然领悟了什么，悄然离开。我眼前浮现出李大林肥硕的屁股，它压在兰花花的身上，绷紧又松开……

我回到中队，灯光已经熄灭，天井像一只巨大的黑洞，瞬间将我吞噬。

九（1）班的人，都没有睡，都在等着李大林，都在议论着李大林，话题是李大林会不会把那个大个子兰花花睡了。尤其是王正君，他甚至猜测这对男女的体位，谁主动，谁被动，搞得整个宿舍里，响起喉管吞咽唾液的声音。我保持沉默。

不知什么时候，李大林回来了。他爬上我的上铺，像烙饼似的，把床板弄得吱呀响。这是我记忆中他第一次失眠，他影响了我，我苦不堪言。

黎明时分，兰花花悄然离开了黑石铺。

上午是野外课，李大林无精打采。正午休息时，他坐在林间草坪上，望着透过树隙的高远的天空。这个时候，是我们谈论女孩的时候。我们谈论女孩的时候，主要谈论爱情，但这次，我们不敢当着李大林的面谈论爱情，甚至不敢说出“爱情”这两个字，因为我们都知道，他与那个叫兰花花的女人，没有爱情。

我们小心谨慎地对待李大林，不远不近地观察他，想知道他昨晚与兰花花之间到底发生了什么。猜测毕竟只是猜测，我想询问，又怕碰着他那根敏感的神经。

我们本应该围坐在一起，但他不合群，他就在离我们不远处的树荫下沉默。我不禁有些可怜他，一个本来就喜欢沉默的人，让一个丑姑娘彻底弄成了哑巴。

王正君走到他身边，冲他说：大林，你把事情搞复杂了，这事其实好办，你哥不是老光棍吗？你让他把兰花花娶了不就结了？王正君看似私语，声音却很大，以彰显他的足智多谋。

王守富说，王正君，你还是人吗？

王正君不语。整个班死气沉沉，直至周末晚上，不知是谁，觉得太压抑，弄了几罐啤酒解闷。酒壮英雄胆，王正君替李大林愤愤不平，说，大林，是，你老一点、黑一点，可再怎么，也是个军官，不至于找这么一个丑女人。丑一点，有女人味，也就忍了，可你那个兰花花，简直浪费了那么好的一个名字，像个大男人。你们睡在一起，像是“同志”。我说大林，你要真喜欢男性，你吱声，任你点，我们哥们儿做出牺牲，除了我，你愿意谁是谁，点到谁，谁到水房冲得干干净净的，躺到你床上去。

王守富说，你说啥呢，除了你？你他妈的皮松肉懒，最像个娘们儿。就你了，你到水房洗干净，躺到他床上去。

这当然是一个玩笑，这也只能是玩笑。我们都笑了，李大林却没笑，他默默地，拼命似的抽了一口烟。他把半截烟扔在床前，用脚踢得稀碎。他爬上我的上铺。我们这才知道事情的严重性，知道王正君的话刺痛了他。王守富一抖腕，啤酒就泼到王正君的脸上，“二王”发生了内讧，我们以为这将是一场恶战，弄不好还要发生流血事件，毕竟这是两个东北男人。东北男人脾气暴，好动手是出了名的。出乎意料，王正君只是那么静静地坐着，任凭啤酒在他脸上流淌，而后慢慢滴落，就是不伸手去擦。

他这么淡定，似乎只是为了回击王守富，证明自己够爷们儿。

5

第二天晚上自由活动。自习教室见不到李大林，宿舍也没有。我担心他，去室外找。在宿舍楼后，我看见一点火星，在操场一角忽明忽暗，我走过去，是他，在器械场抽烟。

我坐在他身边。他头也没抬，他能感觉到是我，就像我感觉到是他。抽完那根烟，他把烟头往地下一扔，叹息道：算屎，女人嘛，就那回事，黑地里，都一个屎样。他说着，笑了，自嘲的语调。微暗中，他的牙白得瘆人。

这么说来，他同他那个丑女人睡到一块了？我疑惑地望着李大林。我问，你真的以身相许了？

李大林平静地说，是的。你说得对，我只有以身相许，她心里才踏实，才觉得她真正成了我的人，我才甩不掉她。我那样做了，她就不会闹，放心地回家去种地，去伺候我娘。你知道，我娘瘫痪了，我哥又没个女人，我大身体有病，没人伺候。再说，她住着不走，我怕呀，她在这里就是导火索，随时会引爆，会波及整个学院，惊动院长政委，他们会让我回农村去种地。我就想，同她把事情做下，好让她把心放到肚子里，早点离开黑石铺，免得夜长梦多。

我回想那天他进到520房间时，门内肉肉相搏的噗噗声。我以为是兰花花急着要把他据为己有，以为她像有些女人一样，非要种上他的种，她才安心。现在看来，我的猜测是错误的，那天肉肉相搏的主导者，是李大林。

李大林把他以身相许的消息，最先告诉我，随后向我们整个九（1）班宣布，他决定与兰花花正式确立恋爱关系，毕业后就与她结婚。他说结婚是为了忘却。因为他如果抛弃了她，这辈子，他就忘不了她。娶了她，在精神上，他就彻底抛弃她了，不再与她纠缠。纠缠的只是肉体，而肉体的纠缠，较之精神上的纠缠，其痛苦程度要轻得多。李大林还说，人们总是在诅咒黑暗，黑暗其实是爱情的庇护神。当我们没有爱情时，至少我们还有性，而性，需要黑夜来遮掩。

我们面面相觑，都不相信这番话是从他嘴里说出来的。王正君说，好家伙，被性洗礼，一夜之间，思想升华，脑洞大开，成哲学家了，难怪男人都急着找女人，是个女人，就能改变男人。

他唱起了陕北“信天游”：

青线线那个蓝线线，蓝个莹莹的彩，

生下一个蓝花花，实实的爱死个人。

实实的爱死个人。

实实的爱…死…个…人……

王正君摇晃着他的圆脑袋，像拨浪鼓。他反复唱“实实的爱死个人”。众人笑，李大林不笑，他的脸如冻肉般僵硬。

王正君的嘴，损李大林，也损我。有一天，我想“借刀杀人”。我避开众人，对李大林说，王正君总拿你开心，你就这么无动于衷？你该教训一下他。

李大林说，一个小屁孩，不跟他计较。

我愣在那里。我不知道他这种态度是宽容、大度，还是麻木。

兰花花走了很长一段时间，我竟然一直忘不了她，我发现忘记一个丑女，比忘记一个美丽的女子要困难很多。套用托尔斯泰那句名言：“美丽的女子都相似，丑陋的女人却各有各的丑陋。”有一天，兰花花的样子再次浮现在我眼前时，我走向李大林。那天是军事地形课，在野外，一个雨后初晴的上午，山上除了风和阳光，还有袅袅升腾着的雾气，这一切激发了我的灵感。我冲着李大林脱口而出：

那一夜，
你实弹射击
你的身体开花
开出灰白色的花朵
那一夜，
你的女人
扑腾如鸡
你成一只落水的凤凰
那一夜……

李大林当然知道我说那一夜是哪一夜，他被激怒了。他向我走来，依然低着头，手却上来了。他抱住我的腰，将我放倒在草皮上。我倒地的瞬间，死死地薅住他。我怕我被凌空摔倒，没想到这样我更吃亏，他像泰山一般压在我身上。我们就这样搂抱在一起。我挣扎着，头从李大林的腋下钻出来。我看见我的同班战友，他们一个个将脖子伸得像长颈鹿，他们狂笑，但没人上来拉架。

让他们打吧，闹着玩呢。王正君说，他们铁，李大林就是把拳头伸向他那个打光棍的亲哥，也不会伸向赵多。

我感到李大林的手一软，他松懈了。我趁机用力，把他从我身上掀下去，可是，他以为我还要攻击，顺手薅了我一下，我就顺带着压在了他身上。

李大林挣扎着，躺在平地上，凭他一身力气，他一翻身，就会将我再次压倒在地上。但那天凑巧，我将他从我身上掀下来时，他正好落在一个坑里，一个棺材大小的坑。我怀疑那是一个塌陷的坟，他被我结结实实地按在那个坑里，像一头公牛掉进了水井，再有劲，也动弹不得。

我就那么按着他。我希望有人来劝阻，来扯架。我需要台阶下。可是，没有，我只好压在他的身上，捉住他的手，不让他动弹。我几乎是在蹂躏着他。我偶尔感到，这么压着他肉乎乎的身体，意识里，慢慢地少了斗志，竟然还想到他压着他那个丑女的样子。多年后，我仍旧忘记不了那种肉乎乎的感觉。

我盯着李大林的脸，他突然朝着我的脸啐了一口，我闻到一股羊肉泡馍的膻味，下意识地松开了他。他双手一推，我就仰倒在草坪上。我躺在草坪上不起来。我高呼，我不是被打败的，是被熏倒的。全班人都围过来，四周全是脑袋，全是笑。幸灾乐祸的笑。

我没有笑，我觉得委屈，气得要流泪。李大林走到一棵大树的另一边，不理我。我追过去理论，我说，王正君那么挖苦你，你都不揍他，我吟一首诗，还是朦胧诗，你就这么对我？他说，谁都可以笑我，你不能。我问，为什么？他说，因为你是我下铺的兄弟！

我挂在眼角的泪，奔涌而出。

6

黑石铺的月，明亮。我仰头，望着那明月，想吟诵几首关于月的诗。似乎除了“床前明月光”，其他的诗都被历史的河流淹没了。诗没了，月依然明朗。

我们无所事事的时候，就谈论女人。我无法想象，我们这群男人不谈女人，怎么打发军校单调而漫长的夜，怎么让白天紧张的情绪，在黑暗中松弛下来。

那天熄灯后，我们依然谈女人。喜欢沉默的李大林，突然发出感叹：黑夜里，女人都一个屎样。王守富说，这么说来，你李大林绝对不只品尝了一个女人，要不，你咋知道黑夜里的女人一个样？有比较才有鉴别。王正君说，玩女人算什么本事？像我这样，保持童男身才是本事，你们有谁敢站出来，说自己是童男？

没人说话。我心里清楚，这并非他们真的就不是童男，实在是，社会发展到今天，童男的确不是值得骄傲的事，它意味着过去岁月，你没有爱过，也没被爱。

我说我不知道我是不是童男。他们都笑，问：什么意思？我就把我十六岁那年发生的故事，讲给他们听。我说，那是个黄昏，我从学校回家，走在田畈里，看见了银山媳妇，我们村里最美丽的新娘，她正在她家的园子里摘菜。园子旁边就是水塘，天很热，她穿着纱裙，我也只穿着薄薄的一条长裤子。我就这样，借助菜园边茅草的掩护，向她走过去。我其实只是想多看她一眼，但当我走近她时，被她身上那种气味吸引，它像一种激素，像火焰，将我的激情点燃。我像一头失去控制的烈马，奔向她。我疯了一般搂抱着她，把她按在沙地上。

我永远记得那种感觉，我的胸，贴着她那温热、软和、像白面馍一样的乳房。我的腿，也贴着她的腿。我记得，我的腿贴上去的那一刻，激情像突然熄灭的火焰，像一条被大坝拦截的河流。

银山媳妇推开我，她站起来，向四周巡望了一下，之后，扯了扯衣襟，捋捋头发，面带两朵酡红，走出了茅草地。

我在空荡荡的田畈里，望着她的背影离去。我被包裹在无边无际的虚无里。

我明白了，王正君说，你不是童男，至少在灵魂上不是。你不纯洁。而我，他说，这个班上，只有我一个人是童男，我还没长开，我纯洁得就像那个在众目睽睽之下撒尿的小男孩。

谁信啦！我们异口同声吼叫着。王守富还要去扒他的裤子，给他做生理验证，吓得他落荒而逃。

王守富收住笑，严肃地说，你们都忙着找女朋友，我不找。我要等军校毕业，回驻地找。将来还不知要去哪里，我可不想过牛郎织女的生活。

他说得一本正经，我们自然信他。一个月后，当他用一个午休时间，俘获了马德礼妹妹马德芳的芳心，并且与之处上对象之后，我们都蒙了，包括他未来的大舅哥马德礼，都有一种被他耍弄的感觉。

那机会本来是为我准备的，我没把握住。我穷，小气，舍不得钱，也没钱。事后我很后悔。我责备我自己。

那天开运动会，马德礼的妹妹来给哥哥加油。马德礼正午时参加手榴弹比赛，在射击赛场，而不是体育场。怕伤着人，不让观众进入。到饭点时，按马德礼交代，我吃过饭后，在饭堂给他妹妹打一份饭回来。马德礼的妹妹就坐在马德礼的床上，我把饭递给她，她正要动筷，王守富出现了，他说，我带你上军营餐厅吧，这饭都凉了，没法吃。

我竟然没想到带她去军营餐厅。

马德礼的妹妹马德芳长得像马德礼，白，微胖，性感。

我怅然地望着王守富瘦削的背影，跳动在一个年轻女大学生身旁，我的心也跳动得厉害。王守富个儿高，他努力地低头，将脑袋凑向马德芳，极力拉近两张脸之间的距离。他们将从幽暗的地下通道，踏着砖头码成的独木桥（地道里有积水），走到东院那个餐厅。在幽暗的地道里，在那一块水漫过地面的地方，王守富是背着她吗？至少他会牵着她胖嘟嘟的手。

我后来知道，王守富在军营餐厅碰见了我们九（1）班的另外几位战友，他们偷着乐，小声问王守富：你对象来了？王守富笑而不答，狡黠地沉默。

下一个周末，马德芳来了，我们以为她是奔马德礼来的，她却直奔王守富。王守富，三角形的脸上配着两只三角形的眼，瘦猴似的，马德芳看上我们班上谁，也不能看上他呀！

湘江啊，你莫不是用你浓密的雾，遮蔽了她的双眼？夜里，站在操场上，朝着湘江的方向，我发出我的“天问”。

全班除了王正君没有女朋友，剩下的，就是我了。我坐在自习教室里，给牛娃写信。事实上，我给她写信，不谈爱情，只是出于虚荣心。别人都有女朋友了，凭什么我没有？

黑石铺再次进入冬天。黑石铺的冬天冻不死人，但能折磨死人。那种潮湿阴冷，像无数细密冰凉的钢丝在体内抽拽。但读着牛娃的回信，如同面朝大海，春暖花开，我的虚荣心被激荡的情愫填得满满的。

但我知道，这不是爱情。

7

元旦悄然而至。元旦晚会上，我让九中队的人记住了我。没受过一天舞蹈训练的我，跳了一支独舞《红土地》。我穿着绿军裤，白色背心，在音乐声中，艰难地爬行，痛苦地在“红土地”上打滚。我跳得不专业，但很疯狂。教导员当着众人的面，感叹说：天生舞者，天生舞者！我知道，此话当不得真。教导员，政治工作者，他不惜溢美之词，鼓励我们。

那次跳舞，其实是个意外。那次晚会，由晏燕主持。晏燕是长沙师范学院播音主持专业的大学生，我们教导员的爱人是那个学院的讲师，是她把晏燕带来的。那天晚上，我们围坐在天井里。月色如洗，我们举头赏月。晏燕拿起话筒，为我们读诗。她朗诵戴望舒的《雨巷》。舒缓的背景音乐，和着她甜美的声音，把我们带到江南那个寂寥悠长的雨巷，而她，自然成为我们一百多名男性学员心中，那个撑着油纸伞的姑娘。晏燕那夏夜清风般柔和曼妙的声音，让我激动。我坐立不安。我无法自控，冲进教室，拿出我的蓝色日记本。

我把日记本递给晏燕。我说，请你朗诵我的一首诗。

哪一首?

她问?

哪首都行。我窘迫地站在那里。我的声音颤抖得厉害。她说，可以呀。她的声音像山泉，在我心间流过。她随手翻了一下，说，这么多，你选一首，我读。

我选了一首《红土地》，她开始朗诵：

红土地

我是如此恨你恨你的贫瘠粘住了我的双脚我的思绪
望穿秋水望村口那一线天望那人去了一去不回的小径
一身军装一副背包我去开发我的筋骨我的胸肌
当时间冲淡了记忆冲淡了饥饿

当岁月遗忘了光棍的痴笑寡妇的叹息
当胸肌隆成乳房
当梦中的唢呐震裂我的耳膜
我又是如此地忆你迷你恋你
红土地
我恋你腹部的青山银山
流水潺潺
我恋你静夜的犬吠飘香的腊肉山泉激荡
伴着槐花飘香的童话
竹林弯弯我永远的乐园
带着绿色的希望淡淡的忧伤精神上的半饱
沿着相反的方向我再回你的腹地
红土地
我用我开发了的铜头铁壁乳房般的胸肌
去撕开村口那一线天拓宽那条小径
我要用我勤劳的双手
剔去你的贫瘠
红土地
…………

我的诗竟然写得这么好，这是我从来没有过的感觉，这完全是晏燕用声音装饰的结果。她清泉般的嗓音，将那个夜晚洗涤，把那个夜晚变成一个梦，一个缥缈的梦。我游离于梦中，我不能自已，走到舞台中央，我莫名地舞动。

掌声雷鸣般响起。

我眩晕，心中一阵接一阵的兴奋，像火花般闪耀。

我成了九中队的诗人。我还会跳舞，被誉为才子，名声不仅限于九中队，誉满整个三大队。我那首《红土地》，随即发表在校刊上，那个夜晚只是我收获的开始。我自此认识了晏燕。

朗诵完毕，晏燕将日记本还给我，我让她写下了通信地址。

那天我走下舞台后，王正君说，跳得真好，我仿佛看见一只在红土地上打滚的叫驴。他自然挨了我一脚，然后，我扬长而去。那时晚会还未结束，我走出俱乐部。在走廊里，我看见李大林孤独的身影。他沿着空荡荡的天井往外走。他的身影消失在墙角。我跟过去，他站在体育场边的大树下，月光穿过云层，从树叶间渗透下来。

夜晚寂静而忧伤。

8

李大林早早地放出话，说他过年不回家，留在中队值班。我知道，他是躲避他那个兰花花，我突然很同情他，但似乎又不只是同情。我说我也留下来陪他。每个区队，必须留两个人。我们中队有个夜间岗哨，春节期间不能歇哨。李大林留下了，我们一区队另一个名额，如果没人主动留下，就可能被指定或投票选举，这个名额，就可能落在我们一区队除李大林以外的某个人头上。我主动留下，等于解救了除李大林和我以外的他们，大家纷纷表示回来给我带好吃的。他们说我是活雷锋。我其实是想逃避我那个家，陪李大林，还在其次。至于学雷锋，那是顺带而为之。

然而，当春节真的来临时，看着他们一个个回家了，我的心就像被掏空。每天夜里站岗，面对黑夜，想家，我仿佛在面对一个永无止境的幽深的梦。总是独自一人坐在宿舍角落的李大林，原来抵抗孤独的能力并不比我强，他也是害怕孤独的。也不知是他提出来的，还是我的主意，好像谁也没说，我们之间自然形成了默契：他站岗的时候，我陪他。我站岗的时候，他陪我。我们有时小声说话，有时不说，各人想着各人的心思。这么一来，我俩每晚本来只站一个半小时的单人岗，就变成了站三个小时的双人岗。我们两人一同上岗，或一同下岗，上一班岗或下一班岗的人，有时会冲我俩笑，那笑意味深长，暗示我和李大林的关系不一般。我们不做解释，也笑。

黑石铺下雪了。黑石铺的雪，不像东北的雪，鹅毛似的，落地有声。黑石铺的雪，在空中是轻盈的，先是落了雨，雪化在水里，悄无声息。

我伸出手去，不是索要，而是给予。给雪花一点温暖，让它早日融化成水，随着别的水流一起流走，免得被我们这些肮脏的脚碾压。

落雪的日子，很惆怅，我写了几首诗。写诗的时候，我想到了晏燕，想起她那清泉般的声音。若把这几首诗，寄给她朗诵，那意韵，定如这雪景般美妙，即便掺杂着忧伤。

后来的一个周末之夜，我们已经熄灯歇息，正待进入梦乡，王正君举着微型收音机喊，赵多，赵多的诗！他说着，把音量调大。是我的诗，湖南经济广播电台，晏燕在读。她是这个电台的实习生。

原来你的诗这么美。王守富说。

赵多，你的诗越写越好了！何其撑说。

不是诗好，是晏燕的声音好。王正君说。

我在意李大林的评价，他无言语。他在酣睡。他没听见我的诗。

兴奋、骄傲、虚荣心得到满足的喜悦，在内心激荡。我几乎彻夜难眠，只在天快亮时，才迷迷糊糊进入梦乡。那个梦很美，梦里，晏燕一直在读我的诗，一首接一首。

也不知过了多长时间，起床号将我的美梦驱走，一觉醒来，晏燕的样子还在眼前，她驱走了牛娃。

上午第一堂课是大学语文，任凭语文教员妙语连珠，我顾自给晏燕写诗。我只是单纯地写诗，不谈爱情。

第十章　太平塘

1

又是一年四月天。

黑石铺被包裹在雨里。雨并不大，却绵长，下到了五月底。黑石山水库，也有人美其名曰黑石湖，水位暴涨。黑石湖坝高数丈，下面是百姓人家，瓦屋、水塘、橘园、竹林。溪沟潺潺，稻花飘香。他们宁静地生活着。相比城里的喧嚣，他们那种安宁，令人向往。

然而，连续的大雨，打破了坝下人家的宁静。

我们接到号令，奔赴黑石山水库抗洪，加固黑石坝。

集合，清点人数，报数，一到一百四十四。有时为了节约时间，以班和区队清点人数：一班到齐、二班到齐、三班到齐……一区队到齐、二区队到齐、三区队到齐、四区队到齐。

班长有时顾及本班的荣誉，会替某个同学打掩护，明知缺少一人，也会说到齐。他有这种权力，但这有风险。我们老辣的教导员，会随时抽点一个班，让那个班出列，看是否真的到齐。但也因为这样的包庇存在风险，班长才常会通过包庇，赢得大伙的拥护。

但这种现象，不会发生在抗洪抢险前。这么大的活动，这么严肃的活动，班长不敢。

但事实是，班长包庇了我。班长王守富说，一班到齐。事后我埋怨他没喊我，他说，他想都没想，也根本没清点人数，直接就喊了到齐。他说，他哪能想到，这么大的活动，我敢不参加，临阵脱逃，那是要受处分的。

我的确没参加。我不是不参加，我没有这个胆量不参加，我只是不知道。

我从来没有这样惧怕一个白昼。我以前的惧怕几乎都来自黑夜。这个白昼使我感到，来自白昼的恐怖不亚于黑夜。

这个来自白昼的恐怖，不应归罪于那场洪灾，但它的确与那场洪水有关。从那个清晨开始，恐怖和慌乱实际上就已经开始了。那天清晨四点，大伙还在熟睡，我悄悄溜进俱乐部，把门从里面反插上。我在里面看电视直播，球赛，那是很重要的一场比赛，巴西对意大利。这是我喜欢的两支球队，但我无法做到一碗水端平，我内心里，更倾向于意大利赢。

我要在电视机前，为意大利队加油。我原以为早操前，那场球赛会结束，没想到那场球踢得那么艰难，加时赛过了，也没决出胜负，比赛被拖入点球大战。

巴乔一脚将球踢飞。巴乔是我最喜欢的球星。我失望地走出俱乐部。才知，天已大亮，宿舍里空无一人，整个九中队都是空的，空得让人恐慌。天井里飘着雨。一个人都没有，死一般可怕的寂静。他们什么时候集合、出发的，我竟然一点也不知道，我没听见哨音。现在想，我可能把中队集合的哨音，与电视里裁判的哨音混淆了。

值日员在楼梯间，我听见一声咳嗽。我不敢面对，可不得不去问他。总是要面对的，早知道，好想个理由。

是四区队一个同学，叫得出他的名字，但不是太熟悉，算不上是朋友。

我问，他们都干什么去了？

他双眼睁得奇大，惊呼道：你没去，这么大的事，你竟然没去？

我心里一阵怕，急忙撒了个谎。我说，我拉肚子，拉得厉害，蹲在厕所里，止不住，起不来。等我起来，中队就空了。

他用怀疑的目光看着我，我急忙捂着肚子，做出要下蹲的动作。他说，行了，你可别在这儿污染空气。他们抗洪抢险去了。

抗洪抢险！在哪里？

他说，不知道。再说，知道了你也去不了，他们是坐“大解放”去的。

我感到脚像被人抽了筋，人就要往地上瘫倒。恐惧像一座山压下来。

见我这样，他说，我给你出个主意。一会儿，饭堂给他们送饭，你可以跟送饭车一起去。时间快到了，你赶紧去饭堂等着。我抓起他的手，狠劲地握了一把，表示感谢，当然，还有另一层意思，那就是让他替我保密。他会意，朝我轻轻一笑，说，放心去吧。人多，没事的。

2

他果然没有向队领导告密。我们后来成了朋友，他叫宋春风，眉清目秀。此后多年，每每回想起宋春风，我都倍感温暖。我眼前总会出现一只友谊的小船。我们在船上荡起双桨，小船儿在水里劈开波浪，驶向远方。

我赶紧去饭堂。谢天谢地，是罗厚兵带车。四个区队长轮流值班，恰好这周是他。他见我走过去，把我叫到一旁，避开司机，问我，你怎么搞的，到哪里去了，这么大活动，擅自不参加，你胆子也太大了！我说，没听见集合哨。他说，这么大动静你听不见？你呀，你就是胆子太大，早晚会出事。

汗珠从我额头滑落。

罗厚兵说，行了，跟我一起，混进队伍，万一被发现，就说你拉肚子，在厕所起不来。

我俩的谎言不谋而合。

罗厚兵说，教导员刚才在大坝上问我，怎么没看见你，我说你拉肚子，钻树林里了。算了，说别的没用，你别坐驾驶室，躲在车厢板上，等各班领饭菜时，你就装作咱们一班的领菜员，混到班里去。

雨没停，细雨如丝，好像就是为了掩护我。我穿上雨衣，蹲在几个保温桶旁，保温桶里装着我们的饭菜，上面盖着雨衣。我蹲在桶旁，穿着雨衣，极力把自己伪装成一个保温桶。

事实上，那天罗厚兵回中队取饭，似乎只是为了帮我。我们饭堂送的那些饭根本没有机会吃，老百姓自发地给我们送的盒饭多得吃不了，里面都是鸡腿、咸鸭蛋、花生米、火腿肠、青椒炒肉等。

大坝上人山人海。饭后我们中队一百多号人加入进去，丝毫没有看出人多起来。我混进队伍，就像大海里多了一条鱼，无人察觉。

雨大起来，汗水雨水混合，我们努力地在大坝两旁的坡地铲土。大坝上不能通行汽车，我们背着沙袋，努力地奔跑。

黑石山水库的水一望无际。浪把各种杂物打到岸边，包括鸡、猪、狗的尸体。我们面对污秽，加入抗洪大军中。

教导员肖正荣对我们说，这段堤很重要，堤一旦决开，下游那些农户，将九死一生。

我大声问：为什么不撤离？那语气，好像我是学院院长。教导员说，上面有指令，但有很多百姓舍不得家。

雨衣包裹下的肌肤，透不过气来，我们纷纷将雨衣脱掉。扔在车厢里，顶着雨奋战。

我因为刚才不在，现在出现了，干得特别卖力，就是想吸引中队干部的眼球。教导员问我：肚子好点了吗？半天见不着，以为你掉水里了呢，听罗厚兵说，你是拉肚子，我才放心。

我后怕，雨中热汗直流。

教导员没再嘘寒问暖，他转身朝着人群喊：九中队注意了，各班长随时关注本班人员，注意安全，不要靠近水域。

其实，救我的是雨，也是人，是我们一班的兄弟。十一个人，并不多，谁来谁没来，彼此一眼就知道，但谁也没把这层窗户纸捅破。

雨没停，下游已开始泄洪。虽然肉眼看不见，但水利专家说，下泄速度比较快。大坝的压力大大减少，但还是有一定的危险，大坝还得加高，主要是加宽，要在大坝的内侧铺几层沙袋，还有石头。

累、苦。锹把镐把磨破了手套，开始磨着手。手上先是起了泡，很快破了皮，流了水，接着流的是血。老百姓一边帮着装沙袋，一连催我们吃饭。我们一直没停。他们说，你们吃吧，能吃几盒吃几盒。其实，那饭盒大，鸡腿、煎鸡蛋、火腿肠、肉炒菜苔、油炸大虾，好几样。我们饿了，好像能吃十盒八盒，其实，一盒就饱了。老百姓说，你们吃吧，再吃一盒。一位大嫂，拿一个饭盒递到我手中，我说吃过了，吃不下。她说，吃不下，就把菜吃了，饭剩着。你们太辛苦了，没营养哪成。我接过来，正要打开，李大林碰了一下我的胳膊肘，咳嗽一声，我就放下了饭盒。大嫂离开我们，去给别人递饭盒。李大林说，不能那么做，老百姓越是对我们好，我们越是不能浪费。把菜吃了，把饭剩下，我们成什么了？他们还没吃哩。这盒饭是专供我们军人的，他们在这里忙，没来得及吃。整盒的剩下，他们还可以吃。

我脸上一热，羞愧。我怎么就没想到老百姓！我把手中的饭盒，塞回那位大嫂手中，我说，我吃过了，实在吃不下。

我们筑着大坝，水位线越来越高，站在大坝上，像是站在海里的航空母舰上。李大林问我，你怕吗？我说，不怕。他说，我怕。可能怕我说他胆小，他说，我跟你不一样，你水性好，我在军校才学会游泳，你是知道的。我说，这么高的坝，一旦冲垮，谁也逃不了。大坝把我们拍在里面了，别说水，石头和沙袋就把我们砸碎了，潜水员都不好使。

我的意思是告诉他，一旦决堤，会不会水，结局是一样的。我这么说，突然很伤感，似乎真的就要牺牲。我想起老部队的战友、班长，还有我带过的兵，眼睛湿湿的。想起爹娘，那泪就要往下流。李大林坐过来，搂过我的肩，说，没事，兄弟，就算真的去了，在那边，你还睡我下铺。

我给了他一拳。我说，不许说不吉利的话，这么多人，人多力量大，没事。

学院下令，由我们九中队派三十人，去下游那些农民家里走访，发现还有没撤离的，劝他们赶紧离开，实在不行，强行把他们背到山坡上。

教导员点将三十人。本来想让我们一区队去，无奈北方旱鸭子太多，不能成整体编制出动，只好在全中队挑选，让水性好的报名，教导员肖正荣择优录取。

去下游，自然更危险些，但报名人数还是超过了三十人。

我像赎罪一样，第一个报名。清晨独自在中队，提心吊胆，现在我来了，就努力地让自己进入大家视野。

王正君也要加入三十人中去。他水性一般，教导员没有理会他。

李大林要去，态度坚决。他直接站到我们的队伍里。教导员审视一眼，说，去吧，注意安全。走高处莫走低处。

我们进入的村子叫太平塘，这一带的村庄习惯带个“塘”字，或许因为每个村子，都有一个清莹莹的水塘。

太平塘看起来宁静而太平。村子里见不到年轻力壮的人，可能都外出做工了。

太平塘的道路很狭窄，没有铺水泥，也没铺沥青，黄土路。路两旁是树木和杂草。路旁有溪沟，溪沟旁边是庄稼地。

3

走过那片庄稼地，我们看见一个老人，推着独轮车，沿着黄土路起起伏伏，车轱辘发出咯吱咯吱的声音。他身边有一条狗。那是一条棕色的狗，毛发油亮，鼻子上有一块纯黑的毛，一条很可爱的狗。老人介绍他的狗，他说，它叫山哈。老人神情淡定。我追上去，路高低不平，石头碰了我的脚踝，脚踝破了皮，血渗出来。老人见我一瘸一拐，停下来，将独轮车车把轻轻搁在地上，拽起我的裤腿看。我们的旁边就是水塘，应该就是那个“太平塘”。水塘里荷叶阔大，荷花未开。塘埂边生长着芦苇。

老人走到水塘边，赤脚踏进塘泥里，够了一把苇花。他回到我身边，让我脱去鞋，把苇花按在我的伤口上。老人们说，看，血马上止住了，苇花消炎止血。

脚踝果然不痛了。

老人向着半山坡那块地的方向而去。小路崎岖蜿蜒。我望着他的背影。他的背影有时被树丛和灌木遮挡，时隐时现。我们继续往山下去。我们的计划，是从最下边的住户，往上排查。

雨停了。我们的衣服被身体烘干，遗留在树枝上的雨滴，再次将它们打湿。我忘记了雨露的冰凉。我被那些迎风招展的荷叶和迎风而舞的垂柳，弄得思绪翻飞，一时间忘却了危险。

下面那些房屋，并没有人，有的上着锁，有的虚掩着。我们从下往上走，在半山坡，看到两间屋子，老式的石头瓦屋，一个爬满葡萄藤的木架子，一个用灰色石块砌成的小院。几棵梨树开着白花。旁边是灌木，也开着花，红的白的。有股细泉，从后山的石缝溢出，绕屋角而流。房前翠竹掩映，一个很美的居所，但似乎并不富裕。

眼前宁静的一切，很难与洪灾联系起来，更别说死亡。暴雨洪灾，常常要死人，年年如此，年年听见雨季死人的消息，但我们从未惧怕过，因为那些都发生在遥远的电视新闻里。但现在，洪水就在现实中，离我们这么近，我感到恐惧。

大门敞开着，我走了进去。

厢房里坐着一个老人，男性。他说，我不走。那声音似曾相识。阴影让我一时没看清他的脸，原来他就是那个推独轮车的老人。他那么坚决，像块溪沟里的岩石，毫无怨言地忍受着河水的冲刷，我们的劝说，只会让他越来越倔强、坚硬。

屋里的人多起来，是我们学员。不知谁说了一句：这家人太穷了，我们给他们捐点钱吧。谁口袋里有钱？

我们就伸手掏口袋，三十二十的，交给那个学员。我不认识他，他是别的学员队的。他把钱叠好，放在老人手里。

我们又去牵老人的手，他发了脾气，不让我们管。那个发动捐款的同学，强行将他背起来，往山腰走。

刚出门，就见一个年轻女子，穿着牛仔裤，短发，冲进来。我目光在老人身上，没有注意她。她说，谢谢你们！我爷爷一直不走，我怎么求他，他就是不走。谢谢你们！她的声音像一道闪电，在我脑子里闪过，如此美妙，如此熟悉，难道是她？我回头望，是她，晏燕！她一头乌黑的长发没了，使我没能一眼认出她来。

晏燕！我喊道。

晏燕、晏燕、晏燕……山谷回音，飘荡着我的声音、她的名字。

我失态了。

赵多。她说，是你。你们都穿着迷彩服，我都没认出你来。我问，你怎么在这里？她指着老人说，他是我爷爷，我在这里长大。我回来接他到城里，他死活不去。

老人那条叫山哈的狗，摇头晃脑，跟在他脚旁。

晏燕怀里抱着个小孩，往坡上急匆匆地走。没了长发的她，有着另一种气度：干练、利索、洁净。

我快步过去，想从她怀里接过那个小男孩。小男孩两岁的样子，他被另一个学员抢先背在了背上。小男孩一点也不拘束。我跟着晏燕往坡上走。她对背老人的那个学员说，不急，慢点，别摔着。她的声音，像溪流般动听。我望着这秀丽的山水，听泉水叮咚，我知道，也只有这样的地方，才能滋养出晏燕这样纯美的嗓音。

这小男孩是谁？我问，问完，我就后悔了。我想，这与我有什么关系呢？

晏燕回眸一笑，那一头乌黑的短发甩成扇形，半张脸对着我，说，这是我侄子。可能见我的目光，一刻不离地追逐着晏燕。老人说，她是我孙女，可怜哩，从小没了娘，是我把她带大的。

我心里酸酸的，这一种感觉让我很奇怪：好像我们认识了好久，好像我与晏燕有着什么关系。

山路崎岖而蜿蜒，一会儿钻进树丛和灌木，一会儿从树丛和灌木间钻出来。路的尽头，也是山的最高处，是一个庙，里面供奉着观音菩萨。老人进到庙里歇息。我们准备再下到村里，以防还有老人遗留。老人说，没有了，没有了，村子里，我是最后的老朽。

那个夜晚，我们没有回学院，也没有睡觉。我们在坡地架起篝火。围着篝火，我们安慰着太平塘的人。水隔断了我们回部队的路，几个学员摸过河去，弄来一些压缩饼干，分发给大家。我们与老乡们隔着一点距离，与妇女隔得更远。我们远远地看着他们。晏燕坐在一块石头上，她的小侄子依偎着她睡着了，她没有睡，表情平静地望着篝火闪耀。刚才还觉得平静安宁的山谷，一下子全是水，形成了堰塞湖。好在雨停了，上游的水小了，黑石山水库正常泄洪，大坝安然无恙。

有几个学员，怕大伙在夜的寒气里睡去，站在篝火前唱起了歌，都是军歌，习惯了，听够了，没能让我兴奋。晏燕的一首歌，却让我们睡意全无。她的声音，说不上多么动听，却很动情，适合今夜，适合我们每个大兵。

你在他乡还好吗
可有泪水打湿双眼
你在他乡还好吗
是否想过靠着我的双肩
你那不再熟悉的笑容
对我可是一种敷衍
手中握着你的照片
我真的感到你很遥远
你在他乡还好吗
可有泪水打湿双眼
手中握住你的照片，
我无法握住彼此的明天
你在他乡还好吗
…………

我看见李大林眼里有泪，在暗处熠熠闪光，但他一直没伸手去擦。他一定是想到了他的兰花花，想到了她对他的牵挂。

那么，他是欣慰，还是苦痛？毕竟，她不是他自己的选择。

想起故乡，想起父母，我的眼睛酸涩。我想，她的这首歌，一定让我们每一个人都想起了故乡。身在军营，我们都是外乡人。

4

篝火熄灭时，黎明将至。这时候，发生了一件事，差点让我和李大林同时命殁泥沼。起因是那个老人，晏燕的爷爷。其时，老百姓都围着篝火歇息，我们穿军装的人待命，守护着他们。山谷中除了洪水奔泻的声音，万物一片寂静。老人的一声惊呼，将黎明划出一道光亮。老人说，山哈，山哈！我的山哈不见了。

老人说着，就往山下冲。我们奉命保护老百姓，我们跟过去。老人在他家老屋的水塘边，找到了山哈。山哈困在水塘中央，它湿淋淋的头伸出来，口向天叫，却喑哑无声，只有喉管里的水在呜咽。它被水草缠着。

老人冲向水塘，那样子，是要扑向他的狗。李大林平时动作迟缓，那一刻，手像闪电一般，抓住老人。他说，我去。他说着，一只脚就踏入水中。我一把薅住他，我说，我去。我水性比你好。李大林推我一掌，说，你回去。我抓住他的衣袖，小声说，我去，给我个机会。我说着，抬眼，瞄向塘埂那边的晏燕。李大林会意，停下来。我往前走，把他甩在身后。

比我想象的困难。水浅，浮力不够，人不能游动，只能直立行走。我走几步，人突然矮下去。这是一片荷塘，秋天养藕，泥厚，水底，是隐形的沼泽。

李大林飞扑而来，溅起一片水花。他抓住我的手臂。我朝他吼：快走，快离开！他抓住我不放，结果，我俩同时下陷。

就在这时，三四个学员奔过来。他们有人递给我们柳树枝，有人扔过来背包绳。别动，别挣扎！一个学员朝我喊，把背包绳系在身上，抓住树枝。他们抛来三根背包绳。李大林胖，我给他系了两根，另一根，我缠在自己的腰上。他们拉拽背包绳，拉扯树枝。我们死死抓住树枝，被他们拽上岸。

那条叫山哈的狗，还在水里挣扎。这时，已有村民拿来一柄长竹竿，上面绑着一个镰刀，那是他们割水塘里的水草用的，正好派上用场，但晏燕的爷爷不让，他怕伤着他的山哈。一个学员要往水里下，我说，我来，既然我身上都湿了，就让我来吧。李大林说，我来。他说着，再次下到水里。我急忙制止他。我说，还是我来，你胖，莫把背包绳拽断了。我往水中间去，李大林就和另一个学员，拽着我身上的背包绳。我手拿长竿镰刀，镰刀在我这边，镰刀把伸向远处，往前慢慢走。我用竹竿拨弄缠住山哈的水草。拨弄开一点，山哈就往我们这边游一点。约莫半个钟头，山哈游到岸边。它浑身颤抖。老人脱下外套，罩在它身上，将它抱了起来。

我看见晏燕脸上露出笑来，眼里却挂着泪。她深情地望着我们。她在用她的微笑，感谢我们。

有一种香味，从泥土的气息中浮现出来。我循着香味，看见塘埂边有几株栀子花，洁白洁白地开着，暗香扑鼻。

我相信，这个夜晚，这个清晨，我们这些大兵都记住了晏燕，而她，也同样记住了我，记住了李大林，还有众多穿迷彩服的我的战友。她叫不出他们的名字，但她一定记住了他们。

5

水流向远方，太平塘趋于太平。

太阳钻出山顶。东边的天宇，射来万道霞光，雨彻底停歇，拂晓的第一道光线从山顶透进来。晨曦带来温暖，天空碧蓝。远处的山峰上方，白云开始飘荡。

在清晨的阳光里，我再次看到了晏燕，她有山泉的清纯，似乎还散发出乡村的野性，与在元旦晚会上朗读我诗的那个长发女孩子，判若两人，但她们分明是同一人。我能从她眼里，看到同一种东西，那是深藏在她心灵深处的品质，那是坚定、自信，还有热爱。

空气清新，我心愉悦。

我望着她走开，她走向她爷爷家的石头瓦屋，身旁跟着那个男孩，她的侄儿。她很随意地走着，顺手扯掉一片树叶，挥手一扬，让叶片在空气里飘荡。乡村妹子的率真，在她身上散发出来。

我闲着无事，看村里的风光。村舍旁，荷花和水稻静静立在田地里，并没有被雨水摧折。槐花像雪，片片洁白，飘荡着暗香。我望着溪流和纷纷飘落的槐花，想，这里真乃世外桃源。

她走到石头瓦屋旁。柳树的树荫下，阴影逼近房子。我站在阴影里不动，内心突然升腾起一丝说不清的感觉，像是某种希望，又似乎是一种渴望。这种感觉给我一股力量，我跟了过去。我还鬼使神差地，把我挂包里的军用毛巾递给她，这灵感，不仅仅来自李大林送给“橘子妹妹”的白毛巾，不少电影里也有这样的镜头。我说，给你，留个纪念。她推辞，说不要。我羞了个大红脸。她可能照顾我的颜面，接了，说了声谢谢。

给我爷爷用。她笑道。

我心里美得如同饮蜜。

她走进石头屋。我正想跟进去，这时，撤离的号声响起。

回到学院。我们静下来时，开始写信，写给自己的女朋友，每过去一天，就是离毕业近一天，一个个都很兴奋，像打了鸡血。相隔遥远，那其实是一种精神上的恋爱。我也开始写信，给晏燕写。我写的不是情书，是寂寞。我不谈爱情，不是不想，是不敢。我信上的文字，是给我的情绪，寻找一个出口。

信断断续续写了一天。晚饭前，我将封好的信放在值班室的桌子上，只待第二天邮出。

明知信还在值班室，却已开始盼她的回信。夜静下来时，晏燕飘然而至，她长发飘飘，戴着耳麦，对着话筒，吟诵《红土地》。那首诗竟然那么长，她总不能将它完整地朗诵一遍，接着，她的头发就短了，是她在太平塘时的样子。

月光照耀着，宿舍后高大的白杨、苍郁的松树、如雪的槐花都在月下沉静。

6

给晏燕的信刚邮出，我就接到牛娃的来信。信是王正君从值班员那里拿来的。

中山大学？牛！看这字这么清秀，是女生吧。王正君大惊小怪。他是故意的，他早知道我有个笔友，叫牛娃。

牛娃的信，像诗，像细雨轻风，但最后一句，却是狂风暴雨，带着闪电与霹雳。她说，朋友——她不写我的名字，第一次给我写信，就称我为朋友，以后所有的信都如此，这让我感到陌生又亲切，似乎我们就是真的朋友，也似乎仅仅是朋友。她说，这样的雨夜，你在忙吧，是否一如我，在静静地听雨，品味这孤寂的夜，这淡淡的愁绪？

夜雨敲窗，一杯香茗在手，这是怎样的惬意？

风停了，雨停止了敲打。细雨像我的心语，在轻诉，可是，谁能懂？

我明白她的意思，她这是在以物言志，借景抒情。她这是在向我示爱吗？这已分明超越了普通笔友之间的热情，但我已没有先前接到她信时的那种喜悦。其实喜悦还是有的，但它很短暂，晏燕很快出现在我眼前。晏燕赶走了她。我凝视着晏燕，就那么看着她，看着她长发飘飘，也看着她短发清爽。她的样子在我面前变幻，长发与短发，就像月圆与月缺，带给夜晚不一样的韵味。月圆与月缺，充盈了夜，使夜晚流淌着诗意。

王正君伸出他的一只手，像鸡爪一般，在我眼前晃动。他说，赵多，做白日梦？一语惊醒梦中人，我才想起，我给牛娃的照片，都是他的啊，牛娃喜欢的，应该不是我，是他王正君。

我心里升腾起一股喜悦，心情也松快了。毕竟这时候，晏燕更多地占据了我的内心，虽然我们不谈爱情，可想起她的样子，我是那么快乐。

我想终止与牛娃这段虚假的、不真实的情感，想终止与她通信。

我沉默着。

然而，牛娃的信，却像雪片一样飞来。星期天，我一下子收到她的三封信，上周星期四写的，一天写了三封，标明了早、中、晚，每封信里，有无数个问号，问我为何不理她，为何不给她回信，她给我写了那么多信，我为何“来而不往”。

我受不了她的责备。我拿起笔。我说，牛娃，这十几天没给你写信，因为我们外出野营训练了……这自然是谎言。

我给她的回信刚邮出，她的另一封信就到了，是一封很厚的信，她是按包裹邮寄的。里面有我给她写的全部信件，还有我给她邮的照片。那封信，她只写了两个字：“再见”，外加一个感叹号。

这是一个有脾气的女孩子，可我的信已经发出去了。

黄昏，我在自习教室的一角，偷偷读我写给她的信，一封一封地读，文字干涩，毫无情感，甚至有些肉麻。我想把它们都毁了，留下没有意义。我要把它们撕碎，扔到垃圾堆里。可是，我想到它们将与垃圾为伴，心里又不舒服。我眺望窗外。我一有想不开的事，就眺望窗外。宽阔的视野，会让我心胸敞亮，有些问题也会迎刃而解。果然就见有二区队的人，在外清扫垃圾。他们在燃烧落叶和纸片。我走过去。我把王正君的照片收起来，把我写给牛娃的信，全部扔进火堆。

我没有心痛，我只当我是在烧废纸。

这的确是废纸。

我把王正君的照片还给他。他说，怎么啦，不是你向我要的照片吗？我说，是的，但现在，我不想要了。我没有必要保留一位同性的这么多照片。

他一把抢过照片，骂我，有病！

当天下午，我接到牛娃的一个特快专递，是花纸包裹着的一张硬纸版，我想，那应该只不过是王正君的某张照片，她落下了，这次快递过来，以示与我绝交。我没当回事，随手一甩，照片从我手中飘然而出。

是牛娃的新照。我端详牛娃，不错，是她，一个长发飘飘的女孩。这次，她是在她们学院的操场上，整个操场很空旷，好像全世界只有她自己。

牛娃在信里说，她以为我不理她了，原来我只是训练忙，耽误了。她要索回我给她写的信，这自然不可能。还有照片，这也不可能，我不能再向王正君要他的照片，他已经骂我有病了，我再要，他会骂我病入膏肓。

她说，她邮来这张照片，作为她误解我的补偿。

我明白她的意思，她想再续前缘。但是，我真的对照片上这个女孩没了感觉。我才知道，我一直喜欢，并且努力寻找的那个梦中女孩，竟然就是晏燕，她在湖南师范读大学，她也在黑石山水库下，那个叫太平塘的小村庄。

一种无言的、说不清楚的情感，在我内心激荡：

长发徐徐从我胸宇飘过

——致 YY

长发徐徐从我胸宇飘过
以一种绝无仅有的轻盈
像云朵飘过高山
像思念飘进一个温馨的梦

不可触摸
长发徐徐从我胸宇飘过
掀起我的思绪潮涨潮落

我站在黑石铺的十字路口
如同站在灰色的十字架上
虔诚地祈祷
你离去和走来的步履一样轻盈
长发徐徐从我胸宇飘过
如我深情的目光掠过你的脸庞
…………

7

我觉得我这首诗写得不错，比较我以前的诗，上升了一个高度，这是爱情的力量吗？尽管只是暗恋，只是单相思。

我反复诵读这首诗。我把这首诗，一笔一画，抄在日记本上，写在信纸上，邮寄给晏燕。当然，我找了个借口，我说，如有可能，请他在“清风夜语”里朗读这首诗。自那天以后，每天晚上熄灯，我就打开小收音机，调到“清风夜语”那个频道，等待着晏燕的声音传来，等待着她的“清风夜语”。我还向王正君暗示，希望他能再次听到晏燕朗读我的诗。我们等到了她的声音，却没等到我的诗。

那些等待的夜晚，让我既充实，也惆怅。

时间不长，我接到一封挂号信，里面有一盒磁带。王正君有一个微型录音机。我借用他的录音机，放了那盘磁带。我想背着室友，先偷偷地听，若有好的内容，再让他们听去，无奈从我借来录音机起，王正君就跟着我。我说，好吧，我们一起听，但是，你得替我保密。我听见她朗读我的《黄土地》。那个夜晚，她带走了那盘磁带。现在，她把它翻录了。我听见了那个夜晚，一群雄性男人的呼喊声、叫好声。王正君的声音，从这些声音里突现出来，那么刺耳，那么张扬。此刻，王正君听着自己的声音，笑了。说，没想到，那个夜晚，我那么疯狂。我说，你以为呢？你一直是这么疯狂。

还有另外的几首诗，都是晏燕在“清风夜语”里朗读过的。我自己写的诗，经她这么朗读，读出了我的眼泪。许多年以后，我成为北部战区一名专业作家，我想，是这些诗句鼓舞了我。是这些诗句，推着我，沿着文学这条路往前走。

几首诗之后，是晏燕的一段话。晏燕说，赵多，你的《长发徐徐从我胸宇飘过》，是一首好诗，但它应该只属于你自己，不应该属于大众，所以，我没有在节目里诵读，你自己读一下吧，用你的声音，男性的声音，把诗朗读出来，录在这盘带子里，然后，你挂号寄给我。

准备好录音机，我试了几次，张不开嘴。我说，王正君，你来。你是东北人，普通话标准。只要你不说“这疙瘩那疙瘩”，不“俺们俺们”的，你就是播音员的标准。王正君说，我不说，我才不当这个电灯泡。人家是让你读，人家是要你读给她听。你傻呀！

我还是没有勇气。王正君说，你朗读吧。让你读，你就读。快点，有什么不敢的。能死啊！他说着，按下了录音键。

长发徐徐从我胸宇飘过
以一种绝无仅有的轻盈
像云朵飘过高山
像思念飘进一个温馨的梦
不可触摸
长发徐徐从我胸宇飘过
掀起我的思绪潮涨潮落
…………

这个周末，我正要把这盒磁带挂号，邮寄给晏燕，她来了。她同上次一样，跟我们教导员的爱人一起来的。她带了一大网兜罐头瓶，足有七八个。里面是油浸鲤鱼块、腐豆腐。她说，这些，都是爷爷亲自做的。爷爷让我捎给你们。爷爷恨不得你们学院的每个学员，都尝到他的手艺，可是，只有这么多，你们九队就全权代表吧。我说，行，我保证我们九队每个人都吃到。开饭时，我把这鱼和腐豆腐，平分到每个饭桌上。

爷爷让我谢谢你们，爷爷还要请你们到山里做客。她说。

我说，谢谢爷爷，找个星期天，我同李大林去看他。我说着，看了一下李大林。李大林说，人家请你呢，你带上我做甚。他说着，看一眼晏燕。晏燕脸微微一红，笑道，都去，你们都去。爷爷在山里寂寞，他喜欢你们去，他爱热闹。他说，你们去了，他给你们炖鸡吃。水塘里的鱼还在，幸亏你们筑牢了大坝。

我想起那个小男孩。我说，你侄子还在山里？你爷爷带他？她说，他那么淘，我爷爷可带不了他。他爸妈接走了。

我说，你爷爷真幸福，都有重孙子了，四世同堂。

只是四代人，很难聚在一起。她伤感地说。她的声音有些哽咽。

我真想上去拥抱她，安慰她，但我没有。我觉得我还没有资格。

第十一章　黑石铺

1

黑石铺依山而建。山上多黑石。一条溪沟，从山腰而下，绕店铺流淌，出了黑石铺镇，就宽了，阔了，奔赴湘江。南国多雨，溪流丰盈，溪水昼夜欢歌。镇子傍山临水，店铺的墙壁，皆是长条黑石，黑石铺故而得名。黑石铺是一个古镇，却弥漫着现代气息。

一条黑石板铺就的路，通向我们学院。路旁的石缝，钻出些杂草，点缀着白色和黄色的花朵。离路更远处，是坡地，长着青松，簇拥着灌木。雨后，我们走在黑石铺路面，能嗅到林子里蘑菇的香味。

三个月强化训练后，我们才一睹黑石铺的真面目。在此之前，我们被圈在大院里，被学习和训练绞成一团麻。那段时间，我们买什么东西，都在学院超市，贵，也得买。我们互相理发，把头弄得像刺猬。强化训练结束后，下了准尉令，我们成了正式学员，胆子大了。周末休息，学院允许我们上街。我们来到黑石铺，买生活用品，理发。

我第一次去的一个发廊，理发的是一个女人，约三十多岁，头发染的像根根金丝，嘴唇血红如鸡屁股。

屋里有些昏暗，我转身想走，她说，来了。好像我们很熟悉。这种把我当熟人的态度留住了我。她让我坐。那是一个没有靠背的椅子。

我坐下，她把她的身体贴上来。她的两个乳房，水袋般温热。我说不上喜欢，也说不上不喜欢。我不考虑那些，不就是理个发嘛，给我理好就行。

她说，先要干洗头。她把椅子降低，两手按着我的额头，往后一掰，将我的头按在她的乳沟间。她让我闭眼，要给我干洗头。我说，干洗太贵，我不洗。她说，一样的，只是先用发乳洗，后用水冲。

她往我发丛间滴了发乳。一缕冰凉，之后，全是温热。

我后脑勺实实地贴在她的乳沟里。她的手动起来，她不是在搓揉我的头发，而是将我的头上下按动，让我的后脑勺在她的乳沟里来回摩擦。说实话，我喜欢那种感觉。我由着她。

她的手下滑。

她摸了我的肚子，先是隔着衬衣，又慢慢地伸到衬衣下。

她的手指并不光滑，像树枝一样冰冷而粗糙。她分明是一个乡下女子，一个普通的劳动者，为生计而来。她的手企图插入我的裤带。

我的心像只小兔蹦跶，脸上发烫，小腹有一种灼热的感觉。

她的头也低下来。我闻到她热烘烘的呼吸，像我儿时喂牛，牛嘴里喷出的热气，只是，她嘴里没有青草的味道。

我挣脱她。我给了她二十块钱，逃离了小屋。

我去寻找周善仁。我们一起来的，我们的外出时间只有两小时，为了节约时间，我们分头办事。我理发，他去超市买东西。我找到了他，他说，他也要理。

我们没去那个女人的发廊，我们去的是镇子最北的那个发廊——香溪发廊，是两个女孩开的，大的叫香香，小的叫西西，而不是我们想象中的溪溪。

凭直觉，西西十八九岁，香香二十出头。

香香手快，主剪，西西还没出师，负责洗头，吹头发。

西西告诉我们，她原本是叫溪溪的。她家门前有一条溪，叫香溪。她和姐姐的名字由此而来。但她命里犯水，要防水，便把溪溪改成了西西。她希望我们叫她西西。我说，好啊，叫西西，洋气。

后来发生的事，让我们甚感意外：周善仁爱上了西西。先是地下，后来公开。周末，我和他请假出来。我坐在发廊北边的大黑石上，当他的电灯泡，望着他进进出出。他帮她们倒洗头水，往黑石路上泼洒。他还帮男客洗头。香香、西西姐妹俩，妹妹更漂亮些，略胖，白，看上去很单纯。

湖南辣妹子，胆大。古老的黑石铺，正被现代文明浸淫着。你能看见一男一女，在大街上接吻，有的很真实，有的很假，像是吻给别人看。有一次，我盯着一对咬在一起的嘴唇看，它们不但不害羞，反而吻得更卖力气，嗞嗞有声，好像它们的主人是在演电影，而我是那个敬业的摄影师。

2

周善仁把我们九（1）班的同学都动员到香溪发廊理发。起先，我们仅仅是去理发，半个月去一次，后来，不理发也去。周六周日下午，休息时，就轮流写请假条，到黑石铺上逛，什么也不买，好像纯粹是为了到香溪发廊坐一坐，看那两个湘妹子理发。

王守富作为班长，劝说我们：我们九（1）班，谁都可以喜欢西西，但谁都不能爱上她。我们好不容易考上了军校，走出了农村，成为共和国军官，谁能娶一个开发廊的乡下妹子做老婆？

王守富像是随口而言，其实是有所指，他是说给周善仁听的。他是班长，有责任给大伙敲警钟。

周善仁站起来说，我能！

所有的人，都怔怔地望着他。

这个周六有雨，雨是黑石铺的常客。周善仁要上黑石铺，让我陪他。我们没有雨伞，只有雨衣。雨衣穿在身上不好看，陡然站在人家门口，像打劫的，我们空手，冒雨而去。

香香不在，西西说，她回家看父母去了。

香香、西西还很年轻，工作仅限于理发，所以收入低，月底还得回家拿米拿菜，也看望年迈父母。焗油、烫发这些活儿，她们还不会做。西西说，等过两年，她挣到钱了，要到理发学校去学这些技术，帮姐姐把发廊做大。

可是，你只有这么大个店呀。周善仁说，好像生怕她走了。西西说，有了钱，就可能把隔壁的缝纫店盘下来。

周善仁并没理发，就在那里坐着，装作看杂志，眼光却黏在西西身上。其时正有一个人理发，也是一个学员，他不断地逗西西乐。我看见周善仁的脸，由红转白，他终于忍不住了，站起来，冲那个学员喊：你理发就理发，不理就滚，一张臭嘴，嘟囔个啥。那个学员说，关你什么事，我同她说话，与你何干，她是你什么人？

她是我妹！周善仁说。

她还是我姐呢！那个学员说。

西西给周善仁一个眼神，说，你少说两句，很快就理完了。

理完发，那个学员怒视着周善仁。我怕他们打起来，走过去，站在周善仁背后，按住周善仁的肩。

也许是见我们有两个人，胆怯了，或许他根本就不想打架，那个学员往发廊外走。他仇视的目光从我们身上移开，落到西西身上，就变得柔和了。

突然电闪雷鸣，雨下大了。那个学员仓皇而逃。

3

那个学员的背影消失后，周善仁站到西西身边，说，以后这样的人，不用给他理，就说你病了。

西西说，什么样的顾客都有，你都让他滚，我们上哪儿挣钱？

这样的钱，不挣也好，我养着你！周善仁说，他显然被自己的话吓了一跳，一屁股坐下去，把自己埋在沙发里，不敢再抬头看我们。

西西在理发椅上坐着，抹着眼泪。不知是气哭了，还是被周善仁的话感动。沉默片刻，周善仁问，香香今天回不来了吧，你晚上一个人睡这里不害怕？西西说，我到隔壁裁缝大姐家借住一晚。

彼此就没再说话，很长时间地沉默。

因为雨，没有人再进来理发。我装作看杂志，内心并不平静。发廊里，是那种被压抑的、有着一种甜味的空气。我终于忍不住，冲出去，跑回宿舍，把这个空间留给了他们。

回到宿舍，我已成了落汤鸡。我打盆水进来，兑点开水，像李大林那样，大家闺秀般擦着澡。我的确学会了节约用水，尽管雨水在大地上到处流淌。

擦洗完毕，我躺在床上看书。有人睡觉，有人没有。周善仁还没回来，这让我生出诸多猜测。我睡不着，翻开一本盗版的《基度山伯爵》，借助文字，阻止自己胡思乱想。我觉得我再往下想，就太龌龊了。

黑石铺多雨。周善仁从雨中奔赴九中队，冲进我们一班的情形，多次在我们面前重演。被雨淋湿的周善仁，如同遭受了洗礼，变得单纯，一尘不染。雨水使周善仁内心朦胧的爱，变得清晰。他对我们班的人说，多上香溪发廊，多照顾香溪发廊的生意。两个乡下妹子出来闯荡，不容易。

我们都对周善仁最终能否娶一个发廊妹为妻，表示怀疑。周善仁说，你们不用怀疑我，古时多少文人墨客与青楼女子的爱情，感天地泣鬼神。比如晏几道与李师师，唐伯虎与秋香。一旦我们有了爱情，我会不顾一切地去爱她。当然，现在，我们还不是爱情。我说，你那么惦记着西西，不是爱情吗？周善仁说，不是爱情，是同情。我觉得她们两姐妹很可怜，倘若遭了欺负，连个保护她们的人都没有。我就是要像大哥一样保护她们。王守富说，你还是保护好自己吧。就你那个样？你要是郑爱武还差不多，往那儿一站，阎王爷也被他吓跑了。你要是李大林也行，掀开衣襟，能把日本鬼子熏跑。

郑爱武说，你们拌嘴，别扯上我啊。李大林，笑，带着很重的鼻音，说，哎呀，别扯我嘛。

我背后评价周善仁：他看起来像善人，其实一点也不善，占西西的便宜。王正君说我，这样的女孩，不是你的菜，你不追，人家去追，你何必多言？

我说，你是伪君子，不说真话。

第二天野外课，长途拉练。在一个遥远的镇上，周善仁背着我，买了一只发卡。粉红色发卡。他买的时候，瞅了瞅四周，我装作没看见。他迅速交了钱，把发卡塞进自己的军挂里。

中午吃饭时，王守富到炊事车上领来饭菜。那天吃的是辣椒炒豆干，红烧茄子。只要有辣椒，周善仁就会吃得很香。他全神贯注地吃。我绕到他身后，从他的军挂里，掏出那只发卡，递给王守富。我说，班长，我们班要出桃色新闻了，你也不管。王守富笑道，这不是我管辖的范围。他本想递给周善仁，周善仁来抢，他反倒不给，举在手中摆动，在山地奔跑。山地凹凸不平，他起伏、跳跃，那个发卡，便像一只粉红的蝴蝶在山风中飞舞。周善仁如何追得上他。

周善仁突然不追了，望着那跃动的蝴蝶，一脸幸福的红光。

4

月亮是属于黑石铺的，学院的灯光太明，我们很难看到月亮。这，或许是我们喜欢到东院站岗的原因。我们到东院，要路过黑石铺南街，踏过那座青石条垒起的拱桥，那桥据说有六百年历史了。曾国藩的兵马，就曾从这桥上走过。现在，缓慢的牛车，懒散的行人，走在被雨淋湿的石拱桥上，像一首千年的古诗。

夜晚，街道两旁昏黄的灯光，还有店铺前的霓虹灯，将黑石铺包裹。我喜欢站在石拱桥上，遥望夜色中的黑石铺。穿过夜色，我眼前是一片蓝色的天空，阳光明亮却不灼人。我望着晏燕，她也看着我，虽然只是偶尔一瞥，那眼神，已如春天的霞光，我的世界亮了，温暖了。片刻，当晏燕在我幻影里消失时，一股悲凉袭来。有不少现实例证：喜欢的人，常常难走到一起，如同落叶与秋风，如同战场上的炮火，充满诗意，却要以别离或粉身碎骨为代价。

我知道，我今生不可能与晏燕走到一起，我甚至再也见不到她，但我喜欢这样，喜欢让一个近乎虚幻世界里的人，充实我的现实生活，虽然晏燕充实我生活的同时，也让我的现实变得虚空，多了莫名的焦虑。

我想晏燕的时候，晏燕来了一封信，那封信，只有一句话。但就这一句话，足以让我兴奋一个星期。我决定给她写一封回信，也是一句话。可是，我发现，写一句话的信，比写几页纸的信还难。

我想了整整一个星期，也没想出一句满意的话。

晏燕在信里说，我每天黄昏看夕阳，抓住最后一丝温暖，装进信封寄给你。

诗的语言，或者说，那本身就是诗。

王正君说，诗是灵魂的语言，一句顶一万句。

见我在夕阳下痴迷，王正君说，你注定是个悲剧人物，见一个爱一个，最终谁也得不着。

我问他，你呢，你得到了谁？他笑道，我得到了我自己。他说，我只爱我自己，不像有的人，爱情泛滥，却只不过是单相思。

李大林在门角里静坐，直把天坐得像他的一张脸，布满忧郁。黑石铺又要下雨。雨来临之前的黑石铺，阴云涌动，接着，天亮开，雨落下来。我诗兴大发，诗句在心里萌发，我脱口而出，冲着雨水作诗。王正君说，赵多作诗的速度惊人，像这雨水流淌。我正对他的赞扬充满期待，他指着流淌的雨水说，这流淌的雨水，遍布垃圾。

我脸燥热。我说，我写不好诗，你写几首吧。王正君说，我不喜欢写诗，我喜欢踢腿运动。我一伸腿，要么踢着足球，要么踢到一个诗人的屁股。他是嘲讽诗人之多，就像指北针总是指向北方一样，他嘲讽的语气总是指向别人，唯独没有他自己。

黑石铺的黑夜袭来。夜风如水，洗我浮尘。

第十二章　我们的球队

1

三个月的强化训练已经结束。那个下午，我们正在球场边的空地上走队列，球场里的老学员，一脚将球踢出了边界，球向我们滚来，我抬脚劲射，球在空中飞行数米，直接旋进了球门死角，引来叫好声一片。

正是这一脚球，打破了我沉闷的军校生活。吃过晚饭，副队长到九（1）班找我，说有人告诉他，一个个头不高、长得不白也不帅、后脑勺很突、胸肌很鼓的新学员，球踢得不错。我从来没想到有人会这么描述我。大概这样的描述对于我是准确的，副队长在一百多号人中，眼睛睃了几下，就让我出列。他说学院马上要开运动会，以大队为单位，我被选入三大队足球队。

此前，我与副队长并不熟，我太平凡，他叫不出我的名字。

我说我球踢得不好。副队长说，你踢的那个任意球，是“世界波”，在学院到处流传。能踢出这样球的人，技术不会差。我说我是瞎猫碰上死耗子，随便踢的。副队长说，随便踢就是一个“世界波”，那更了不起。

我像一条鱼，一下子浮出水面，引来很多双惊慕的目光。我每周可以从副队长那儿领一斤白糖，一袋奶粉。更让他们羡慕的是，我可以在夕阳西下时，穿着副队长统一发的球衣，出现在球场。而他们非球员，则只能在热气未散的水泥地面上走队列，或是进行枯燥的体能训练。

但我的洒脱，很快被王正君淹没，他是一个技术全面的球员，副队长没发现他，是他自己去找副队长的。他说，要不是我妈怕我伤着不让我踢球，我早进国家队了。

他说话时一脸严肃，不像是开玩笑。

副队长就拿出一只球，让他踢踢看看。王正君从头顶到肩膀到膝盖到脚背，颠了一百零八个，还没完没了。副队长喊，行了，行了！王正君一脚将球踢向高空，在球下落的过程中，临空一脚，球不偏不斜，打在不远处一棵树的树干上，反弹回来。王正君冲上去，一个狮子甩头，球再次撞在树干上。王正君还想表演，副队长伸腿，将球钩回来，踩在自己的脚下。

副队长给王正君发的是10号球衣。在王正君面前，我背上的6号，连同我自己，瞬间黯然失色。

既生瑜，何生亮？我一声叹息。王守富说，你叹息什么？你既不是“瑜”，也不是“亮”，你俩的球技，根本不在一个档次。

我于是除了对王正君怀着丝丝缕缕的妒忌外，又平添了对王守富的不满。“二王”联手，害群之马！我说。

王正君的右腿比左腿长十厘米。他这样的双腿，速度自然不会太快。不过，正是这双腿，使他带球时，每一个动作都像是假动作，后卫很难从他脚下断下球来。球队训练时，我想给他点颜色看看，杀杀他的傲气，他总是轻轻地一停一拨，我速度越快，偏离他越远。我望着王正君带球从我身边掠过的身影，失落感涌上心头。倘若他现实中真的是一腿长一腿短，或许我心里会平衡些，偏偏他平时走路时，腿并无毛病，或者说有毛病，但我们看不出来。

足球赛以大队为单位，我们副队长任领队，也是球员。副队长说，连续两届校运动会，他带的足球队都是冠军，这次，他想蝉联，争当“三冠王”，我们的待遇便又提高了一个档次，除白糖和奶粉，只要当天下午有足球训练，晚餐就另起炉灶，在大队部饭堂吃。大队长和政委参加，菜由各中队提供，每队四个菜。各中队极力献媚，比着烹鸡炖鸭。

一运动就屁股流油，王正君说，伙食真他妈的好。不管啥运动，只要领导喜欢，就差不了。王正君说这话时，满脸自足。

我们终于见到了传说中的肉联厂。厂房是学院的老房子，厂子中央有一个大的足球场，杂草丛生。副队长把我们带到这儿来，一人发一副手套，下令我们把这些杂草拔了。我们说说笑笑，在打闹中，很快将那块地拔成瘌痢头。副队长笑道：你们这些四肢发达的男人，搞起破坏来真是让人无法想象。这话算是对我们的表扬。

在这块荒芜之地，我们开始我们的足球练习。我问，学院那么好的球场，为何不去？王正君说，弱智，你不怕别人发现我们的战术，我们的实力？自作聪明的他，替副队长做了回答。

每到下午训练时间，我们背着包，陆续进入那片草坪，坐在那棵古槐树下，换球衣，换鞋，很像那么回事。

换好衣服，吹吹牛，活动活动筋骨，开踢。我们站成两排，听副队长点将。谁首发，谁替补，谁踢什么位置。当然，这都是在我们进行邀请赛时的事。倘若没有比赛，我们的人，就分成两伙，搞对抗赛。谁蓝队，谁红队，也得听副队长的。副队长的球技并不好，为什么都要听他的呢？因为他是领队，兼任教练。你技术再好，不听招呼，就得坐冷板凳。

球场上，我们都成了球星，巴乔、古利特、马拉多纳、罗马里奥……都是根据我们踢球的特点，或外貌特征而起的绰号。比如他们叫我马里奥，说我像巴西那个球员罗马里奥，个子不高，速度快。他们叫王正君马拉多纳。王正君脑袋不小，脸圆。他速度并不快，但技术好，球像粘在脚上似的。王正君说，在球场上，技术永远是第一位的。

这话等于白说。

我们叫王守富“穆铁柱”，他个子大，在足球队，叫一个篮球队员的名字，给我们的球队，增添了喜剧色彩。

说是训练，其实是厮杀成一片。踢完球，没有接到大队部供饭的通知，我们就相聚军营餐厅，AA制。副队长不参加。我们是学员，他是干部，他要是参加，就不好AA制了，我们都拿津贴，他是唯一拿工资的人。当然，他不参加，还有别的原因，他怕惹出事来，要担责任。有几次，王正君和王守富要买单，我们不让。我们说，知道你们“二王”有钱，但不能让你们掏，这样平等，球也就踢得仗义。上菜了，喝吧，学员不敢喝酒，开水茶水饮料，敬请自便。业余球队的环境，就是这么宽松。可谈到球，就严肃了，没踢好的，挨批评，光批评不行，还得自我批评；表现好的，发“奖杯”，奖是大伙的“口碑”，这很重要，决定着正式比赛时是否首发。

有些批评过于刻薄。比如：看你马拉多纳，下半场那个球，凭你的技术，完全可以再过一个人，干吗要远射，飞了吧；还有你，小蒙古（四区队十二班的包予超，蒙古族，年龄不小，个子不大），我们知道你速度快，技术好，可你也不能太贪了吧，哥们儿不是十七八的小伙子，也是二十出头的人了，在场上一趟一趟地跑，容易吗？你总得传一脚球吧，都零角度了，你还射！你以为你是马拉多纳？

批评的人，一脸严肃，挨批评的人，低头，表情看上去很谦虚，其实内心不服。我却不行，他们批评我时，我心里早就翻江倒海。他们说，你看你马里奥，你就别踢前锋了，踢后卫吧。王正君说，他对我那个传说中的“世界波”充满怀疑，他说，那个球，你不是瞎猫碰见死耗子，就是有神仙相助。他说，你踢后卫吧。可是，踢后卫你又好漏球；踢中场呢，你拿不住球，你想干吗？

我一杯饮料，灌了个大半。我想干吗？我爱足球。踢前锋，我一脚打门，偏了，我会努力再制造一次射门的机会；踢中场丢了球，我会拼命抢回来；踢后卫漏了球，没关系，在对方球员射门那一刻，我不顾一切，飞身“堵枪眼”。慢慢地，我赢得了队友们的信任，他们开始耐心地指点我：抢断时，别离对方球员太近，别轻易出脚，别让对方的假动作给骗了；要把球护住，别着急传球，看准了再传。队友的理论指导，结合我的体能和速度，现在好了，我确立了我的替补位置，依然披6号战袍。当我在中场成功抢断一个球，并助攻形成得分时，我会与队友拥抱，然后，张开双臂，在球场狂奔。那种感觉，就像飞翔。

副队长心态好，一个喜欢足球的人，谁不想踢两脚，但他没有。他排兵布阵，甘当幕后英雄。

2

王守富因为篮球打得好，大伙推荐他守门。起先他并不乐意，大家说，人尽其才，物尽其用，你篮球打得那么好，个子高，抓球稳，你往那儿一站，半个门就堵上了。你不守门谁守？王守富说，管他谁守，反正我不守，我喜欢篮球。即便玩足球，我也要踢，要进攻，而不是守，我喜欢射门的感觉。让我守门，我还不如打篮球去呢。他说着，就要去打篮球。副队长说，那你就踢球吧，个子这么高，头球占优势。

几次邀请赛后，我们球队总输球，且都是输在守门员身上，守门员是八中队的。王守富看不下去，自觉站到守门的位置，成为我们球队的门神。但这门神，只守了一场球，那场球我们输得惨不忍睹。王守富人高马大，射入球筐内上半部的球，包括两个球门上角的球，都被他揽入怀中，但球筐下半部的球，他一个都接不着，那是他的死角。他个子太高，不敢扑球，对手发现了他这一弱点，专踢低滚球，或射其裤裆以下。他只能望球兴叹。

守门员，成为我们球队最薄弱的位置。副队长和我们，为此头痛。

我们不是专业球队，只要有一个敢飞身扑球的人，这球门就没问题。副队长紧锁双眉说。

飞身扑球？我想起李大林飞身扑向跳马、砸向沙坑的样子，尽管动作并不轻盈，却是那么坚定、勇敢，完全是飞蛾扑火的架势。我说，让李大林守门吧。球队所有人都笑。王正君说，赵多，你真幽默。我说，我是认真的。我们中队，面对足球，除了李大林，没人敢飞身扑救。我们整个三大队，像他这样的人，估计也找不出第二个。

副队长说，不行让李大林试试，反正找不到合适的守门员，死马权当活马医。

李大林被我连拉带拽，弄到球门前。他说，我不会，我不会嘛。他那窘迫的样子，激怒了副队长，副队长说，不会回去！说话间，他抬起右脚，踢向足球。足球弹射出去，奔向球门右下角。眼看球就要应声落网，只见李大林飞身而出，像一枚巨型导弹拦截另一枚导弹。待他重重地砸在草地上时，像一个大熊猫弓身在地，他怀里紧紧抱着那只球。我们望着李大林，目瞪口呆。我不无得意。我说，怎么样，李大林勇敢吧？李大林却不知趣，爬起来，把球扔给我们，说，我真不会。他说着，就往宿舍的方向走。王正君抬起左脚，将球踢向李大林。李大林不听招呼，不给面子，他怒了，用球发泄他的不快。王正君有“金左脚”之称，足球速度之快，像火箭一样，直奔李大林面前而去，李大林双手来不及做出反应，眼看着足球将闷在他脸上，他不但不躲，还将头迎向足球。足球弹向远处。我们当时都蒙了。他不但会头球，那舍身堵枪眼之精神，何等难能可贵。

球场上的李大林，与平时的他，判若两人。几场邀请赛下来，李大林一球未失，被我们球队称为钢铁大门，简称“钢门”。他像王正君一样，成为整个学院的球星。

足球训练是快乐的，美中不足的是，一刮风，就有一种类似腐肉的气味飘来。有时我们正贪婪地喝着水，闻着这股味，肚子里便有东西往外涌。我们讨厌刮风，但在这个火炉之城，夏日如果没有风，身上怕是要生蛆。

当我们逐渐适应这种难闻的腐肉味时，球赛开始了。第一场，我们对一大队。赛前一段时间，副队长不断地在三大队物色球员，技术一个比一个好，有一个还是沈阳海狮二队下来的，球都玩出花样来了，我当时入选的喜悦渐渐弱了下去。我怀疑我在第一场赛事中，会成为一个板凳球员，副队长却让我首发，且让我踢前锋，让王正君踢后卫。王正君是中场球员，控球能力强，踢后卫，我们的中场怕是会脱节。我是踢后卫的，让我踢前锋，只怕一脚将球打飞。不过，能上场，我自然高兴。我既惊喜又疑惑地看着副队长，他说，第一场球，没必要重视，我们的目标是冠军，我们的对手是警卫营。

原来是去踢一个并不强劲的球队。这场比赛，他不想暴露球队整体实力，更不想把王正君的实力暴露在对手面前，以防关键场次时，被人盯死。

副队长是高人。

对我而言，这场球赛的表现，关乎下场对警卫营时我能否上场，我自然是要拼的。我暗下决心，要进一球。这可能是我唯一能进球的机会。下场球，我肯定上不了场，上去了，怕也是踢后卫。

机会是在下半场出现的。

比赛所剩时间不多，我们被对手逼成二比二平。我看了一下副队长，离得远，看不清他脸上的表情，但他坐得稳，好像根本没打算换人。

还有机会，我这么提醒我自己。比赛快结束时，脚法娴熟的王正君从后卫的位置，把球带入中场。我们都往前跑，见我们包抄到球门，王正君中场一个高调传球，球被对方后卫抢断，随后又被莫名其妙地控制在我们的脚下。不知谁，把球传到我面前，在球下落的过程中，我双脚一蹬，几乎是飞了过去。我选择用头攻。这时，我看见另一只脚扫了过来。那一刻，球场全是脑袋，我根本看不清谁是谁，但我能看清那是王正君的腿。他左腿膝盖上有疤痕，像一只硕大的蜈蚣趴伏在上。我害怕了，那一瞬间，我一扭腰，一甩头，躲开这只与病腿相连的脚。

球进了！

王正君那个打入球门死角的球，以及他的“金左脚”，像一个传奇，成为我们球队的传说。多年以后，关于他的传说还在延续。那是我们军校毕业第五年，王正君当上了连队指导，在一次施工中，他与老百姓发生争执。那个村长横行霸道，不让部队训练车从村子里过，要收买路钱。王正君同他理论。他见王正君个子不高，松松垮垮一堆肉，上前就给了王正君一拳。王正君踢了他一脚。王正君那只踢足球的“金左脚”，一下子踢破了人家的脾，可惜了，这个多才多艺、会玩牌会喝酒会踢球的家伙，赔了人家四万块钱后，附带一个处分：年底转业回家。他当不了公务员，只得进企业，无疑自毁前程。

但在转业前，总部一个大首长来他们部队检查工作，王正君攀上了他。他不但没有转业，还上调集团军，给军首长当秘书去了。他的日子牛起来。这也算是个传奇。

王正君太帅了，太勇敢了，像董存瑞堵枪眼一般，奔向那个球。一个鹞子翻身，左脚凌空抽射，球像炮弹一样，直接被送入球门死角。再看赵多，眼见足球飞来，缩头缩脑，像胆小鬼躲避一枚炮弹。同样是球员，差别咋这么大呢。

那场球赛之后，何其撑喋喋不休。

我没理他。我知道，对他最好的回击，是在下场比赛中，踢出一个“世界波”。我知道，做到这一点很难，我须“卧薪尝胆”。

3

星期六下午，天下着细雨。整个操场除了我，没有别人。空旷的操场一片寂静，微凉的细雨，激起了我的斗志。我踢着墙角的球，一次次练习射门。球门里一片空无，学院只有在比赛的时候才挂球网。没有球网，球就会被踢得很远，没完没了地捡球，我很快精疲力竭。

我看中了体育馆。这其实也算不上体育馆，只是一个废弃的大房子，据说抗战中日军攻进长沙后，曾有一支部队驻军此地，这是他们修建的大剧场，现在没别的用途，学院在里面放了一个篮球架。我曾在一个雨天，来这儿看过一场球赛。我还记得，那时王守富进了一个三分球后，像公鸭一样嘶喊了两声，震掉了一块窗玻璃。玻璃掉在水泥地上，一声脆响，碎玻璃在灯光下，像珍珠一样反着光，四散开去。

一个人练球，这的确是个好地方。墙边是平整的草地，很开阔。把球往墙上踢，既练脚力，也不用担心把球踢到墙的那边去，因为墙又高又大，整个体育馆像座山，横陈在眼前。球被弹回来，接着踢，不用一次次捡球。墙中央有一排玻璃，不过都在两丈余高处，球如果飞上去，把玻璃打碎了，那这个人的脚就太臭了。臭不可闻，没必要继续踢下去。

我这么想着，很自信地将球往墙上踢，但我过高地估计了自己，我的脚居然就是这么臭，第一次触球，就制造了个“高射炮”，球直奔玻璃而去。我听见“砰”的一声巨响，足球就不见了。

我站在墙下，仰望那个刚刚失去玻璃的黑窟窿，是它吞噬了足球。我很快意识到，我这么仰望，毫无意义。我围着体育馆一路小跑。当找到那个高大的铁门时，我才知道，自己几百米的冲刺，做的全是无用功，一个巴掌大的铁锁，阻挡了我的脚步。

这个球不同于一般的足球，他不是部队配发的，那种球太普通，影响我们的技术。正式上场的球员，便自己凑钱，买了这个足球。这球贵得很，一百八十多块。它平时静静地躺在我们九（1）班门后，由王正君保管，今日下着细雨，王正君不踢球，我偷偷将它拿了出来。现在，我必须将它还回去，否则，他们饶不了我。

我绕回来，再次仰望那个黑窟窿，那个失去玻璃的窗户，就在离墙角不远的地方。我儿时在乡村度过，会爬墙上屋，我相信我能顺着墙角，爬到那个窗户边。我推测墙的里侧一定很光滑，不像外面那样，砖与砖之间有缝隙，利于手脚攀爬。我需要一根绳子，以便下去后，让自己能顺着绳子爬上来。

我溜回宿舍，到枕头下取出背包绳。有雨，天凉，休息时间，一半的人躺在床上睡觉。王正君已冲过凉水澡，钻进了被窝。他从床上坐起来，浑圆的臀部，表明他刚才是“一级睡眠”。他问我，你鬼鬼祟祟的干什么？我没搭理他。能把球踢到两丈高，那得是多臭的脚？我可不想让他嘲笑我。他多次说过，射门打偏了不丢人，打高了，丢死人。至于球直入那个黑洞洞的窗口，他定然咬定我是瞎猫碰到死耗子，绝不是我的脚法精准所致。我知道他的为人，他喜欢闹，开玩笑，虽无恶意，却会于不知不觉中，伤了人心。

爬上窗户，对于我这个山里娃，还真不是太难。我蹲在窗沿，把绳子系在铁窗的边框上，企图像爬山运动员那样，将自己一点一点往下放，但我手臂的力量没能支撑住我过于壮实的身体，我只在离开窗户的那一刻，控制了一下节奏，之后就几乎是将自己扔了下去。这样下去的结果是，我的脚摔疼了，手也被背包绳勒掉了一块皮，幸好有背包绳拉拽，减力，我才没被摔成肉饼。

我看见了足球，它早就不再滚动，静静地躺在水泥地面上。我急忙跑过去，把它抱在怀里。我能听见足球像皮鼓一样，发出咚咚的声音，那是我心脏的跳动，它像敲打皮鼓一样，敲打着足球。

我想把球从窗户扔出去，又怕等我爬出去时，行人将它捡走，那我这趟折腾，就变得毫无意义。但我无法一手拿球，一手攀登。我想了半天，最后干脆将裤腰带解开，将足球塞进裆里。我低头看自己，像是村里得了疝气的光棍麻球。我禁不住笑了。

水泥墙太滑，我的脚尖无法借力，我只能靠两手的力气。我抓住背包绳往上攀登。但我吊在绳子上，无法使自己攀爬。两只手同时往上，没那个技术，松开一只手，还没等往上移，另一只手就承受不了我的体重，直往下滑。手掌破皮处，火辣辣地疼。背包绳勒破新的皮肉，我却没能上去半尺，人依然实实地站在地上。

我想休息一下再战，结果，人一停下来，就再也鼓不起那个劲，我不得不放弃这无用的攀登。我走向大门，双手握拳，在大门上擂鼓一般，一下一下，敲得紧。厚重的大门，只发出轻微的回声。我把足球放在地上，对准门狠狠踢去，声响也没大多少。沉闷的声响提醒我，这门是双层的，内层木质，外层是铁，别说外面下着雨，难有路人，就是有，怕是也听不见。

我还担心门上有铁钉，会刺破足球。

最后一缕光亮，从窗玻璃上溜走了，天黑下来。黑夜给了我黑色的恐惧，我在黑夜里渴望光明，渴望一双拉拽的手。但是，没有这样的一双手，我精疲力竭，肚子像干旱季里的泉水，响过几声后，便无力呻吟。这一切，对于我还不是最重要的，我担心的是，晚饭前集合时，中队干部一定会查人，发现我不在，会怀疑我私自离队。即便吃饭时不被发现，侥幸逃过这一关，晚点名也是逃不过的。饭前是大概地清查人数，晚点名，可是把每个人的名字喊一遍，难有漏网之鱼，除非让人替答一声“到”，可没有提前商量，谁能替我？再说，入学又不是一天两天了，谁的声音，中队干部都能听出来。完了，我对自己说，一旦按私自离队处理，后果不敢想，轻则警告处分，重则记过，弄不好会被勒令退学。这对于我，一个农家子弟，无异于天塌地陷。

水泥地面传来一声响，是夯实的肉质声音，我估计是房顶的耗子或蛇跌落在地上，这情形我在老家见过。这种老的木头屋顶，最容易招蛇。我全身起鸡皮疙瘩，只觉有一股寒气侵入。

屋角传来“嗞嗞”的叫声，我不知是耗子在相互撕咬，还是蛇在吞吃耗子，我的腿一阵战栗，恐惧像一条条细绳，勒得我头皮发紧。我害怕它们来到我脚下。此刻，它们比一支枪，更令我毛骨悚然。

我不知道我是在什么时候睡去的，只记得沉睡中的那个梦很甜，像是被女孩亲吻，那个女孩，总是背对着我，看起来像晏燕，却不是那么清晰。好梦不长，干涩的“咯吱”一声响，驱走了我梦中那个长长的吻。我看见一道白光向我射来。

李大林像一位光明的使者，立在白光的尽头。

赵多儿！李大林喊，他向我扑过来。

大林！惊讶和喜悦交织，我们拥抱在一起。阳光像舞台上的追光灯，我们像是舞台上的一对革命战友。

接着，我看见了指导员肖正荣，看见了他如释重负的表情。他身后，我们九（1）班的同学簇拥着，表情不一，有惊骇，有喜悦。王正君张着嘴，露出白牙朝我笑。

我竟然在这里度过了整个夜晚。

王正君告诉我，昨晚饭前，班长清查人数，王正君小声说，在厕所，马上下来。晚饭后，他就到处找我，不敢声张，偷偷地找，自然是没找到。晚点名时，纸终究没包住火，于是，全中队开始大面积，却是悄然地寻找我。昨天下午我回去取背包绳时，在枕头下摸索，样子诡秘，被王正君发现了，他来到我的枕头下，发现枕头下没有我的背包绳，整个人就崩溃了——背包绳除了打背包，还可以用于上吊自杀。

他们几乎将学院每一棵树树后都搜寻了一遍，就是没想到这个破旧的体育馆，他们没想到我会爬上那么光滑的两丈高的墙面。直到清晨，李大林想抽烟，打开窗的那一刻，看到了这个体育馆在黎明中的黑影，他说他想起我有一次对着体育馆的墙射门。他同王正君来到体育馆墙下，发现了那个破了玻璃的黑窟窿。王正君不相信我会从那扇只有我脑袋大小的窗户里钻进去，李大林说，看看吧，也许他能。他找来营房助理，打开这个庞然大物之门，体育馆便像一头巨兽，张开了黑森森的嘴。

他们看见了它肚腹里的我。

4

最后一场球，我们对阵警卫营。毫无悬念，我坐冷板凳，同样毫无悬念，王正君成为那场球的明星。他熟练的盘带技术，为他赢得学员们的呐喊，还有委培队女生的尖叫。委培队的女生，只有学籍，没有军籍，对既有学籍，也有军籍，不久还会有“军官籍”的我们，很是觊觎。但因她们没有军籍，不包分配，哪里来还回哪里去，所以我们这些有军籍的学员，对她们只远观而不近处。她们对我们的呐喊，只是她们的“一厢情愿”。

警卫营实力的确强。他们那批兵来自大连，自小爱踢球，有童子功。他们还有一个优势，他们年轻，普遍比我们学员小两三岁，体力超好。

那场球，拖入点球大战，最终我们以6 ∶ 5险胜。场上实力对比，他们一点不比我们队弱。我们若不是有一个“钢铁大门”李大林，定会大比分告负。我们曾遭到对方狂轰滥炸，但都被李大林神勇顶住。直到比赛结束前五分钟，场上比分还是2 ∶ 3。两队拼得激烈，火药味特浓。谁胜了这场球，谁就是冠军。至此，王正君一球未进，他被警卫营两名后卫死死缠住。在离比赛结束还有三分钟的时候，他突然发力，从中场带球前突，左晃右晃，连过五人。他在观众的惊呼声中，骗过他前面的最后一个后卫，面对守门员，他起脚打门，守门员飞身扑球，球却依然在王正君脚下，他只是做了一个假动作，那脚只是在空气中虚晃一枪，守门员被骗倒。望着倒在地上的守门员，他轻松推入一个低滚球。

太神奇了，从中场到前锋到守门员，过了六人，整个球队的一大半人都被他耍了。“马拉多纳”名副其实，名不虚传。

3 ∶ 3平，直到哨声响起。我们队队员体力下降，处于被动状态，而警卫营的人，像吃了兴奋剂，在场上飞奔，左冲右突。若不是李大林一次次飞身扑救，我们球队，早就败北。

比赛如我们所愿，拖入加时赛。进入加时赛，我们就有希望，因为我们有一个“钢铁大门”。

结局与预期一样，我们三大队，点球大战占优，李大林一次又一次，把自己像麻袋似的甩出去。即使第一时间，他没能扑住球，他也能用他身上的任何部位，将球挡住，弹出。

我们三大队夺冠。众人欢呼。当天晚上，我们会餐，加菜，喝酒，无论是主力，还是板凳队员。但我们谁也没想到，那场球，差点踢出人命。

我们正在喝酒。大连的马烽来了，他是警卫营球队的守门员。他来到我们会餐的会议室，直接坐下，好像是我们邀请来的，比主人还随便。我们愣头愣脑地望着他，他逐一把我们面前的啤酒干掉，换成白酒，也不管我们嫌弃不嫌弃他喝过的酒杯。他反客为主。事实上，他连客人都不是。他说，来，我敬大家一杯。说着，一杯白酒灌下肚。我们都没喝，有人连杯子都没端。他给自己倒上，挤到王正君面前，要与王正君干杯。王正君说，我从不喝白酒，我们喝啤酒吧。桌上并没有白酒，那白酒是马烽自己带的，看来他是早有准备，砸场子来了。他带的不是一瓶，是两瓶，劣质的三五块钱的那种玻璃瓶装的，而不是瓷瓶。

对于马烽，我们早有耳闻，他诨名“马蜂”，是警卫营的刺头兵。他是单亲家庭，父亲有钱后，抛弃他们母子，组建了新的家庭。不幸的家庭常常有着惊人的相似，官当大了，或钱挣多了，换老婆成为他们的共性。他的母亲是下岗工人。他们母子日子过得艰难。警卫营干部同情他，无形中，便放纵了他。

副队长说，马烽你不能这么喝，这样伤身体，误事。马烽不理副队长，把副队长的话当耳旁风。他的杯子一直杵在王正君面前，几乎要接触到王正君的嘴唇。他说，喝不喝？副队长说，你用这种语气同谁说话？马烽说，我没有用不好的语气，我只是敬佩他，佩服他的球技，我要敬他一杯。

那天，我们的副队长一直以柔和的语气同马烽说话。副队长说，学员不让喝酒，你是战士，更不能喝。马烽指着桌上的啤酒说，这不是酒？副队长说，这是啤酒。马烽说，啤酒也是酒。副队长说，啤酒不同于白酒。

两人为白酒和啤酒争执时，王正君面色紧张，我的内心也是恐惧的。在军校，学员的地位比战士低。战士辛辛苦苦保障学员。他们是兵，学员呢，很快就是军官，他们心理上不平衡。这让我们学员觉得欠他们的，平时与他们打交道时，处处让着他们。教导员肖正荣多次告诫我们：不要与战士们计较，不要发生冲突。你们是大学生，部队的精英，是高素质人才。他们呢，头脑简单四肢发达。

副队长说，那好吧，我喝。

副队长举起酒杯，一饮而尽。副队长一杯白酒下肚，人晃晃悠悠的，随后就趴在了桌上，几乎不醒人事。

我们刚才忍让，有一丝胆怯，让马烽这么一闹，全变成了愤怒。王正君说，不就是酒吗？喝吧，谁不喝谁孙子。谁不喝，谁他妈的滚！他说着，举起酒杯。李大林拦住了他。李大林说，王正君，你别乱来。他是战士，你是学员。他搞点事情，年底复员回家，你出点事，就得按退学处理。他回家正常，你回家，就是自毁前程。

王正君举到嘴边的酒杯，定格在空气里。

马烽不依不饶：你自己说的，不喝是孙子！

我坐不住了。我说，他从不喝酒，我替他喝。

马烽说，你算老几？你一个板凳队员，一边去！

王正君说，你这么搞，我就不喝。

马烽说，行，你不喝我喝。他没有喝那杯白酒。他把白酒泼在地上，将酒瓶磕向自己的脑袋。酒瓶和他的额头同时破裂，鲜血像殷红的蚯蚓在他脸上爬行。

王正君说，兄弟，你这是干啥呢，你这是干啥呢，你干吗打你自己呀，你要打你打我呀！

王正君说，好，我喝，我就是死，也要把这杯白酒干了。

王正君干了白酒。马烽扬长而去，血还在他脸上淌。王正君追了出去，他坚持要带马烽上卫生队。马烽说，没事，死不了。王正君死死地抓住他的手，把他往卫生队拽。我望着他们的背影。他们走在笔直的水泥道上，灯光下，两个影子推来搡去，慢慢变成摇摇晃晃，最后再也没分开，直到消失在路的尽头。

到底走漏了风声，王正君与马烽刚走，教导员赶了过来。我们把事情经过讲给教导员听，教导员说，这个混蛋，幸亏是砸他自己的头，要砸了王正君，我非得让学院关他禁闭。教导员气未消，马烽的连长带两个兵匆匆赶来。他说，他是来抓马烽的，他要关马烽禁闭。教导员却说，算了，不要这样，他还是个兵，教育为主。关了禁闭，身上就有污点了。教导员同情他。教导员说，马烽自卑，生在足球城大连，足球是他唯一的骄傲，却没想到被王正君耍了，在众人面前，颜面尽丢，他才做出这种出格的事。

唉，一个没爹的孩子。教导员叹息说。

5

出乎我们的意料，马烽与王正君，成了患难兄弟。几乎每个周末，马烽都会到我们班找王正君。他们颠着足球去操场，加入任何一个球队踢球。有时人少，或者天太热，或者雨天，操场上只有他们两个。王正君射门，马烽扑救。那情景，真是感人。有一次，王守富打开窗，指着细雨中两个战斗着的人说，如果中国队的每一个球员，都像他俩这么拼，中国足球早冲出亚洲，走向世界了。

我说，他们醉翁之意不在酒。我说这话时，心里酸酸的，我竟然有些嫉妒他俩的友谊。

但我的嫉妒之火并未持续燃烧，晏燕的信飘然而至。她的文字，抽去了我对王正君、马烽那丝丝缕缕的嫉妒，往我体内注入一种朦胧的情感。她在信里告诉我，那天我们决赛，她在观众席上为我们加油。惆怅与喜悦包裹着我。我庆幸那天她的出现没让我知道。否则，我不知有多羞愧，因为我是一个板凳队员。晏燕是善解人意的，那天，我如果在球场，她或许不会默默地当一名观众，她或许不会悄然离去。

她是怎么知道我们的决赛时间的，我不清楚。我记得我没写信告诉过她，也许是从教导员的爱人那里知道的。我越来越迫切地想听见她的声音。我觉得用信交流太慢。我们中队有一部值班电话，外线偶尔可以打进来。她们宿舍，也有一部公用电话。我从不敢给她打电话，只是在某封信的结尾，留下了我们中队的电话。我一直以为，那一组数字，是画蛇添足，她不会打给我的，别人也不会。这个世上，没人会给我打电话。

那天晚上，我躺在床上睡不着。我想晏燕，想她长发飘飘，想她短发清洁飒爽。我脑子里蹦出一些短句，我不知道那是不是诗。我抽出床头的日记本，借助窗外的月光，把它们写在本子上。写得很乱，主要是备忘。第二天，我把这些文字抄写在一张粉格子信纸上，装进信封，午饭后，亲手把信投进信箱，信封上，写的是晏燕的地址。我不想把它放在中队值班员的办公桌上，我担心它会丢失。

那天是周末，宿舍里，有人围坐一起打牌，有人戴着耳机听音乐，有人外出了，有人在水房洗衣。李大林坐在窗前抽烟，我躺在床上看书，一个声音在天井里飘荡：赵多，电话。

是值班员喊我。

我冲过去，拿起话筒。我“喂”一声，没有回音。我说，你好，我是赵多，您哪位？还是没有声音。

我想也许是打错了，刚要扣上电话，柔和的声音传来，像夏日里的清风夜语，那般舒爽、温柔、令人心醉：

思念

当我想你的时候
你是否也在想我
你是否感知我的寂寞
我的相思之苦
你因相思而生的喜悦

当我想你的时候
世界是如此窄小
只有你的背影
你长发轻拂云朵
我在远方漂泊

当我想你的时候
山高水远
大地辽阔

你的美丽像野花

遍布丘壑

…………

我还是称之为诗吧。这是我的诗，是我失眠的那个夜晚写的诗。

我听着自己的诗句，听着晏燕的声音。我静静地听着，陡然泪涌。值班员问我，你怎么了？你没事吧？我笑道，没事，我没有事。

6

运动会结束，足球队解散，我们快乐的日子就结束了。每天的体能时间，从天堂回到地狱，枯燥的器械，更加枯燥的队列。王正君对副队长说，球队应该形散而神不散。平时散，周六的下午，可以聚在一起接着练。副队长说，运动会两年一次，你们是专科，学制三年，这次风光了，下次没得机会。王正君说，不为比赛，就为快乐。副队长不语。王正君说，队长，可以的。他的语调有些调皮。传言队长要调走，副队长将接任队长，他提前把那个“副”字去掉了。他像是副队长的克星，圆脸一笑，月牙眼上的眉毛弯得幽默。副队长说，行吧，今天下午就开始。

这天是星期六。

王正君喊来马烽。我喊李大林，李大林不去，说他完成了使命。他说他不喜欢运动。我说，去吧，去吧。我拽着他的膀子不松开，他无奈，就跟着我出来了。

我们还去那个隐蔽的球场，肉联厂旁那个废弃的工厂。这次不是怕别人看见我们的技术战术，而是学院的球场常常被人占领，七分八割，不能尽兴。

我们玩兴正酣，听见有广播喊道：广大群众请注意，有一名犯罪嫌疑人，抢劫杀害出租车司机后，躲进了黑石山，可能会沿黑石山逃跑。犯罪嫌疑人身上有一颗自制手雷。市里已经动用了武警，驻地部队某装甲团，正在围追搜寻。大喇叭播报这一消息，是想让老百姓注意安全，提防、躲避嫌疑人。马烽却像是吃了兴奋剂，向黑石山飞奔。我们不放心他，跟着他一路小跑。我们到达黑石山脚下时，拉网式的搜寻已经开始。马烽沿着正北那条小道，往山里行进。我们怕惊动嫌疑人，不敢大声喊叫，只悄然而迅速地跟着马烽。

我们搜索到一个破旧的庙里，发现了那个嫌疑人，他负隅顽抗。这个亡命之徒，举着手雷，一步步向我们走来，要我们给他让出一条通道。那时我们还都没有手机，突遇情况，也没配对讲机和无线电台，无法把情况向学院报告，更无法报告给围剿指挥部，自然得不到指挥部的命令。第一次遇到这样的场面，大家各自心里还是有些胆怯。大喇叭不知为何，停止了广播。可能是怕打草惊蛇。副队长小声说：注意自身安全，盯紧，与之周旋。按我的分析，武警部队的狙击手，正由南山往这儿赶。

我们与嫌疑人对峙。这嫌疑人疯了，他吼着、叫着、骂着，说反正他杀人了，是死罪，不想活了。他举着手雷向我们走来，逼着我们让道。我们清楚，这条道不能让开，他身上有手雷，一旦逃到镇上或村子里，后果不堪设想。马烽要冲上去宰了他，王正君拽住马烽，要他冷静。我看见王正君拽着马烽的手是颤抖的，把马烽的衣袖弄得像秋风中的树叶。

这个时候的副队长，不像庆功宴那天那么窝囊，他让大伙冷静，自己站到最前面，尽量与嫌疑人周旋，拖延时间，等待援兵。

嫌疑人或许识破了我们的意图。他举着手雷，一步步向我们逼过来。他说我们再不让道，他就拉响手雷。副队长小声说，挺住，我们不能退。我们没来，没人说啥，我们既然来了，就不能临阵脱逃。我们是穿着军装的人。别怕，他只有一个手雷，他不敢轻易出手。

令我们始料未及的是，嫌疑人向我们逼近五步，不见我们让道，居然拉开手雷的导火索，并投向了我们。同时，他向我们冲过来。他是想在手雷炸响的那一刻，冲过我们的防线。

李大林向着那个在空中翻飞的手雷，飞扑上去，像守门员扑救一个凌空飞来的足球那样，将手雷抱在怀中，并紧紧地压在了胸膛之下。

趴下！

他压着手雷，昂起头冲我们喊。

一秒钟、两秒钟……

我脑子里出现李大林脑浆迸裂、血肉横飞的样子。我没想到李大林出手那么快，他其实是很笨的，只是他不怕，他敢。就像他守门，他扑球的动作并不标准，紧要关头，他完全是把自己当个大肉袋，甩出去了。

我想我可能再也见不着李大林了。我甚至想到了我自己。我自己也是血肉横飞，那个声音甜美的晏燕，伏在我破碎的尸体上，号啕大哭。我的眼泪流了出来。我感到奇怪，我都这样了，怎么还会流泪。这时，我感觉到有人拍我的肩膀，我没有动，那人就一把将我拽起来，说，没事了，胆小鬼！

拽我的是王正君。我像是从梦中醒来。我反驳他，你不是胆小鬼？你刚才不是也趴下了吗？他笑道：我只是卧倒，你是趴下。你趴这么长时间，不炸死，也得闷死。

那颗自制的手雷，一直没响，不知是那个嫌疑人制作技术不过关，还是它原本就是假的，只是拿来吓唬我们，为他逃脱赢得时间。我们感到被他耍了，备受羞辱。我们气得都冲上去，拼命追，但是，那个家伙已没入树林。林子里有一条深沟，嫌疑人不知有何超人本事，过到深沟那边去了。我们望沟兴叹。马烽往前冲，一定要追。这时，我们听到喇叭喊话：不许追击，停止追击，不要做无谓的牺牲！

马烽一个急停，手掌在空中一挥，砍得阳光里尘土飞扬。他说，追！不追，他会祸害别人。他后退两步，做冲刺准备，想飞越深沟，武警部队的官兵出现在我们身后。他们身轻如燕，顺次飞过深涧。我们落在他们身后。

不多时，高音喇叭里传来嫌疑人被捕的消息。

李大林临危不惧，关键时刻想着队友，唯独没想到自己，中队给他报请三等功，没被批。他不但没有立功，还受了批评，院领导说我们赤手空拳去追嫌疑人，是匹夫之勇，真要是被嫌疑人的手雷炸死了，学院的责任就大了。

事后，王正君评价李大林：他就是个悲情人物。赵多叠被比赛立的三等功，应该是他的，没给他；这次，他舍己为人，把手雷压在胸膛之下，多么伟大！应该荣立三等功，结果还是没有。

学院却给了马烽一个三等功，理由是，马烽一个战士，能在关键时刻挺身而出，难能可贵，值得表扬。

马烽戴着三等功勋章，来到我们的玩耍之地，说感谢这支球队，如果不是与球队一起出去踢球，遇到机遇，凭他的日常工作，是断然立不了功的。

机遇？王正君说，死的机遇！我到现在还后怕。

这应该是他的真话。

年底，马烽复员，王正君请他在军营餐厅喝酒，是啤酒。

两人喝得痛哭流涕。纠察过来，一看是马烽，他们警卫营的老兵，没有纠察他俩，他们也没再喝。警卫营的兵后来说，连长指导员没教育好马烽，营长教导员没教育好马烽，让一个学员王正君教育好了。他们说，搞不清这是足球的力量，还是友谊的力量。

马烽一身军装，肩上少了军衔，胸前多了大红花。他的背影渐行渐远。晏燕的样子，在我眼前越来越清晰。我看见她一身牛仔，在太平塘古老的塘埂上，向我走来。黄昏的风，吹着她乌黑的短发，成一片黑色的扇形。

塘埂上涌动着栀子花的暗香。

第十三章　沉睡

1

原则上，我们这些专科生，哪儿来哪儿去，分配方向是原部队。周善仁担心回到他弟弟的老部队，被他弟弟的老领导认出来，这便是他制造一个“舅姥爷”的最初想法。如果“舅姥爷”之事不出纰漏，他就可以不回老部队，可能被分配去一个好地方，也可能留下，在本院“专升本”，之后留校当教员。这种种可能，都不用“舅姥爷”出面，学院有人会主动想到。“舅姥爷”事件败露后，他对他弟弟的老部队，充满恐惧。

我安慰周善仁。我说，就算回到你弟那个老部队，未必就能回你弟那个连。就算回他那个连队，三年了，未必连长、指导员还不提升，不换人？

他说，只怕还有老兵。

我说，你们是双胞胎，兄弟那么像，他们未必就能认出来。有点细微差异，他们还以为是你三年军校训练的结果。

周善仁深叹一口气，说，或许有一天，我会“东窗事发”，那样，我就不是军官了，还是农民。如果真是那样，我就与西西把发廊开下去。我说，如果学院没发觉你的事，你顺利毕业，成为军官，你会娶西西吗？周善仁说，当然会呀，我要把她接过去，让她在军营开个发廊。我笑道，军营那帮小兵，雄性激素过剩，成天拿军嫂开心，你能放心让她开发廊？周善仁说，都是小兄弟，像小叔子逗嫂子，寻开心，没恶意。

虽然周善仁做了最坏的打算，但内心的顾虑并没消除。他眉毛微锁，陷入深思。我也沉默。已有些许白发，从他的发间钻出来。他皮肤依然微黑。农村的孩子，竟然没有我这样的宽厚的肩膀、粗壮的身体、强劲有力的双手、微微鼓起的胸肌。他那么瘦弱，肚子也是干瘪的，给人的感觉好像先天营养不足。

我可怜他。我们军校学员，大多对未来充满信心，穿上军官服后，迎接我们的，将是一段美好的前程，他却在为未来担忧，这使得他的军校生活，没有我们洒脱从容。我不想面对他那张心事重重的脸，逃离九（1）班，跑到学院阅览室。一张《文摘报》给了我灵感，那上面写着一种病例：失忆症。得了失忆症的人，对人生中的某个时间段，会突然不记得了。那是一种很怪的病，人生某一阶段全部忘记，但这一阶段之外，又全都记得。我脑洞大开，急忙逃出阅览室，回到九（1）班。我对周善仁说，我有一计，如果你弟弟老部队的人问你（其实是问你弟）在原部队的事，你就告诉他们，你不记得了，在军校时，出了一次事故，伤了脑袋，伤了某根神经，得了失忆症，当兵那三年的事，全忘了。

他苦笑，看表情，我的话，并未消除他内心的担忧。

我后来知道，我有一张乌鸦嘴，毕业前的那一学期，周善仁竟然真出了事故，不但伤了脑袋，失了忆，还几乎成了植物人。

在此事故之前，周善仁很是阳光灿烂了一把。那是早春二月里一个晴朗的下午，星期六，西斜的阳光带给大地温暖。天空碧蓝，只有远处的黑石山上方，飘荡着淡淡的白云。

西西穿着白色宽袖毛衣，蓝色牛仔裤，像一片白色的云朵飘然而至，我们宿舍顿时沸腾了。我们这些男人过于热情，西西面红耳赤，有些坐不住，周善仁就把她往外带。他说，走吧，上体育场转转。我原本以为他是要一个独立的空间与西西独处，他却让我跟着他。我闲得无事，就跟了过去。王正君捧了足球，跟在我们身后。他笑着说，他去练习射门，可不像我，去当一只二百五十瓦的电灯泡。我不与他辩解，我清楚他的为人。他练球是假，看西西与周善仁恋爱是真。周善仁既然把西西带到学院来，表明他已经把他们的关系公开了。学员谈恋爱，学院原则上是不允许的，但学员都老大不小了，中队领导也就睁一只眼闭一只眼了。

那天的周善仁像打了鸡血，一直处于亢奋之中。他像一只公鸡在器械场欢快地跳着。他完成了单杠五练习，接着做了一个六练习。看那架势，他可能还要做七练习，我急忙制止他，我说，队长说了，别作高、飘、抛的动作，何况这不是器械课，没有体育老师，没有保护措施。他说，没事。我无法阻止他，王正君跑过来，也无法阻止他，他就是要在西西面前表现他自己。他从器械上轻松一跃，身如飞燕，轻松落地。

他完成了他的七练习。

他朝我和王正君笑，说，我给你们做个八练习看看。

我们是炮兵，毕业考试，只要求做五练习。平时，有几个素质好的，完成过七练习，我们从未有人完成过单杠八练习，那是步兵的训练科目。即使是步兵，八练习也是器械的最高级别。我们以为他是开玩笑。他曾对我说，他的舅舅是个步兵，退伍后当村长。他说他舅舅在他们村河沿的沙滩上，自制了一个单杠，教他和弟弟玩过八练习。我当时也只当是玩笑。他说，你不信，有机会我做给你们看。现在，他可能认为机会来了。

我抬头看他时，他已把自己吊在单杠上，开始晃动身体。直到这时，我还以为他是开玩笑。王正君笑道，你能完成八练习？我能飞过这单杠！说话间，周善仁的身体已荡起来，越荡越高。我们这才开始害怕，企图阻止，却来不及了，他的身体已经翻上单杠，但似乎失去了重心，有些歪斜。王正君冲上去，想拉住他，我也冲过去，但我们还没到他身边，还没能抓住他，他就像一只燕子，飞了上去，更像一支箭，射向了前方。他的力量太大，把自己抛得太远，身体虽然落在沙坑里，但双脚深深插入沙坑，并不是正规的落地姿势，人也歪倒在地上，死去一般。太可怕了！好在有惊无险。待他稍微缓过气，他说他做得不完美，还要上。我和王正君阻拦他，拦不住，还是西西，拽着他的胳膊，像小鸟依人，他这才停止他的单杠八练习。

西西吓哭了，说，你以后可别做这样的傻事，我不要看你玩什么八练习。我心有余悸。我后怕，我眼前甚至出现他像箭一样射出去的情景，他的头若磕在地上，必定成为一个血葫芦。不敢想，我打断我脑子里的怪想法。

周善仁一脸满足，而西西的脸上，惊恐与骄傲并存：她显然为周善仁担心，也为之骄傲。周善仁用他高、飘、抛的动作做赌注，他赢了，赢得了西西的心。

恋爱中的人是狂热的，不是疯就是傻，他应该冷静下来，这么下去，他早晚要出事。王正君望着他们远去的背影说。

王正君一语成谶，仅隔一周，周善仁就躺进了医院，多日不醒。

2

那是一场突如其来的事故，其中的故事错综复杂，有人说周善仁是见义勇为，有人说他为一个女孩争风吃醋，真正的动因，谁也说不清楚。一身军装的周善仁，如果面对的不是西西，是别的女孩，他会上去拔刀相助吗？他难道不会去解救？但这种说法无法证实，事实上，他解救的不是别的女孩，是西西，他热恋中的人。

那天下午，周善仁到香溪发廊。毕业前最后一学期，他自然去得勤一些，以便加深感情。几个年轻人纠集在香溪发廊，他们不理发，在那里闲唠，还对西西动手动脚。周善仁忍无可忍，一掌将对方中一人手腕砍骨折了。后来，动起手来，他自己也受了伤，鲜血从他的鼻孔流出来，流到他的脖子上，流到他的衬衣上，他不动手抹擦，任鲜血流淌。他咬紧牙关，面对那几个年轻人，怒目而视。他在向他们宣示：我死都不怕，还怕你们！

那几个人似乎被他震慑住了，结束了打斗。他们向街角离去，谁也没想到，惊心动魄的一幕发生了：走在后面的那个年轻人，突然捡起一块砖头大小的黑石头，飞奔而来。他手举石头，砸向周善仁。周善仁当时面朝西西，西西正给他擦拭嘴角的血。他深情地凝望着西西，对身后飞来的石头一无所知。西西看到时，已经晚了。他听见西西喊，躲开！猛一回头，那砸向他后脑勺的石头，就重重地砸在他的额头上。

周善仁歪倒在地。那几个年轻人惊慌而逃。西西奔到学院，她的呼喊穿越学院的上空，传到操场上，传到我们的耳朵里。我们赶过去时，周善仁还躺在地上，他那淡黄的，并不浓密的胡须上沾着血滴。他没有死，呼吸急促，但他已经认不出我们了，我们几乎也认不出他。他的额头凹下去一个坑。我们都被吓蒙了，都知道，七窍流血意味着什么。

黑石铺的石头，黑色的，有棱有角，坚硬如铁。砖头那么大一块黑石头，足以让人致命。

那几个年轻人后来是怎么处理的，我们已不得而知，似乎也无权干涉，那是司法部门的事，我们无力去讨伐。我们只能把精力放在周善仁身上。

周善仁被抬上学院的急救车。他昏迷不醒，我泪水盈眶。我们跟着上了车，除了流泪，什么忙也帮不上。医院说要人守护，我和王正君留了下来。四天后，周善仁的舅舅来了，一个乡村干部。他望着昏迷不醒的周善仁（其实是周善德），一直流泪，但没哭出声。第二天，周善仁的爸妈到达。

周善仁的妈扑向罩着氧气罩的周善仁，哭得撕心裂肺。他爸的嘴唇不停地颤抖，泪水随时都有可能掉下来，但他没有泪，只有呜咽，一个老年男人的呜咽，钝刀般切割在我们心上。我转过身，伏在病房的窗台上，也是呜咽。王正君抽泣得厉害。

我努力止住哭泣，劝两个老人莫要哭。我说，你们这样，周善仁看见了，会更伤心。其实，周善仁什么也看不见，他在沉睡，死了一样地沉睡。我不忍直视。我去给两个老人倒水，这才仔细看清他们。周善仁的爸那么苍老，像是他的爷爷。他的妈妈，花白的头发像沾满霜雪。她双眼混浊，眼里全是惶恐与不安，我很久都忘不了她的眼神。她一声声地喊着周善仁，说，你醒来我的儿，你不醒来，妈也不活了呀儿啊……

哭声再次响起。

周善仁父母的实际年龄，其实并不太老，是生活把他们折磨成了这样。

我看见他们脸上的痛，很深的痛，一层一层的痛。如果周善仁说的是真的，他是弟弟周善德，那这家人真是太痛苦了。小儿子救人死了，瞒着，没去评英雄，没去申请烈士，让大儿子叫小儿子的名字，顶替他来当学员。现在，大儿子伤了，伤得这么重。

我对周善仁是周善仁还是周善德的话表示怀疑，我还是叫他周善仁。

周善仁的舅舅坚持说周善仁是见义勇为，他奔走于医院和学院之间。学院接受了他的意见，打算把周善仁当典型宣传，不料被地方记者搅了浑水。记者从左邻右舍了解到，周善仁与西西是恋爱关系。

记者说，那是一场争风吃醋的打斗。

我们不理解，别说是恋人，即便他们结了婚，成为一家人，又如何？难道保护亲人，就不能算见义勇为？难道面对自己喜欢的人遭受侮辱，反倒要袖手旁观？

我们无语。

事情发生在大街上，周善仁先动手打人，众目睽睽，学院很被动。

我望着周善仁的爸爸，他眼里的泪干了，脸上满是愁绪，一脸的褶皱，使我想起雨后的沙丘，想起我们红安机床厂里的砂轮，我真担心用手去触摸那样的一张脸，手会被蹭伤。我不敢与之面对，脸转向苍茫的夜。莫名的忧伤，像这无边的黑。

压抑！这太像我们家了。我的母亲是个哑巴，我的父亲，一个瘸腿的老寡汉条子。当然，那是娶我母亲以前的事。娶了母亲，他不再是寡汉。生下我后，他喜极而泣，继而跪在春台前，面对先人的灵位号啕大哭。他给我起名赵多，小名多多，说我是多伢。在我们乡村，孩子的名字往贱了叫，阎王不搭理，好养。

我想起春节探亲。我一身绿军装，肩扛两片红。我看见母亲的眼里闪耀着光芒，那是她眼里从未有过的神色。父亲在一旁默默地注视着我。他已经形容枯槁，背也驼了，但见了我，他开心地笑着，张开掉了牙的黑洞洞的嘴。他的目光黏在我身上，却从不看一眼母亲。从我有记忆起，父亲就没与母亲同过床，他总是搂着我睡，好像怕我像鸟儿一样飞走了。父亲俨然还是一个老光棍，他娶母亲这样一个女人，似乎仅仅是为了传宗接代，仅仅是为了生下我。

现在，周善仁一家，让我想起我那个家，那个我从不向人提及的家。

周善仁出事那天，队长是值班干部。我们九（1）班外出名额本来已满，队长还是放周善仁出去了。队长因疏忽大意，最终成为责任人，挨了处分，被列入转业名单。队长说，处分我，倒没什么，是我失职，带兵不严，该把我关进牢里去。周善仁不向区队长请假，越级到我办公室。他是老实人，我相信他，哪里知道，我这心一软，却害了他。早知这样，我不该批他的假。

据说队长是我们三大队副大队长的人选，拟提副团职，现在，他梦碎黑石铺。很快，他转业到江苏老家，成为一名交通警察。

我们随后为周善仁捐款。捐款在俱乐部进行，那天我离开医院，回去取换洗的衣服，赶上了。捐款结束，教导员到我们九（1）班，问我周善仁的情况，我说还在沉睡。教导员眼睛红肿，说，谁知道未来哩？知道是这个样子，把他顶替他弟弟的事挑明，把他退回家去，好歹他还健康地活着，在大山里种地种西瓜，娶妻生子，也是人生。看现在？当时只是想，农村孩子，给他一条出路，没想到啊，没想到。

我们这才知道，我们九（1）班一直坚守的这个秘密，教导员却是早就知道的。

教导员说，只一个星期，我就看出来了，当过兵的，和没当过兵的，毕竟不一样。其实，你们也都看出来了，只是不吱声。善意的谎言啊，可其结局却是悲剧。

我们都低下头，难过，又很懊悔。

队长走后，副队长提升为队长。副队长说，提职了，我一点也高兴不起来。活生生的一个人，就这么躺在那里，不吃不喝，不说话，只是沉睡。他说着，低下头，也不说话。我们九

（1）班，这个最活跃的班集体，像盛夏暴雨来临前的大地，沉闷而压抑。

3

星期六，班长王守富带郑爱武来看周善仁。本来我们班都要来看的，荣升队长的副队长说，一个班一次外出不得超过两人，这规定不能破，破了就要出问题。

似乎是一语双关，将队长那天多批一个外出名额，让周善仁上街，导致他遭人攻击的旧事重提。

周善仁依然在沉睡，像是睡得很香甜。他头顶那氧气瓶里的水泡，一直咕噜咕噜地响着。我问医生，他什么时候能醒过来，医生不说。医生不在时，我们纠缠护士，护士说，他很有可能会成为植物人。

我整个人就瘫软了，像被人抽了筋。我倚墙坐在病床前的独椅上，没坐稳，从椅子上滑落在地。我的状态吓坏了护士，她惊叫道：你别这样，或许他明天就醒过来了，明天！你们出去吧，不要打扰病人。王守富把我拉起来，他的眼泪在眼里打着转。他伏在周善仁耳旁，轻轻喊着他的名字，企图唤醒他。周善仁却一点反应也没有。

第二天是星期天，我们九（1）班的外出名额给了李大林，他来看周善仁。来到医院，他并不进病房，只是站在门外。他双眼红肿，却没走到周善仁病床前看一眼，我理解他，他不敢面对。

最不敢面对的，其实是我。对于周善仁，我除了同情，更多的是懊悔。那天他去黑石铺，是约好了让我陪他一起去的。我说，我不想去给你们当电灯泡。我说不想去，并未说不去，他就一直等我，结果等到下午，我们班的两个外出名额用完了，我再想去，也去不成了。他与西西，却是一日不见，如隔三秋。他硬着头皮去向队长请假。那天我要是去了，要是同他在一起，那几个年轻人，看见有两个军人，看见周善仁有帮手，或许就不会动手。即便动手，两个人也有照应，有个防备，那块石头，很可能就不会砸在周善仁的额头上。

周善仁做了开颅手术，破碎的头盖骨被取出来，换成了塑料的。虽然垫上了塑料，左额还是有一个鸡蛋大的坑，那个坑的上方没头发，这使他看上去很是丑陋。昔日那个英俊的小伙子不见了，回不来了。

我给周善仁擦拭身子。擦下身的时候，发现他一点生理反应都没有，尿液像失去开关控制的自来水，不自觉地流了出来，那一刻，我想到了死亡。那一刻，我有一种从来没有过的悲伤。

周善仁大凉山的家很美，农家的川菜很有味道。他说有机会，要请我们到他家乡去玩，去看大凉山风景，体验大凉山风情，让他妈给我们做正宗的农家川菜。这当然是他出事之前的话。我还记得他说话时的情景：喉结很夸张地动着，咽着唾液，像是正在吞咽他母亲做的饭菜。我也咽着唾液。

如果他能站起来，能恢复成一个正常人，我们去他家大凉山的想法，或许能成真，但现在，这一切，是那么渺茫。植物人，我不敢想，一想，眼前就出现尸体的样子。

除了周善仁，我们在医院待的时间不能太长，耽误学业。中队把我换回来，让另一个学员去照顾他。

我回到中队。好几天，沉默的李大林更加沉默了。偶尔，他打破自己的沉默，自言自语：善仁什么时候能醒呢？莫不是要永远地睡下去？

都知道，他这句话不好，不吉利，可谁又能责备他呢？他的担心，不正是我们大家都担心的吗？

这天晚上，李大林半夜里惊叫：周善仁有救了？王守富拽亮灯绳，望着他，说，干什么？你半夜惊魂，要吓死谁？李大林说，咱们去找西西，或许，西西能唤醒他。很多电影里这么演过，他最爱的人，在他耳畔呼唤，就能唤醒他。

王守富说，那是电影。

李大林说，可不敢这么说，电影是来源于现实的，现实中有这样的事，才会写进电影。要是电影里演的都是假的，与现实毫无关联，谁又喜欢看电影？王守富，你是班长，又会说，你去吧，你去请西西。王守富说，去也得明天，先睡觉。

却怎么也睡不着，我在天亮时才合上眼，直接就进入一个梦境。梦里，周善仁就躺在我身边，我伸手去碰他，摸到的是一个瘪的血葫芦。我吓得大叫一声，从床上坐起来。

大家都将脸转向我，但没人责怪我。他们并没受惊吓，他们其实也是一夜未眠。

集体失眠，这样的情形，自此在我们九（1）班经常发生，就连嗜睡的李大林，也有过失眠的夜晚。他躺在床上，像烙饼似的。怕影响我，干脆又坐起来。他想抽烟，宿舍不让抽，尤其夜晚，窗户是关闭的，烟出不去。他就坐在床上，手拿一根未点燃的烟，就那么静坐着。他的眼睛在微暗中闪着光。我跟着坐起来。更多的人坐起来。有人拉亮了灯，说，算了，别睡了，越睡越难受。灯刚亮起，就传来值班员的声音，喊：一班不睡觉，干什么呢？我们只得又灭了灯。谁也睡不着。王守富说，去他妈的，越睡越睡不着，太难受了，跑步去。

他穿着背心短裤，冲出宿舍，冲进了夜色中，冲进空旷的操场。

4

周善仁事件后，我们九（1）班，九中队最活跃的班，整个儿地，像秋霜下的花草，死气沉沉。有时候，我们班像一团被捆在一起的炸药，仿佛只要有一点明火，就能被点燃，爆炸。我们班的状态，中队领导知道，但惊动了大队队长和政委，却是我们没想到的。大队政委到我们中队训话，点了我们班的名，说这个班，不管理好，还得出事。躺下一个，别再疯掉一个。

周善仁事件的阴霾，在我们心里久久不散。这件事，影响的不仅是我们班，自那以后，连教导员有空都会到我们班走一走，坐一坐。我们自此没再听到他在办公室里哼《刘海砍樵》的湖南花鼓戏。

当时，刘留香和马德礼离开，我们难过了一段时间，很快忘记了。周善仁不一样，他还躺在病房里，他能否醒来，还是个未知数。我们想他，教导员也想，他每天在盼着周善仁醒来。一天，他到我们班，说，明天，你们去吧，每周都让你们去看他，每次由原来的两个外出名额，加到三个，明天谁去，举手。

只有李大林没举手。

教导员说，明天李大林去。

李大林说，我不去。

为什么？

李大林摇头，说，我不去，我不想去。说着，他将头埋进臂弯，长时间沉默。教导员的话，其实也是一道命令，无人敢违抗，李大林违抗了，但教导员没有生气。他平静地说，班长去吧，班长带赵多去。

在我们班，我算是落后分子，教导员总喜欢把先进分子与落后分子搭配使用。我不在乎，我想去医院看周善仁。

我跟在王守富身后，来到黑石铺。香溪发廊门上挂着一把锁。我知道，周善仁出事的第二天，香溪发廊就关门了，香香和西西不知去向。我们所以走到香溪发廊门前，是希望她们出现在这里。知道这希望是渺茫的，但仍旧是怀了希望。

王守富从旁边的店铺，打听到香香和西西的家，在五六里外的秀坪塘。王守富说，去看看吧。

我们走在曲曲折折的山路上，路两旁是稻田和水塘，稻田和水塘的那边，是山。风景很美，路却不好走。到了那个叫秀坪塘的村子，我们打听到香香和西西家。一个妇人，坐在门前择菜，她说香香和西西不在，到外地打工去了。可是，我们在村口打听时，那个人指着这间房子说，那就是，她们都在家哩。

显然，门前这个妇人在撒谎，而香香和西西，自然是躲着不出来。我们穿着军装，她们或许在我们进村口时，就看到了我们。

我说，走吧。王守富不走，他对那个妇人说，香香和西西都在家，我们知道的。你让西西出来，我要见她。我见一面就走。

我们猜测那个妇人是西西的妈。果然。她说，两个伢都走了，到广州去了，到深圳去了，你们要找，到那里找去吧。

一个五十多岁的男人，扛一把锄头，从田畈里回来。他把锄头立在屋角，对那个女人说，让西西去看看人家。再无话说。那语声不高，语气却肯定。

那是一个沉默少言的人。

妇人让我们去屋里坐，喝茶，我们没进屋，就在外等。西西走出屋来，不看王守富，也不看我。她手抱一只木盆，放在地上，坐在矮竹椅上，一双手泡在盆里，慢慢地洗着衣服。她洗了好长时间。我们俩不吱声，一直等着。突然，她站起来，甩了手上的肥皂沫，拽起屋檐下一条深蓝色的毛巾，说，我试试吧。那眼里，早扑腾下泪来。

她略作梳妆之后，跟着我们走。在半道，王守富递给她三百块钱，说是我们九（1）班捐给周善仁的。王守富说，你在医院多待两天，这是你这几天在医院的生活费，不够我们再想办法。你除了帮忙照顾周善仁，最主要的，是多在他耳朵旁说话。你的声音他熟悉。或许会出现奇迹。

西西心神不定，惶惑不安。她必定是对未来充满恐惧。王守富安慰她：也许三五天，他就醒过来了。院领导说了，只要他醒过来，站起来，他还是军校学员，以后，还是军官。

这话，自然给了她希望，暗示她，只要王守富好起来，她将来就有可能是军官的妻子。我感到西西的脚步明显快起来，踏在地上，比刚才有力。

我们步行到镇上，再坐车到陆军医院。

西西坐在周善仁的床头，她并没按我们的意思，一次次呼唤周善仁的名字，她可能是羞于呼唤，毕竟他们的关系并未明确，她还是一个女孩子。她只是哭。她的哭声越来越大，泪如雨下，声音颤抖。她的泪滴落在周善仁的脸庞上，突然，周善仁紧闭的眼里，滚出两滴泪，最后，眨巴一下，眼睛就睁开了。像李大林所说，这电影里看来的情形，真实地出现在我们眼前。我们找来西西，本来只是试试看，没承想，效果出现了。

周善仁的母亲一声号哭。她跪在西西面前，称她是恩人。我们拽起她。周善仁的父亲趴伏在窗台上抽泣。那是一个老年男人的抽泣，哭声像刀锋，剐痛人心。

周善仁醒过来了，却双眼无神，瞳仁变大，目不聚光，像是什么也看不见。他的眼睛，像两面对外物没有反应的很小的镜子。他不但醒来了，还能说话，这是他醒过来第三天后发生的事。他问西西，反复地问，你是谁？你认得我吗？我不认得你。

众人的惊喜被他的质问扼杀大半。

西西以泪洗面。停了片刻，她给周善仁喂果汁，医生说，他还吃不得，还是得靠输液维持。医生说，不过，这已经是个奇迹。

西西便站到窗前，她那迷茫的眼朝向远方，落在那罩着说不清是雾还是霾的楼房上，楼房如群山。从侧面看，那眼睫毛便越发长，那眼神依然迷茫。在香溪发廊，她与周善仁目光相撞，那爱的火花，曾让我的脑子里亮光一闪，现在，它已然熄灭。

周善仁无神的眼睛半开半闭。原本很瘦的他，更瘦了，像一块破旧的棉絮趴在床上。

她许久不回身，显然没有勇气面对周善仁。

我们外出时间有限，要转两路公共汽车。我们还急着把周善仁醒来的消息，告诉整个九中队。我们告别周善仁的父母，奔向公共汽车站。西西留了下来。

同我们想象中的一样，整个九（1）班沸腾了，一直罩在我们心中的阴霾，突然云开雾散，大家都要往医院赶，无奈已到了下午，快收课了，今天不再准假去市里。教导员和区队长去了，以前的副队长，现在的队长留守值班。主官不能同时离队。

两个月后，奇迹继续发生，周善仁坐起来了。坐起来的周善仁，记忆并未恢复，他见谁就说：我不认得你，你认得我吗？无论见了谁，他都是这两句话，听得人心酸。他额头上方的凹痕，使他失去了昔日英俊的模样。他变得丑陋，加之动作迟缓，语言痴呆，俨然一个傻子。我曾在内心说，无论周善仁结局怎样，我会像以前那么对他，但现在，我做不到。我内心里已生出一丝嫌恶，这种感觉，骗得了别人，骗不了我自己。我甚至希望他并没有醒过来，依然躺在医院，当一个植物人。或者，干脆，干脆停止呼吸。他去了，留在我脑子里的形象，还是那么朴实可爱，而一旦他还活着，这么像傻子一样活着，无非是在毁坏他留在我们心中美好的一切。

我不知道我为什么要这么想，我认为我不应该这么想，可我当时就是这么想的。

5

时间像湘江的水，缓缓流逝。我和王正君赶到医院，幻想中周善仁站起来同我们对话、打闹的情景，并没出现。他半卧在床，枕头和一床被子垫着他的后背。不见西西，只有周善仁的母亲在，他父亲回去侍弄庄稼了。周善仁都这样了，老两口还得吃饭，得生活，田地荒不得。

西西也走了，周善仁的母亲说，她只在医院待了三天，就悄悄地走了，这是她留下的三百块钱，放在善德，啊，是善仁，放在他的枕头下。周善仁的母亲，看来还不习惯把大儿子周善德，叫成小儿子周善仁的名字。她手里攥着钱，递给我，说，她的钱我们不能要。我把她的手往回推。我说，她留给周善仁的，你就留着吧，买些饭菜。

她还留下了一块手表，说是周善仁给她买的。周善仁的母亲把那块表递给我，它看起来很精致，这一定花了周善仁不少钱。可是，我们每月只有几十块钱的津贴啊。

这个表真好。周善仁拿起这块表，像拿着一件玩具，他傻笑着，妈妈买的，妈妈买的。他的表情，他的语气，像一个三四岁的幼儿。这是他给西西买的，他却完全不记得这块表的来历了。他母亲转过身去，潸然落泪，这是她无数次落泪中的一次。这次，也不知她是为周善仁这个样子伤心，还是因为周善仁什么都忘记了，却记得她这个妈而有了一丝安慰，应该是各种情感交织吧。

窗台上有一盆栀子花，真香。周善仁的母亲说，是西西买来花盆，培上土，插上一根栀子花杈，放在窗台上的。它竟然活了，还开了花。我凝望着栀子花，一股清香，将我带回黑石铺，带回香溪发廊，带回逝去的时光，那时候，我们只要到黑石铺，就会去香溪发廊。周善仁去的次数多，我们拿他与西西开玩笑，他笑道：他只是喜欢闻栀子花的香味。香溪发廊侧面有一条溪，溪边生长着几株栀子花。盛夏，白花怒放，香气四溢。西西每天折几枝，插在花瓶里。周善仁说，他不理发也喜欢到发廊，因为那栀子花香。王守富笑道，你可以蹲在溪边的栀子花旁，使劲地闻，比香溪发廊里的更香。香溪发廊里，有一股劣质洗发香波的味道。王正君更直接，周日外出时，干脆给周善仁折来三枝栀子花，说，你不是喜欢闻吗，我送你三枝，放在你床头柜上，你闻个够，免得你没事就往香溪发廊跑。

都是拿周善仁取乐，并无恶意。

周善仁回复王正君，我不要，送人哪有送白花的。

王守富说，又不是纸扎的白花。

王正君说，又不是菊花，寄托哀思的。这花纯洁、喜庆。

何其撑说，行了，你们“二王”，就不要拿“善人”开心了。

宿舍里那三枝栀子花，当天下午就被值日生收起，扔进了垃圾堆，而此刻，这枝栀子花，摆在病房的窗台。见我一直盯着那朵栀子花，周善仁的母亲可能误解了，估计也是觉得白色的花朵不吉利。她收起那枝花，往卫生间的垃圾桶旁送。她边走边言语，不怨别人，只怨我儿的命不好。一个大姑娘家的，知道他都这样了，能来看他，能在这里陪他几天，也算是有良心。她突然停下，冲我说，还得感谢人家，不是她，我儿善德，不是的，我儿善仁，怕是醒不过来。

周善仁问我，你是谁？我不认得你，你认得我吗？我说我是赵多儿。他茫然地摇头，依然问，你是谁？我不认得你，你认得我吗？我心里酸酸的，一大堆想同他说的话，全被挡在了喉咙里。

一周时间，一晃而过。周末的天空下起了雨，李大林说，雨天，估计没人请假外出，你跟我一起出去吧。我说，行。

我感到意外。李大林很少外出。

我愿意跟在别人后面。我最大的愿望，是给首长当秘书，因为长得谦虚，这一愿望直到日后从军营退役，也未能实现。

明知西西跟着香香离开了黑石铺，我们还是忍不住走到香溪发廊门前。香溪发廊的大门紧锁。细雨飘飞，锁上挂着水珠，将一股寒意传递过来。

李大林说，上次王守富带你上西西家，找来了她。要不，咱们再上她家去一趟，做最后努力。我犹豫不语。他说，努力了，就不后悔。他浓重的鼻音，听起来特别倔强。

我跟着他走，反正雨天，我待着也无事。

是细雨，但经不住长时间浸润，到香香西西家时，我们成了两只落汤鸡。

这次没见到香香和西西，她们的妈说，香香和西西跟着村子里的人，到深圳去了。

都说湘女多情，呸！我发着牢骚。李大林说，话不能这样说，这正表明她对周善仁是有感情的。她不忍看到他现在这个样子。她的内心，其实非常苦，受着煎熬。她原本以为，她爱上了一个未来的军官，她以为周善仁能改变她的命运，可谁知，希望落空，生活还不如从前，内心多了伤痛。

李大林说，今天的社会，谁能为谁守候？反过来，周善仁如果没发生这事，等他毕业了，当军官了，他真的就能把西西带走？

他的问话让我心里一颤，这是个现实问题，我从未想过，也无法回答。

6

不久，香溪发廊又开业了，不过不叫香溪发廊，叫云顶发屋，理发的是一个三十多岁的高颧骨女人，嘴唇涂抹得血红，看起来不像好女人，我们自此不上那个地方去。有什么事，到黑石铺，路过云顶发屋，我们睹物思人，想起香香和西西，想起医院里躺着的周善仁，心隐隐作痛。

周善仁的父亲那么老，我们后来才知道，周善仁兄弟俩很苦，这次来的是他继父。他们的父亲在他们三岁时就死了。母亲独自一人，把他们抚养大。直到他（其实是他弟弟）当兵，母亲才给他们找了个继父，那是他们村里的一个光棍。难怪平时，我们偶尔会听周善仁谈起他的母亲，却从未听他说起他的父亲。

他的继父回去不久，担心他母亲，又返回医院。

我们想起周善仁，为什么时常那么沉默，偶尔又会那么冲动，甚至是亢奋。他好表现自己。他篮球打得并不好，却总争着上场。他不会踢足球，每次踢足球，却比我们会踢的更积极，是铁杆球迷。他唱歌并不好听，晚会上，却总要唱一曲，是歇斯底里的那种，《一无所有》或《让我一次爱个够》。鬼哭狼嚎，他却自我陶醉。

现在，我恍然明白，他内心其实很自卑，他努力地表现自己，是怕被别人忽略、忘记。他的所有表现，其实是一种掩饰。那天他在西西面前，表演那些高、飘、抛的单杠八练习，那是多大的表现欲，那是因爱情的滋润。那段时间，他一直处于兴奋之中，以至于那天没有外出名额了，他还缠着队长请假外出。

我们第二次发动捐款。

一夜之间，整个中队捐了五千多。

两位老人，来到我们班。他们进到我们的宿舍，双双跪在地上，给我们磕头，这突然的举动，让我们都蒙了，继而流下泪来。我们不敢面对那两张苍老的布满褶痕的脸。周善仁的母亲顾自哭着诉说：怨我，怨我们老两口哩。盖了新瓦房，动了村子里不该动的土，遭了报应。我安慰她，叫她不要迷信，周善仁这事只是个意外，与动土盖房无关。

我虽然这么说，心里却认为，这都是周善仁的命，他命该如此。人生中有此劫难。我不迷信，但相信命运。

两位老人，从我们一班走出去，进到二班，再次跪下。原来他们要一个班一个班地走，给每个班的学员磕头，行礼致谢。我和王正君，按照老人的意愿，搀扶着他们，每个班都走到，任凭老人流着泪，说着感激的话。我们拽着他们，硬是没让他们再跪下去。

有人说要发动全学院捐款，以我们中队为中心，到别的中队，去发动我们各自的老乡、同一个部队来的战友，最后波及整个院校。教导员不同意，说别搞得太大了，捐款的事，上级并不鼓励。

中队干部各自也都拿了钱。刘留香不知怎么知道了这件事，送来三千块。他说他的生意已有起色。

这些钱，主要是用作周善仁理疗的费用，我们想让他站起来，我们谁都想让他站起来。周善仁的医药费全免，但理疗、按摩、康复训练，是要收费的。再说，两个老人也要吃喝。

我搀扶着老人，回到我们九（1）班，班里的气氛依然压抑，我们内心的悲伤，都从脸上表现出来。

一阵风吹过，窗外柳枝窗帘似的拂动，学院的环境其实不错。

第十四章　光荣院

1

我用我的文字，和王正君的照片，获得了牛娃的好感，她甚至爱上了这个叫“赵多”的人，只不过，那个赵多不是我，是王正君。至少是我和王正君的混合体。当我知晓这一切时，内心五味杂陈。

地方大学放假早，我们还在潮冷的天气里读书、训练，地方大学生已抵达自己的家门。牛娃想给她心中的赵多一个惊喜，信里只字不提，却杀到了黑石铺。事也凑巧，她在校门口，碰见了王正君，他其时身体有恙，去东院卫生队看病。她冲王正君大喊一声：赵多！

王正君愣在那里，他正想说，我不是赵多，我是王正君。她快步冲上来，说，我是牛娃呀，你不认识我？

牛娃，他是知道的，我曾对他炫耀过。那一刻，面对牛娃，他没解释。他想看看到底是怎么回事，同时也想察看事态的走向。他假装他是赵多。后来的事实证明，他是对的。那时，他若一竿子把事情捅个底朝天，牛娃定然被吓跑了。

王正君本来只是有点感冒，到卫生队拿两片药就可，碰见牛娃后，迫切想找个地方与她聊天。卫生队队长是他老乡，他跟人家套近乎，叫“叔”，叫得特别亲。他说，叔，我想在医院待两天。队长说，医院是啥好地方，没病待着多难受。他说，不难受，好受，中队才难受呢。

卫生队队长就给他开了上呼吸道感染，需住院观察的诊断书，让王正君住院察看三天。

王正君就是在这三天，与牛娃处上的，而这三天，我只知道他在住院，不知牛娃来了。他住院期间，不打针，不吃药，就是同牛娃聊天，谈军校的事。有一次，护士喊他王正君，牛娃问他，你不叫赵多吗？他说，嗯，笔名，赵多是笔名。我爸姓王，我妈姓赵。我给自己取笔名赵多。

这都是王正君与牛娃的恋爱关系巩固之后，他跟我们说的。他把我与牛娃的交往，他与牛娃相处的故事，像评书一样在我们班播讲。那是对我的羞辱。他的快乐，完全是建立在我的痛苦之上。

不过，他还算真诚。何其撑知道我不快，安慰我说，只能说你和牛娃没缘。

想开一些吧，谁叫你用他的照片冒充你自己，这都是天意，你就大度一些，只当自己做了一件好事，当了一回红娘。何其撑说。我心眼小，生性敏感，需要安慰。我说，谢谢你阿掌。

那一刻，我领悟到，做一个坦诚的人是多么重要。

牛娃走了，我看见她的衣襟在风中飘动，看见她轻盈的转身。她留给我一个沉重的记忆。王正君像作诗似的，描述牛娃离去的情形。那天的黑石铺，潮冷潮冷的，凄风苦雨。王正君是在往我的伤口上撒盐，落井下石。他捡了便宜还卖乖。我恨不得上去揍他一顿，但一看见他那张像是永远在笑的脸，我就下不了手。我也打不过他，我怕他的“金左脚”。

王正君说，牛娃说了，她还会来黑石铺的，飘雪的时候她再来。

牛娃走了。西西离去的背影让我悟出一个道理：女孩是脆弱的，人世间难得有真爱，真爱要到文学作品里去找，到电影和电视剧里去找。而牛娃的到来和离开，让我觉得，真爱依然存在于人世间，冥冥中像有一根无形的线，牵扯着有缘人。

2

牛娃走的那个黄昏，我立在风中。风像无数无形的手，抽打着树叶。

我以为牛娃走了，我与她的这一页就翻过去了，她离去后，我会变得轻松。事实是，她离别的背影，让我心生悲凉，像灌入了秋日的风。

牛娃跟着王正君离开黑石铺时，好像有话要跟我说，但她只是张了张嘴。她那句未曾说出口的话，便像冬日里的呵气一样，散发着水雾，没有声音。黑石铺一别，成为这对恋人相互思念的开始。王正君一封接一封地给牛娃写信，她每封必回，有时一天就是三封，鸿雁传深情。她的信，像雪片一样绵密，语句像太阳般炙热。那段时间，热恋中的王正君是幸福的，他的幸福并不完全是建立在我的痛苦之上，但的确，那段时间，我是失落的。他一次次把牛娃的消息告诉我。

王正君把我用他的照片顶替我的事告诉了牛娃。牛娃并没有责备我，她让王正君告诉我，她给我寄的照片，上面的人也不是她，是她的同学杨子，她的闺蜜。这是她们女大学生惯用的伎俩。她们用别人的照片，可以试探对方是否以貌取人，同时，进可攻，退可守。她们精明着呢。

我心有怨气。我以为我在用王正君的照片欺骗她，原来我才是那个真正的受骗者，是人们常说的“傻大兵”。每次王正君收到来自广州的信，我的心就像被针刺，说不清是懊悔还是嫉妒，说不清是嫉妒牛娃还是王正君，这种感觉很怪，很特别。这样的情绪，像狼毒花一样，在心灵的土地上潜滋暗长，让我遍体鳞伤。

牛娃是可怜人，她说，她从小死了娘，后来没爹。她爹不知是死了还是离开了，她没说。是她爷把她带大的。王正君向我讲述她的故事时，语气那么坦然，显出诚意。

“是她爷把他带大的。”我听着这句话，像听着晏燕的身世。我在空气中，嗅到了栀子花的暗香。

3

离毕业还有两个月的时候，周善仁站了起来，这是个奇迹，但奇迹没有继续。站起来的周善仁，智力只相当于三岁稚子。见了我们，他还是那句话：你认得我吗？我不认得你。他语调缓慢，语音低沉，像钝刀切割着我们的心。

我们不敢面对他，他那塌下去的额头没了头发。我们不敢回答他的提问，那个问了无数次的问题。他是我们心中男版的祥林嫂，他是我们心中的痛。

站起来的周善仁，再没回到学院，他从医院直接去了光荣院，这是教导员肖正荣努力的结果。周善仁出事后，他多方奔走，多次找院领导，一次次递交书面报告，周善仁与那几个年轻人打斗之事，最终被定性为见义勇为。

此前，我还误解过教导员肖正荣，认为他到医院来看周善仁太少，原来他一直在为周善仁的事奔波。

周善仁不是干部，他还未下排长令，他只能算一个兵。他不能去干休所，去光荣院，已经是很不错的了，那里是他最后的归宿。在那个光荣院里，他将同那些参加过抗日战争的七八十岁的伤残老战士在一起，度过余生。他的人生，就这么抄了近道，直接进入老年，进入养老状态。

我向光荣院走去。一路上，我看见鸟从一棵树扑向另一棵树，那么欢实。有时，我沿着山溪，在有着阴影的低矮的树丛间穿行。以前，走在这样的路上，我会心生恐惧，害怕遇见蛇。现在，我眼前没了对蛇的恐惧，只有那个塌陷的额头和那一张丑陋的脸。那张脸，昔日虽然瘦，却是那么英俊，让我嫉妒。

光荣院周边是一片荒凉的土地，只有一些树。有的树叶，经受不住风雨的吹打，过早地飘落，有些树叶，还顽强地挂在枝头，在风中沙沙作响。落了树叶的树，像是过早地进入深秋，像是周善仁的人生。

我的眼睛越过这片荒凉之地，越过这些树，仿佛也越过了深秋冬日。我眼前竟然飘起了雪花。我奇怪我眼前怎么会有这样的幻景。幻景中的雪下得很小，雪花飘落在地上，不久就不见了。有几片，飘落在树的枝丫上，就那么轻轻地落在上面，没有化。我看着它们，就像看着几个幼小的生命。

周善仁同我说过，他喜欢雪，他曾经诗意地向我描述过他的家乡大凉山的雪，他说，山里乡村的雪是那样迷人，一场雪，尘埃、脏物、动物粪便，一切都被掩盖，到处洁白无瑕。乡村是寂静的，雪落无声。

我望着阳光下飘落的雪花，也望着纷飞雪花中周善仁已经有些佝偻的身影，伤感再次来临，他就像那树旁斜卧着的一根枯枝，那么安静地承载着降临在身上的寒冷和苦难。他需要这些雪花，像掩盖尘埃、脏物一样，来掩盖他的苦痛。他那么喜欢雪花。

我站立了一会儿，已经热起来的天气将我从幻景里拽回现实，那不是雪花，但它们也的确在飘落，那是柳絮。它们为何在我面前，那么真实地变成了雪花？我突然明白了，是周善仁，他让我那么浓烈地感到悲凉。他的人生，由盛夏，一下子就进入了寒冬。

光荣院的女护工，正在忙着她们自己的事。我看见周善仁在阳光下缓慢行走，左右摇晃，但并不摔倒，像风中顽强生长着的一棵蹿出庄稼丛的杂草。他偶尔会蹲下，他屁股上的尖骨头好像是要刺穿他的皮肤和旧军裤。

我看着他，看着他空洞的眼、茫然的目光、干瘦的身体，还有那个塌陷的额头。的确，我惦念他，却不再愿意靠近他。我知道，这种感觉叫“距离”。

我来看他，也是来给他送照片的。我在整理他的床头柜时，发现了西西的一张照片，夹在一本盗版的《平凡的世界》里。关于这张照片，到底给不给他，我们九（1）班意见不一，有人说，不要再拿这张照片去刺激他，也有人说，这张照片，会唤回他的某些记忆，对他受伤后的脑神经恢复有裨益。最后支持我把照片给周善仁的占大多数。先不管有无好处，他的东西，应该给他，他有权拥有。

他瘦成这样了，我应该很容易就能将他抱起，但我并没去抱他，连拥抱都没有。他固执地站在柳絮下，护工将他拽到一旁，他很快又回到纷飞的柳絮下。他叫道，雪，好大的雪！

柳絮翻飞。我听见树叶在风中啜泣。

太阳偏西。夕阳笼罩着光荣院，门楣上，“光荣院”三个字，闪着金色的光。

第十五章　向正北行进

1

时间流逝，天渐热了。我们每天都把弦绷得紧紧的，像初入军校时一样。我感到时间就像看得见的水流。我们中的大多数人，忙于应对毕业考试，小部分人忙于找关系，想分到一个自己想去的地方。我没有考虑太多，就我这样的，上面没人，学习成绩一般，基本上是哪儿来哪儿去。我倒是想上西藏，罗厚兵打消了我的念头，自那以后，我再无去边防的想法。

文化课，比如语文、历史、英语、数学、政治，我都没太在意。我高中时打下的基础还行，我担心的是军事专业课。我好像生来就不适合当一个指挥官，对下达射击诸元，精确度总是不高。当然，只要仔细些，及格应该没问题。

毕业考试，文化课在前。除了大学语文勉强及格，其他的都是良好，这让我觉得奇怪。我喜欢语文课，写诗作文是我的强项，却只得了六十分，不可思议。我怀疑我们的语文教员没认真阅卷，只根据卷面的整洁程度，随便给了分数。六十就六十吧，与一百分没什么区别。我担心的是军事课。

那天的军事地形学，考试科目是“按图索骥，向正北行进”，考场在黑石山北边那层层叠叠的山水间。

与平时训练一样，考官在崭新的军用地图上，为每位学员圈出五个点，给每人一张地图，一枚指北针。标出了经度、纬度，现地标志物。在标志物上，考官提前用油漆写上了字。车到野外，把我们像放羊似的撒出去，我们要在山水间，找到图上所对应的标志物，将标志物上的字抄下来，送到教员手中。在规定的时间内，全部找对（五个标志物上的五个名词）即是合格。答案全对，时间每减十分钟，加十分，成绩为良好，再减十分钟的，成绩为优秀。超出规定时间，即便答案全对，也视为不及格，因为贻误了战机。

这是单独行动，但也可以两人结对。考官对两人组成对子并不反对，真正的战场，就是要讲协同，但这样一来，就意味着两个人，要按图找十个标志物，可能更耽误时间。正因如此，正式考试时，我们并不组对，各自为战。

军事地形学，是我喜欢的课，大部分时间在室外。我喜欢在山水间穿行，心思并不在地形学本身。所以，我地形学成绩不好，不知能否找准这五个点。找到四个且不超时即为及格。

可这些点往往是有关联的，其间有一个找不到，通向另一个点的路，就断了。

我陷入慌乱之中，自尊心作怪，又不敢主动去找人结对子。

我茫然地跟在他们身后，走向一个不愿走去的困境。李大林在我身后喊：赵多，我俩合作。

我立刻被感动。当他像一只肥鸭一样向我走来时，我突然又犹豫了。他那迟缓的动作，完成五个点的寻找任务都困难，我们合作，可是十个点的任务。见我满脸疑惑，他说，没问题，路上跑快一点就是了。我更加疑惑：就你这样，还能跑快？他显然明白我的意思，说，我站在主干道指挥，往哪儿跑，什么方向，什么角度，有何方位物，需要下到山里河里沟里，你去，你体力好，速度快。

我明白了，他是要我出体力，他出智慧。我想起我们结对子训练时，他那种执拗劲，有些担心。他打消了我的顾虑。他说，节约时间，我指哪儿，你找到哪儿。考核完毕，我们在一起，照图分析。

我说，好吧。我后来庆幸与他结了对子。他的考卷，虽然有几个点在隐秘处，但他只要咬牙坚持，终归是能到达，能找到，能看清那上面的字。而我，军事地形学水平差，平时的军事地形课，只顾游山玩水，跟着大伙混，现在让我独立作业，真很蒙。李大林试图让我独立找到第一个标志物，我没找到。

图上作业，现地对照，寻找方位物，定坐标，找点，全部都是李大林操作，我成了个跑腿的，除了按他的指向奔跑，我别无选择。我不熟练，他不想在我身上耽误时间。

2

那天下午，黑石铺外围的山水间，随处可见身穿迷彩服奔跑的学员。大家肩上的两块红肩章，像星星火光，在山间跳跃。

找到第一个点时，我们看见稻田间有一口水井，有两个淘米的妇人在井边打水。我们水壶里的水早喝干了，冒着热气的大地，像一只巨大的铁板煎烤着我们，我感到我身上已没了丝毫水分。我和李大林去井边灌水，顺便帮那两个妇人把水桶拽上来，她们不说谢，盯着李大林笑。李大林被她们看得不好意思，水也没灌，抬脚要走。一个妇女问：你是当官的吧，今年多大？

李大林说，你猜呢？

妇人说，你不大，你还不到四十吧？

李大林的脸当即就成了一尊冰雕。我们快步离开水井。行了一程，李大林叹息道：唉，在海岛当兵，就是老得快。孤独啊，孤独使人老。还有海风，看我这皮肤糙的，跟栎树皮似的。

他说着，沉默了，遥望远山。也许他想起了“橘子妹妹”，那个管他叫大叔的人，她当时也认为他老。你多大？四十岁总有吧？她问。也许不是，也许他的不快，仅仅是因为她们说他老，与“橘子妹妹”无关。我说，你别听她们的，你五官端正，黑红的脸庞很阳刚，天下任何一个美女嫁你，她都不亏。

他依然沉默。我问，那毕业了，你还回海岛吗？他不回答。

我们很是费了一番功夫，找到了前面的九个点，抄下写在标志物上的文字，比如“黄河”“长江”“红旗”“革命”……还剩最后一个点。最后一个点，我们遇到了麻烦，那个标志物的名称，我们拿不准。标志物名称，都是写在小纸条上发给我们的。纸条在我的衣兜里被汗水浸润，有些模糊。三个字，李大林说是“水泥地”，我说是“水泥池”。李大林说，咱们别争吵，按经度纬度一找，就找到了。

我俩按方位行进，急行军一千米，到目的地时，我们看到了一大块水泥地，足有一亩田那么大，上面堆着麦草，一个老农正在上面打麦子。我们是通过四周裸露的地面，判断它是一块水泥地的。这将是一个很大的工程，得将上面堆着的所有麦草，还有像沙一样多的麦粒，都翻动一遍，才能看到水泥地面上写的是什么字。

而水泥地旁边，居然有一个水泥池。

也许标志物是水泥池，教员故意干扰我们。我说，我们先看水泥池吧，看水泥地，工程太大。水泥池上没字，再找水泥地也不迟。

我围着水泥池看了一圈，没有字。我说，文字或许在里面的墙壁上。这些出题教员，阴险得很。

我要上去到水泥墙上，看墙的内壁。李大林面朝水泥池蹲下，我踩着他的肩，他一用劲，站起来。我的手就够着那水泥池的上边沿。我两手用力上撑，李大林一手托住我的一只脚，往上送。胖人虽然笨，到底有蛮力。我的头越过水泥墙，能看见水泥墙的上边沿，上边沿没有字。我扯着脖子喊：我到下边看看。

水泥池里面多杂草，比池外的看上去更繁茂。我想，或许那两个字，被掩盖在那些杂草下。既是找点，肯定有它的复杂性。我就往下跳，决定拨开那些杂草，看个仔细。水泥池并不高，我飞身一跃。我完全没有想到，我的双脚一触上那些杂草，就和那些杂草一起往下陷。我听见自己的呼喊。我的呼喊被漫天的冷水淹没。我挣扎着露出头来喘息，才知我置身于一个黑漆漆的水的世界。我毛骨悚然。我听到头顶传来李大林的声音，显得那么遥远而空旷。他问我，怎么啦？他叫喊着，我来了！我喊道：不要下来……我的声音，被一声巨响掩盖，接着传来湿淋淋的声响，像一只肥鸭在水里扑腾。是李大林在寻找我，他也下来了，我不知道他是掉下来的，还是故意跳下来寻我。我向他扑腾出的声音扑腾过去。

我碰到了他的胳膊，他抓住我的手腕，都害怕分开。我们企图站起来，用脚去试探水的深浅，但是，我们并没有碰到地面。我勾着脖子看头顶，头顶并无光亮，这说明我们掉下来时，水泥池底只破了个窟窿，并没有完全被我们的身体砸掉，那池底四周的深草，像倒刺一般又合拢了，将那片阳光遮挡。我冲头顶喊救命，人浮在水里，不能尽全力，声音并不响亮，似乎只在洞壁上撞击、回荡。李大林说，别喊了，保存体力。这么大的洞，肯定还有出口。

李大林是抽烟的，他有火机。他试图用火机点火，但水面并无可燃物，无法制造救生信号——烟柱或火光。即便点出一缕烟，离那个水泥池顶太高，怕也难从那杂草密布的水泥池上散出去。李大林还说，洞里情况不明，很可能有沼气，一见火就燃。我们只能另寻出口。

洞里是半人深的水。时间长了，洞里不像刚跌落进来时那么暗，似有微光。我看见蛇在洞壁的凹处盘着，翘着脑袋，吐着蛇芯子，冲我们瞪着眼，我脊背发冷！

有一条蛇在水里向我游来，李大林伸手，一把抓住蛇的七寸，要一刀结果了它。他考虑了一下，收了手，将蛇扔向洞壁上凹进去的地方。我说，为何不弄死它。他说，不能，放了它，它就游走了。一旦将它宰了，成千上万的蛇，会游过来报复。

我毛骨悚然。我在他身后颤抖着，水被我颤抖的肌肉撞击得哗哗作响。

蛇之于我，比枪子儿还可怕。我的手死死地抓住李大林的衣襟。我胆怯地说，你不怕吗？李大林说，谁都想活着，胆怯解决不了问题。

我突然有了斗志。我们摸黑在水里前行。我想起李大林是晕水的。我说，你不怕水了？他说，黑暗中，看不见无边无际的水，我只当是泥。

李大林在前探路。偶尔回头，同我说着话，他说，兄弟，如果我死了，你替我给我爹娘养老。我刚被他提上来的斗志泄了。人没了斗志，就瘫软，几乎要坐在水里。水里特别冷，刺骨地冷，脚终于探到了地面。脚踩在污泥里的感觉，很柔软，这是很脏的污泥才有的感觉，干的沙粒是坚硬的。我踩着污泥，像踩着一堆老鼠的尸体。我想到了死，我说，如果我先死呢？李大林说，不会的，我会让你活着，你说什么都要活着回去。我说，如果我们都死了，那么，在那边，你还睡我上铺！

他没有答应我，他说，没事，兄弟，我们都会走出去的。

我再次想到了火。我说，打开火机。他使劲吸了一下鼻子，说，行，空气新鲜，没有沼气的味道。他打了三下，终于打着了火。那只打火机湿淋淋的，居然打着了。他举着火机，火机并不熄灭，他说，还好，这洞里都是水，我感觉到这水是流动的。幸亏有水，要是没有水，二氧化碳可能会超标，这火机就会灭，我们就会死。水是好东西，有氧，有净化功能。

我现在没心思听他谈净化功能。

一只水耗子从我身边滑过，毛茸茸湿滑的身体碰着了我的手臂，我一身鸡皮疙瘩顿起，心跳到嗓子眼，不敢喘气，呼吸如丝。我小声说，大林，灭了火机吧，至少眼不见，不会那么恐怖。我听见我的声音颤抖着，因为冷，更因为内心的恐惧。

李大林说，这些东西，都极其敏感，蛇凭着我们身上的气味、皮肤的光亮、任何一点响动，都能攻击我们。而我们，在这暗处，就像瞎子。有了火，可以吓跑一些动物，至少让它们不敢妄动。李大林的声音抖动着，除了冷，一定也有恐惧的成分。他捏着我的手，我捏着他的手，捏得死死的，生怕一个人丢掉另一个人。

但几步之后，他还是灭了火机。他说，火机里就那么点气，要节约，留到最关键时刻用。

我们认准一个方向前行，一段时间后，看到了一丝光亮。我们兴奋起来，以为到了洞口。到了跟前，才发现，那是洞壁，是钟乳石，微暗里放着白光。那里并没有出口，那微光是从洞顶泻下来的，而洞顶，高几丈，我们插翅难飞。

我们往回蹚。这样行走，阻力大，很累。我想在水里游，李大林虽然在游泳课上学会了游泳，但水性并不好，对水依然有着恐惧，这个办法行不通。我在前，牵着他的手，另寻出口。走了一阵子，再次站立在钟乳石下。原来这些洞口是相通的，绕了一圈，绕回来了。李大林说，赵多，你看，这尊钟乳石，多像一个美女，你去拥抱一下吧。他说着笑话，让我放松，也是放松他自己。

他找出刀，将来过的地方，在洞壁刻上记号，以免绕来绕去，在原地打转。我们在水里走得精疲力竭。李大林说，歇一会儿吧。我们找到一块裸露于水面的石头，坐上去歇息。上面阴冰，冷气如抽丝。我们只得再次下到水里。水里比上面反倒暖和些。

我一点力气都没有了。我说，我们要是出不去，就只有饿死在这里了。李大林说，不可能，是洞，就有出口。我说，要是天然的呢？李大林说，天然的也有出口。没有空气的侵蚀，形不成这样的洞。他从口袋里掏出压缩饼干。我们野外课，大都发面包、火腿肠，偶尔为了训练我们耐饥耐渴的能力，一天只发一块压缩饼干。途中若在乡村遇到小卖店，是幸运的事。今天倒霉的事碰到了一块，除了那两个打水妇人，我们什么也没碰见。

我那一块压缩饼干，早让我消灭了。李大林摸出他的那块。在微暗中，我看见他把压缩饼干放到嘴边，咬了一口，之后再把它递给我。压缩饼干又硬又小，掰不动，只能咬。饥不择食，我不敢嫌弃。我把它塞进嘴里，吃了，身上立刻长了力气。李大林说，走吧。

我们顺着没有刻记号的方向往里去，走了近百步，发现一片没有水的地方，爬上去，那洞变得宽敞，像一个大的仓库。周围的光线明亮一些，我们看见我们的对面，整整齐齐摆放着很多木箱子。我们靠近看，是弹药箱。我们轻轻打开木箱，伸手在里面摸，箱子里并无弹药。李大林的手移到箱外，摸索了一会儿，说，是日本字。他不敢打打火机，怕引爆这个黑漆漆的洞。

是日本人当年偷偷将弹药存放于此。李大林肯定地说。

那么，那些弹药去了哪里？弹药需要用弹药箱来运，怎么可能只有箱子？这是个问题。但有一点可以肯定，这里曾是日军侵华时的秘密仓库，是日本人侵略中华民族的又一罪证。这里还是个美丽的洞，黑石铺的人，以后可开发为旅游地。我说，我们立功了，我俩立了大功。李大林的话和洞里的冷空气一样冰冷，他说，我们发现了洞和弹药箱，谁又会发现我们？我们会死在这里，等他们发现，我们恐怕早成了两具木乃伊。

3

我脑子清醒下来，跌坐在地上。李大林立刻又给我打气。他说，这里放着弹药，就说明这洞有出口。弹药一般不会放在洞口，出口应在更远处。

我们回转，只有一个没有刻过记号的入口，李大林说，一定是这儿。我们进入里面。那里的洞要宽一些，除了天然洞顶，两边有人工凿过的痕迹。我们本已精疲力竭，突然又有了力气。

堵在我们面前的，是土、石头和水泥块。李大林说，这就是洞的出入口，可是，日本人撤离时，炸毁了它，封死了洞门。洞里的水出不去，才有了这暗流。

我去扒土，李大林阻止了我。李大林说，只怕最后双手只剩下十根骨头，洞也无法扒开。没有别的办法了，从哪里来，还得从哪里回去。李大林说，我跳下来前，特地把帽子扔在了水泥池边。同学们见我们没回去，应该会来找我们。那顶帽子，就是信号，他们应该能发现这个洞。我说，可是，为何迟迟没来人？或许那帽子被风刮到了阴沟里、草丛中，没被人发现。

我的话，让李大林刚升腾起的希望骤然熄灭。我们回到弹药箱边，将弹药箱扣上，借助浮力，向我们掉下来的地方游。那里虽然也没有亮光，但不像别处那么暗，能判定是那个方位。运到那个地方，我们就将弹药箱打开，扣过来。箱子是实木的，上过油漆，四周镶了铁片，进了水，就可以沉下去。

洞底并不深，水也就没到我们胸。我们这样往返数次，木箱一直摞至洞顶。

李大林在下，我站上他的肩，扒着水泥壁。天光照进来，很窄的一条阳光，像一把闪着寒光的剑。我心里突然一下子温暖了，内心的希望像外面的光线，一缕缕射进来。

我爬上“水塔”，尽量避开腐烂的底部，仔细看，这不是水塔，是战争时留下的一个破败的碉堡，它见证着战争、光荣或耻辱。我把李大林拉上来。

一日长于百年。我们原来已在里面，折腾了一个下午和整个晚上。此刻，东边的天空，有着鱼鳞状的白。

太阳正在升起。

李大林看了一下指北针，沿着学院的方向走。走过一个山头，看见有好几个学员在林子里穿行，近了，才看清是我们九中队的，是王正君和王守富。我冲上去，朝他们喊：二王……你们也还没完成找点任务吗？王守富说，什么没完成找点任务，我们的点找到了，没找到人。我问，找谁呀？王正君说，你们呀！晨露打湿了他们的迷彩服，打湿了他们的裤腿。他们脸上满是惊喜，语气里却是埋怨。说我俩失踪了，害得他们找了整个晚上。

咋才回来？我还以为你俩私奔了呢。

王守富从背上取下电台，蹲下去，给队长他们发报，告诉他们我和李大林的消息。王正君则给我们讲我俩失踪后，中队干部采取的措施。因为周善仁的事，中队在学院受过批评，名声大损。再要有两个学员失踪，那名声就臭了，队长和教导员就很难抬起头。教导员还想再提升一级呢。监考教员是有责任的。队干部和教员商议，暂不向学院报告，每班留下四个学员，在山里寻找。到今天下午五点钟，也就是发现我们失踪二十四小时后，如果还找不到我们，再上报学院。

他们这么做，主要还是我们的军事地形学教员在坚持，他认为我们不会有事，或许是哪个点上搞错了方向，我们又过于执着，一定要找到，才迟迟未归。他安慰教导员说，以前别的中队也有过这样的情况发生，几个小时后，学员就回来了。

王正君递给我们面包和水。我爱吃米饭，从来不爱吃面包，但那天我太饿，感到面包是世界上最好吃的东西。两个面包之后，王正君不让我吃了，他说，喝点水，喝点水。我举起水壶，仰着脖子，咕嘟咕嘟灌了几口，也被他抢走。

小心炸了肺。他说。

我们往学院的方向走，阳光越来越强烈，在洞里冻得僵硬的身体，慢慢地舒展开来。树木在我们身旁向后消逝，前面的树木向我们逼近。

学院，就在黑石铺那边，在不远的远方。

我与李大林的一次失误，给九中队造成了很大的恐慌，幸好清晨他们就发现了我们，幸好第二天是星期天，没课。要不，我们九中队的领导，也包庇不了我们。我们想将功折罪，我告诉中队领导，说我们发现了洞，发现了钟乳石，发现了日本人留下的弹药箱，发现了日本人侵华的又一罪证。教导员严厉的语气尖刀一样刺向我：你还嫌事闹得不够大？我和李大林便不再言语。

我试图把我们的奇遇说给同学听，李大林阻止了我。他说，你不用说，没人会相信你。我不理他，向“二王”述说我们落入洞穴的事，王正君说，我知道你喜欢写诗，可你也不能把幻觉当成现实吧。王守富的话更狠：向北行进，没找到“北”不丢人，每年每个中队地形学考试，都有找不到“北”的，没必要给自己编造谎言以挽回面子。

我恶狠狠地看他一眼，不再说洞的事，再说，就没意义了。我们又不能带着他们到野外，让自己再次掉到洞里证明给他们看。都忙着毕业考试，哪个有闲心跟我去验证一个洞的存在与否？

没人相信我。这次“找不到北”事件后，有一段时间，我和李大林被九（1）班孤立，他们认为我俩有秘密。他们认为我们为人不地道，他们寻找了一个晚上，为我们累得像王八趴在地上不想动弹，却得不到我们的一句真话。我和李大林不做解释，说了他们不相信，就不再说。被他们孤立之后，我与李大林走得更近，我俩常走出喧闹的宿舍，走进体育场。淡月寒星，我们就那么坐在球场的草坪上。我们有时说着话，有时什么也不说。

你们像一对热恋中的人。王正君冲我笑道。我不理他，照常在无事或受了冷落时，与李大林在体育场的草坪上静坐。他抽烟，我胡思乱想，或者什么也不想。

我和李大林再也没有说过那个洞，这次经历，让我们心有余悸，我们不愿提起。

随着时间的推移，有些事，真的分不清是一次亲身经历，还是一次梦境。我不再向别人讲述那个洞。

4

接下来的考试科目，是手榴弹实弹实投。虽然都是当过兵的，是由战士考进的军校，但近三年时间，忙于文化课和军事理论学习，少摸枪弹，真正地去投手榴弹，我们还是很紧张。

现场比我们想象的要安全，但我们似乎也还是紧张。并不是想象中的战场那样，数个人排成排，向“敌方”投弹。我们是单独作业，一个人一个人投。我们前面是一个大坑，看不见底，像万丈深渊。坑边有几丈长的水泥垛，颜色深灰，显然是仿古长城，那里就是我们的投弹点。我们在五十米远的地方等候，队长教导员都在等待的队伍里。这样动真枪实弹，他们都得跟随。尤其是我们九中队，一直是先进中队，因为周善仁的一次打斗，落入后进的泥潭，怎么努力，三五年之内，怕是难以翻身。我们还好一些，毕业了，走了，中队干部，却都在努力，想进步，再升个一官半职。就算升不上去，也不能任其越陷越深。他们的责任心，上升到全学院中队干部之首。按规定，每晚有一个中队干部值班即可，我们中队，却常常是两个干部都留宿，很少回家。住在东院家属房的两位军嫂，想他们了，就到中队来看看，找些冠冕堂皇的理由，坐一坐，偶尔也会把宿舍的门关上一阵子，晚熄灯前，就各自回去了。

我说这么多，是想说，我们九中队越来越压抑。周善仁那茫然无光的眼神和那永恒不变的“你认得我吗？我不认得你”的话，压在我们心头。若再出点什么事故，这个中队，就彻底废了。

那次我与李大林有惊无险，不仅对我们俩，对整个中队，都是幸事。

可别再出什么乱子！这是肖正荣教导员常说的话。以前，每逢过节，他都会组织一台晚会，都会同他的那个小巧玲珑的老婆唱一曲《刘海砍樵》，跳两曲交谊舞，快三慢四跳个遍，把我们这些光棍学员羡慕得心生嫉妒。自从周善仁“那样”之后，再也没见他这么潇洒过。

看来，人真的是社会的人，你做好了你自己，并不一定就能生活得很好。周围的人，说不定就牵扯着你。

注意安全，胆大心细，莫紧张。我们走向投弹地域时，队长不厌其烦地叮嘱。

我们走向那个深坑，如同走向刑场。有人挺胸昂头，有人缩手缩脚。

属于我的三颗手榴弹，并排放在水泥垛上。我抓起一颗，拉响，扔进坑里。山谷短暂而漫长的寂静之后，是一声沉闷的响声。响声沉闷，足见坑之深。我突然想起那个洞。那个我与李大林一起跌入的洞，这么深的坑，莫不是连着那个洞？我只是随便那么一想，没说出来，说些无人相信，自己也都快不相信的话，没有意义。

我拿起第二颗手榴弹，拉开引线，扔进深坑。不求扔出的距离，也不求精准，扔进深坑，听见轰响，即完成任务。三颗皆响（有人没拉引线就扔进坑里），视为考试合格。我觉得这样的考核，于学院，于我们，都是自欺欺人。但话又说回来，我们是炮兵，不是步兵，很少有近距离战斗。万一有，关键时刻，知道怎么把手榴弹拉响，扔出去就行。

我表面从容，其实手是轻微颤抖的，只是，我努力地不让他们看见。

我听到我扔出的最后一颗手榴弹发出沉闷的声响。我完成了考核。我离开时，回望那个深不见底的坑，总感觉那是一个万人坑。那里似乎有着不散的阴魂，他们用黑洞洞的眼睛，死死地，一眨不眨地盯着我。

我匆忙逃离。

我后来听说，那的确是日军侵华时留下的一个万人坑。

5

火箭炮实弹射击，是我们炮兵学院最大的活动，也是我们毕业前最紧张激烈的实战考核。

每个人都很兴奋。我们喜欢这样的长距离拉练。这样的考试，是对一个中队整体的考核，适合于我这样专业不好、滥竽充数、浑水摸鱼的人。这样的考试，我们基本不担心，没有个人会不及格的。一个人，总不能把一发炮弹发射出去吧，大都是一个炮兵群，以营为单位，最少的时候，也得一个炮班（那种情况只能出现在战场，在整个炮兵营或者炮兵连炮兵排损失惨重之时）。即使那样，也需要一个炮阵，得赋予它射击诸元，比如射角高低、射击距离、射击方向。也就是说，对实弹射击的考核，是对一个整体的考核，个人成绩取整体成绩的平均值。

我们一个中队编成一个营。楼上楼下两区队各为一个连，每三个班一个排，成立一个火箭炮班。火箭炮班共六人。我们九（1）班，十一人，除去周善仁，在十人里选出精锐的六人成立一个炮班。我的射击专业素质差，毫无悬念被淘汰。被淘汰的人，在那几天，怀着歉意，像用人一样，低三下四，伺候着那几个正式的炮兵。

学院政委亲自动员：训练永远不是战争，战争也不是绝境；死亡不是消失，人类总有绝处逢生的希望……

他说的是什么呀，云里雾里，文不对题嘛。王正君说，这种形式主义的东西，我根本不用心听，我只等最后那两个字：出发！

我们没那么快听到“出发”两个字。我们听见政委下台后，院长走上台，对着扩音器说，要把炮射得又快又准又狠，要注意安全，不要有无谓的受伤，更不要有牺牲。当然，他很坦然地说，这么大的活动，我们申请到一个死亡名额。但这个名额，最好不要完成，更不要超额完成！

死亡名额，就是在军队演习或救灾前，根据其规模，确定的允许死亡人数的最大值。超过这个值，就要被追责。

院长高大威武，像一位将军。我感觉，他说到死亡名额时，轻描淡写，仿佛死亡名额并不意味着那是一个人的生命，而仅仅是一个数字。

如火的七月，我们站在无边无际的大操场，穿着迷彩服，带着咸味的汗水在衣服里面流淌，像无数虫子贴着肌肤爬行。我们都觉得院长啰唆，厌烦的情绪爬在我们脸上。那个死亡名额，只不过是院方以防万一而申请来的一个数字，没人真的把它当回事，谁愿意出现人命，即便是真枪实弹的演习？

出发！院长终于喊出了这两个字。这两个字经扩音器的播放，在空旷的操场上空环绕，回响，很是威严。

我回到现实。登车。我们像是一批货物被装进一个巨大的闷罐里，一路向北，奔赴河南确山靶场，在那里，我们将体验到无限近乎战场的实弹射击，那里将硝烟弥漫。

列车两侧，树木渐渐消逝于远方，前方的树木及时靠过来，这是我们行进的速度。

教导员睡在最里侧。车上没有卫生间，教导员强调，我们小解，拉开移动的大铁门时，缝隙留得要适中，太大了，人容易掉下车去；太小，列车晃动或骤停，我们的小伙伴有被门轧断的危险。据说某年前某个中队某学员，就因为朝外撒尿，被夹成了太监。教导员说，那个门是有锁的，锁有制动功能，想开多大就开多大，然后放下制动，锁上，但这样的平板货运列车，老态龙钟，不少机关失灵。教导员说，一个人撒尿时，除了拉车闸，最好一边站一个人，把着车门，以防万一。

这对于撒尿者，当然是一件难为情的事，但同时有一种快意。这种快意，只可意会，不可言传。王正君却说了出来，他感叹说，在空中，在飞奔的列车上撒尿，真爽，好像我不是撒，而是发射，好像那飞舞的不是尿液，而是我的子孙。王守富一把将他拽住，说，王正君，你撒尿，就认真地撒，小心被夹。你什么时候能正常起来？王正君退到里侧，转过身，收拾好裤门。他朝王守富说，你说话要注意措辞，你可以说我不正经，但不能说我不正常。

大解，需要两手把着车门，在车门缝隙处吊着屁股解决，这更难为情。大家情愿憋着，闷罐车里难闻的气味，便悄然滋生，苦不堪言。直等到下一站，车一停，大家都跳下来，直奔公用厕所。无论战士学员还是队长教导员还是学院院长政委，不管你官多大，都得排队。队伍曲曲弯弯排那么长，而车停靠的时间有限。站着的人，冲蹲在那里的人喊：快点！蹲着的人，不理会，低头，装作没听见，只顾忙活自己那点事。臭气熏天。处理完了，抬屁股走人，没人愿意多蹲。催喊别人快点，纯粹多余。

要发车了，有人白站了一阵子，听着急促的哨音，只得匆忙返回闷罐车。车起动，在原野上奔驰。忍无可忍实在难忍，便把闷罐车车门拉开一条缝，背对着车门外，手抓着门把手，吊起屁股。有人难堪。有人感叹：一泻千里，酣畅淋漓！

我们睡通铺。除了如厕，车门一直是关着的，无论白天，更无论夜晚。车里黑漆漆一片，有一种神秘的气息：像是去前线。

若是那个死亡名额落在我头上呢？或者，一枚弹片，把我削成周善仁那个样子呢？我有时脑子里会出现这种奇怪的念头，这种无端冒出的念头，让我心生寒意。

事上本无事，庸人自扰之。

也不知走了一天一夜，还是两天一夜，昏沉沉一片混沌。列车行到某个火车站，接到下车命令，我们背上自己的背包，去站外集合。各中队哪个区队坐哪辆“大解放”，演习预案里写得清楚。我们普通学员没有预案，区队长有。我们跟着班长，班长跟着区队长，区队长跟着队领导。我们依然像那没有成熟起来的新兵。

这只是演习，若是战场，恐怕更蒙。

“大解放”把我们拉到一片大山里。在山里的坡地，我们搭帐篷，修整炮阵地。

我们九中队是火箭炮兵阵地指挥专业。火箭炮打击目标，不像榴弹炮那么精准，它主要是覆盖目标。我们那次演习所用的炮，是新型自行火炮，每炮四十发，可连续发射，也可齐射，像鞭炮似的接二连三噼里啪啦，那气势，地动山摇。

榴弹炮像狙击步枪，而火箭炮像冲锋枪。无论榴弹炮还是火箭炮，还是别的火炮，弹着点越接近目标点，效果自然越好。

是联合演习，阵地有我们炮兵，前方有步兵，空中有直升机。这阵势很壮观。步兵们在前方已经“开火”，机关枪嗒嗒嗒响个不停。

火箭弹划过天空，喷射着耀眼的火焰，我们甚至可以借助这光线，看清黑夜里的大地。我们一会儿就要突击了。我们首先扮演登陆步兵。这是一次无限接近实战的演习。出发前一刻，我在枪炮声的间隙里，能听见自己怦怦的心跳声。我再次想到，这次无限接近实战的演习，是给了死亡名额的，万一那个人是我，我将很痛苦，甚至将这么早地结束我的人生。

可是，我想活着。我不让自己胡思乱想。

6

那么多人，像是突然从地下长出来的。他们像丘陵上奔跑的骏马，向目标炸点处奔去。我从望远镜里看见他们时，替他们害怕。教导员说，莫替他们担心，这些农民，比你们学员都有经验。这里是全军的火炮射击靶场，每年春秋两季，全军一大半的炮兵部队、院校，轮流在这里实弹射击，时间持续三四个月。这里的老百姓，都成精了，什么时候开始打炮，打的是榴弹炮还是火箭炮；什么时候第一轮火炮结束，什么时候第二轮开始，他们了如指掌。他们在目标点的半山坡挖有猫耳洞，实弹射击前，侦察兵都难发觉。实弹射击结束，他们从地下钻出来，去捡弹片。那弹片是纯钢的，打菜刀，俏皮得很。

炮阵地看不到这些捡弹片的人。我是轮流来到观察所体验时，才亲眼所见。我们是未来的炮兵指挥军官，一打炮，有关的流程都得走一遭，就像实习医生到各科室轮流。此刻，我在观察所的观测位置，指着那些蚂蚁一样移动着的老百姓说，为什么不管管？太危险了。射击教员石竹山说，管什么？怎么管？管不了，你不让他们捡弹片，他们人可以不过来，他们放驴，放马，放狗，甚至放猪。炸死一头驴，赔一万；一匹马，两万；一只狗，五千；一头猪，三千。这不仅是赔钱的问题，若他们这么一闹，几天你都没法打炮。成千上万的部队，人吃马喂，在这靶场多待一天，多少消耗？还会耽误后续部队的实弹射击，影响是一连串的，恶性循环，所以部队和院校大都睁一只眼闭一只眼。还别说，这么多年来，炸死过猪狗牛羊，还真没炸死过人。

下一个科目，我们充当步兵，向火炮覆盖过的“敌阵地”冲击。我看见远处的老百姓，他们旁若无人地捡拾弹片。他们无视我们，我们当然也无视他们的存在。他们比我们更清楚哪儿安全，哪儿不会伤到他们。

该我们上了，我别无选择，在区队长喊“冲啊”的口令声中，跟着前面的背影冲锋。一群炮弹射向远处的山头，我们向前冲锋。

学院这么做，为的是把我们变成复合型人才。

我不懂战术，跟着九（1）班的战友冲锋、歇息、吃面包火腿肠、喝水、上厕所。一切都在预定的安全范围里，不敢越雷池一步。我突然想起小时候玩打仗的游戏。这里其实很安全。

火炮停止呼啸。李大林坐在阴凉里，我坐在他身旁，我们就这么坐在林子里。这个时候没什么军事行动，我们坐在黄昏里，等待着开饭，等待着黑夜的来临。

不可否认，这里风景很美，有山有水。溪水就在我们的帐篷旁流淌。王正君跳进溪沟，浑身赤裸。我们跟着跳下去。一路风尘，身上的油垢早该冲洗。

最后跳下去的是李大林。他跳进水沟，沟里的水清澈透明。我们笑他，他红着脸，双手掩着自己的腹股沟处那一嘟噜肉。他怕羞，但他终于不那么怕水，更不晕水了。

我们洗好了，等着开饭。饭迟迟未好。不是炊事员准备不充分，这餐饭，要故意等到黑夜里做，考验我们这些学员临时组成的炊事班，也考验我们的耐饥渴能力。考验我们每一个人。

我们穿上短裤，坐在溪沟边，听着溪水从身旁叮咚流过。远方的风，吹着我们半裸的身体，很惬意。

夜间射击。仅那绿色、红色、黄色的信号弹，就足以把演习场弄得像真正的战场。夜美丽而悲壮。

实弹射击过后的夜晚是狂热的，自周善仁事件后，肖教导员第一次放得那么开，那么开心地笑。他命令我们搞一台篝火晚会。刚点燃的火是微弱的浅蓝色，接着变得红彤彤的，火旺了。火光在坡地熊熊燃烧。

有人歇斯底里地唱歌，把军歌唱成了摇滚。我没有参与表演，我说不清为什么，好像赌气似的不参与。我早早地爬进帐篷，看见李大林躺在靠窗的一侧，鼾声已响起。我的铺位在他外侧。我躺下，睡了。不是酣睡，但似乎并不清醒，就这么恍惚着。

半梦半醒中，我看见晏燕向我走来。她周身，涌动着一股栀子花的暗香。

第十六章　让眼泪飞

1

我没想到我的射击专业考核会不及格，王正君也没想到。他说，凭你的表现，石头让谁不及格，也不会让你不及格。

王正君说的不是玩笑话。我与石竹山都是文艺青年，喜欢写诗，私交甚深，就差称兄道弟了。虽说每科考试，教员都要抓几个不及格的倒霉蛋，可他抓谁也不应该抓我啊。他这么做，欺骗了我，伤害了我。王正君说，其实，伤害你的不是石头，是晏燕。

这话有道理。那天晚上，学院有一台晚会，是本科生的毕业晚会，他们是学校的精英，我们专科生没有这个待遇。我们毕业，只有毕业典礼，没有毕业晚会。

那台晚会，学院竟然请晏燕来主持。当我在俱乐部门前的海报上，看到她的彩照时，我被她恬淡的微笑击中。那一刻，我想，除非今晚发生战争，我要奉命奔赴前线，否则，无论中队发生什么事，我都要去看这台晚会，去一睹晏燕的风采。

天不助我，恰好这天晚上，石竹山教员给同学们“串讲”，队长让区队长将这一消息通知到各班班长，各班班长通知到每个学员。

“串讲”是我们学院的一个专用术语，也是学院的传统，就是将明天考试的内容通讲一遍，今晚若认真听课，明天考八十分应该不在话下，至少及格不成问题。

我们明天考试的内容，是射击指挥专业理论部分。

临近毕业，中队管理严中有紧，紧中不乏人性的温暖。比如晚上的“串讲”，中队通知如下：晚上的演出，去与不去，不做规定。如果对明天的考试有十足的把握，可去。根据去看演出人数的多少，三人成列，两人成行，人多成班，再多，组成一个方队。

谁敢说自己对射击指挥理论考试有十足的把握？中队干部这是暗示我们不要去。

可是，我不能不去。为了万无一失，去看演出之前，我找到李大林，他射击专业好。我说，今晚石教员串讲的内容，我看完演出回来，你给我讲一遍。他不答应。他不希望我去。我说，我必须去！见阻止不了我，他很不情愿地说，我尽量。

我去了，是全中队唯一前往的人。生命诚可贵，爱情价更高。这是爱的力量，我知道，我只是剃头挑子一头热，但这热度，已让我内心的情感之潮，像开水一样沸腾。那个夜晚，我感到自己像一台蒸汽机，被沸腾的情感推着，皮鞋踏在水泥路面，朝着学院俱乐部的方向行进，无比豪迈。

我们中队没人来，我不敢往前凑。我像一个被遗弃的孤儿，坐在后排的角落里。

帷幕拉开，一男一女两人，从舞台的两角，走向舞台中央。女孩的高跟鞋橐橐有声，男生的脚步铿锵有力；他们开始报幕。男生先开口，声音高亢，如雷霆在山谷回响；女孩接话，声音柔和，如清泉流过石板。他坚挺如岩石，她柔曼如白云出岫。

我凝望着女主持人。她手握麦克风，开始报幕。晏燕中等身材，而眼前的这位女子，身材高挑。她化淡妆。那张脸，分明是她。那声音，再次证明，她就是晏燕。高跟鞋和旗袍，让她亭亭玉立。在我眼里，她一直是很美的，但没想到，她可以这么美。她是那么出色，舞台的灯光遮掩不了她的神采。她自带光芒，独自芬芳。

那个晚上，有多少节目，我已忘记。或者说，节目根本就没有进入我的视野。我的眼里只有晏燕。那个晚上，她是当之无愧的明星，即便学院从长沙请来的专业歌者舞者，也都黯淡在她的光芒之下。她不但用柔和的声音，控制着整个晚会的节奏，她还用她的歌声，掀起了晚会的高潮。她唱的是李叔同的《送别》。

她站在一片“云海”中，柔声而歌，我才发现，她已换了服装。她穿了一袭洁白的连衣裙。她离我那么远，像是踏在天空的云朵之上。她离我又是那么近，就像我的一个缥缈的梦。她身如杨柳扶风。她的歌甜而不腻。

长亭外，古道边
芳草碧连天
晚风拂柳笛声残
夕阳山外山
天之涯，地之角
知交半零落
……
一壶浊酒尽余欢
今宵别梦寒

本科生明天就要奔赴祖国各地，她唱出了他们心中的离愁别绪。这是一种真实的感受，是他们内心不可压制的情绪。我身边的学员，脸在灯光下闪着光，我知道，那是他的泪。他不伸手去擦，或许是怕别人发现他在落泪，或许，他只是不想伸手，要保持着他完美的坐姿。

“今宵别梦寒”五个字，还在俱乐部上空萦绕，伤感情绪，还未散去，那个叫蔡棒的男主持人，已换上了红军服装。站在舞台一侧。灯光变得明亮，音乐由柔和变得激越。晏燕声音又起，她唱起了《十送红军》。而身材高大、英俊帅气的蔡棒，他不出声，不唱，也不言语，正当观众以为他发挥失常时，他突然伸出双手，做出了告别亲人的动作。他在舞台上奔跑、急停、腾空、坠落、跳跃。原来他是在给晏燕伴舞。

那个叫蔡棒的学员，即便不是专业舞者，也是学过舞蹈的。他那离去又回转的动作，他那难分难舍的表情，配合着晏燕的歌声，将离别的伤感，演绎得淋漓尽致，深入观众内心。他们珠联璧合，将晚会推向高潮。歌声停，舞者歇，观众竟然忘了鼓掌，长久地沉浸于那种离愁别绪里。

从晏燕唱那首《送别》开始，我便悄然落泪，至她的《十送红军》，我已在抽泣。当然，我想到的不仅是她，还有我的同队同学、同室战友、上铺兄弟。我从没流过这么多泪。三年来，无论遇到什么，我都没怎么落泪，原来，我都是为今天积蓄着。

晚会结束。蔡棒手捧鲜花，向晏燕呈献，此刻，我的情绪低到冰点。我感到我内心的血已停止了流动。是的，晏燕不缺少鲜花，她手里已有两束，但是，蔡棒手里的，是纯一色的红玫瑰，看那扇面大小，应该是九十九朵吧。那红色的玫瑰，就是一束火焰，一束正在燃烧着的爱的火焰。自那以后，许多年，那束火焰灼疼着我。

晏燕，或者说以晏燕为原点，带给我的烦恼，还不止这些。

几年以后，我的爱人杨丽质发现了一盘磁带，趁我不在家，她放着听。然后，她哭了整个晚上。她问我，她是谁？你俩什么关系？

我说，她是我的文友、笔友。我俩没关系。

没关系？这么多年，你留着她朗诵的爱情诗？

她想大闹一场。我指着某军事频道里正在播音的晏燕说，就是她。丽质张大她的樱桃小嘴，半天，她说了句，我想你们也不可能有关系。

她再没为这事闹过。我也不再看军事频道。

我军校毕业后，投入带兵训练。那时候，刚下去的新学员，说是委以重任，其实是像新兵一样，身上如同被装了一台机器，一直在运转，运转。我几乎与外界失去联系。

半年后，我接到晏燕的一封信，她告诉我，她被特招到我们学院，成为一名军官，做了宣传科的宣传干事，主要负责文化活动。这倒挺适合她。但我觉得，这工作，于她，其实很委屈，是大材小用。

再后来，从何其撑嘴里得知，晏燕选择去军营，其实是奔着蔡棒去的。何其撑的部队，就在长沙郊区。他与我们的队长、教导员，一直保持着联系，消息灵通。他到东北出差，特地来看我。他是我离开军校后，见到的第一位同学。同学相见，分外高兴。当说到晏燕时，我举起酒杯，苦笑一下。我说，她和蔡棒，他们才是天生一对。我说着，将一杯白酒一饮而尽。

何其撑说，天生一对？未必。晏燕就是精灵，太优秀，太出色。蔡棒就一普通军官，未必配得上她。除非他不断充电。

我说，不管怎样，他们是绝配。

我这辈子，从未忘记过晏燕。我知道，我从未忘记过她，是因为我没有得到她。为此，我佩服李大林，他言语少，却常口出惊雷。他说，他要同兰花花结婚，是为了忘却她，在精神上将她忘却。

当他们在台上相互深情凝望时，我的心像有针在扎，那一刻，我就知道，他们有故事。我喝了一大口酒，对何其撑说。

何其撑安慰我：有些东西，并不一定非要得到。那段经历，本身就是美好的。回想起她朗读你的诗，我们都羡慕。我简直嫉妒了。

2

晏燕主持晚会的那个晚上，我回到中队，除了值日员，同学们都在梦里，鼾声、呼噜声、咬牙声轮番奏响。

李大林并未等我，他鼾声雷动。他永远是睡得最香的一个。太晚了，我不忍心喊醒他。

那个夜晚，我再次失眠。我努力地压制自己内心的爱恋，一次次将燃烧的火焰浇灭，用我的眼泪。

黎明时，我才迷迷糊糊睡去。

清晨醒来，才知昨夜误了大事。我起床，站在床头，质问李大林，昨晚你为何不等我？他说，我一直在等你呀，我都没脱衣服，等你叫我，你咋不吱一声。他说话的同时，翻转身。他果然穿着长裤和背心，那被子在他里侧，并未打开。

他说，放心吧，题不难，考六十分不成问题。

我说，你就到自习室，给我讲一遍吧。我们正要往自习教室去，哨音响起，是出操哨。李大林拿起皮带军帽，准备出操。我说，咱们不出操了，上自习教室。李大林说，你给班长说一声吧。其实不用说，班长王守富听见了我们的对话。王守富说，一个班总共十人，两人不出操，再去掉一个小值日，队列里缺三人，队领导一眼便能看出。你们俩，只能一个不出操。

我是让李大林辅导我，我们俩只留一人，是没有意义的。我抓起裤腰带，几步跨进天井。

李大林故意往后站。他紧挨着我。他说，算了，三十分钟的操课时间，又能干什么？正常考吧，放心，石教员会让你过的。

我无奈地看他一眼。我满目失落，但我不死心。我说，若有机会，你把选择和填空的答案传给我。选择和填空全对，正好六十分。

他没有回应，我认为他是默允了。

每次室内考试，人员都是流动的，教室也不固定。我们进入考场时，不排座次，按照队列队形，一列列往里走，由前至后，成纵队站立，而后就座。就是说，你想坐在谁后面，列队出发前，提前站到他身后，只要他不坐到最后一排的那一个，你就能如愿坐在他身后。

早饭后，阳光带着夏日的炽热，照耀着天井里的水泥和树木，也照耀着忙碌的我们。有一束阳光，落在李大林那颗圆脑袋上，他头发理得很短，近乎光头。那个清晨，他那颗反射着阳光的脑袋，是我心中一颗希望的太阳。从那一刻起，直至走进考场，我像他的尾巴，像他的影子，紧紧跟在他屁股后面，唯恐被他甩掉。

我们进入考场，我如愿坐到李大林身后。

卷子发下来，我审题，似曾相识，却无一熟练。我脑子里嗡嗡的，像飞进了一只苍蝇，我急得要跳起来，李大林却是那么平静，毫无关照我的意思。时间一分一秒过去，墙上的石英钟嚓嚓嚓嚓，像银针戳着我的脑神经。我朝着李大林咳嗽，那咳嗽干涩虚空，完全是给他发送暗号，他却没理我。我用脚轻轻踢他的椅子，他没有反应。我安慰自己：别急，现在还早，他答应把选择填空答案传我，就会传。西北汉子，直率、仗义，“上下铺事件”，就是例证。

黑板一侧的石英钟，按它固有的频率走着，我却感觉到它越走越快，时间像看得见的液体涌向考场外。会做的题，我都做了，不会做的，还是不会。卷子上，大题有好几处空着，空白处像片片雪地，带给我周身的寒冷。

已经有人开始交卷，我一阵慌乱。李大林却没有任何动静，连传给我答案的意图都没有。他莫不是忘了？情急之中，我心生一计。我装作不小心，把我的笔弄掉了。笔准确无误地掉在李大林脚旁。我弯腰去捡笔时，顺势捏了一下他的脚背。我这一招是向西门庆学的。西门庆试探潘金莲对他有无意思时，就是这么捏了一下她的脚。不同的是，西门庆捏的是潘金莲那三寸金莲，而李大林的脚，大得像只船。

我回到座位上，等待着李大林的纸条。我知道，这风险很大，一旦被发现，就是铁证，李大林必定得有十足的把握，才敢采取行动。且不说身后的监考教员时刻盯着我们的后脑勺，单是前面的石竹山，就让我们不敢轻举妄动。他很高大，且站在讲台上，就像鹰一样，把我们罩在他的视野之内。

李大林终于行动了，他采用的是最保险的办法，他故意把身子往后边靠，把试卷尽量耷拉在他的腋下。可效果并不好，我依然看不清。我才知道，三年军校生活下来，我的眼睛原来已经有些近视了。我一直以为，我的视力还是一点五呢。

考试时间到，铃声响起。

直到所有的人都离开考场，我期待中的那个纸条，也没有传递到我的桌子上。

3

下午的考核科目是实弹射击，枪代炮。射击指挥员利用地图、指北针、图板、计算盘等各种作业工具，对照射击场上的射击目标，给出射击诸元，下达射击口令，只不过，发射出去的，不是炮弹，而是子弹，以枪的子弹代替炮弹发射，在低成本、相对安全的情况下，把学员炮阵地指挥精度、时间、下达射击命令质量，全都表现出来。枪代炮射击场，是浓缩的地形地貌，将山丘、河流、树木、桥梁、铁路，按比例缩小，做成了巨型沙盘。目标点如果在这些明显方位物附近，计算射击诸元则要容易得多。如果目标点在一片缓形的坡地，或者草原，或者毫无特点的丘陵，没有明显的方位物作参照物，这样的题，难度大，精度低。

枪代炮射击考试，除了教员，谁也帮不了你。教员就坐在你身旁两三米处，给你下达射击目标点。他可能给你一个很简单的题，比如铁路与桥梁的交会处，比如河汊旁的一间房子，非常明显的参照物，你一眼就能判断目标点的具体位置。

轮到我考试时，石竹山就坐在我身旁，三米左右。我向他投去一个讨好的笑，他像个石头人，对我的笑没有任何反应。他表情冷漠。比表情更冷漠的，是他的心。他给我的图上目标点，竟然是最难的，地图显示，它四周没有明显的方位物。这样的地形，学员判定目标，与现地实际目标，差出一百米，是很常见的事。而差一百米，就被视为不及格。石竹山！我算是认识了你，画虎画皮难画骨，知人知面不知心，看来，他是铁了心要让我不及格。

我稀里糊涂就考完了。程序都对，但给出射击诸元的精度，我心里没底。

第二天，多么漫长的一天。上午，宣布射击考试成绩，整个中队，只有我一个人，射击不及格，理论不及格，实弹（枪代炮）也不及格，等着一个星期之后补考。这意味着，同学们都离队后，我还得留下来复习、补考。

文化课也有补考的，但文化课进行得早，补考的人都完事了。只有射击，贯穿整个军校时代，三年。整个中队一百多号人，只有我一人射击不及格，只有我一个人要留下补考。

我的脑子全乱了，而我们九中队，一切都在紧张有序地进行，所有人，到大礼堂，参加毕业典礼，亲自从院长手中领取毕业证。我要补考，还不能算毕业学员，不能去。他们都列队去了，只有我和值班员，在这个空荡荡的大楼里。他值班，我在我的宿舍发呆。我一会儿坐在床上，一会儿站起来。坐也不是，站也不自在。我没去礼堂，但礼堂里的情形，那么清晰地闪现在我眼前。我们九（1）班的所有同学，在我的脑海里，一个个地走一遍。他们走上台，面对院长，敬礼，领取毕业证，再敬礼。院长回军礼，那么近距离。他们来去的脚步，在我臆想里走着，如同踩踏着我的脑神经，我非常难受。

各中队聚集一起，人多，领毕业证花去了他们一个上午的时间，接着是毕业会餐。教导员肖正荣把所有带过课的教员，全都找来了。

我不想去。我留下补考，无脸去。李大林说，走！你必须去！正好石教员在，你得去向他敬一杯酒。

一百多人，近二十桌。学员们终于可以走了，憋屈了三年，终于可以扬眉吐气，都放开了，干！干！干！他们自发唱起我们九队的队歌：

巍巍岳麓，
滔滔湘江。
八一军旗迎着朝阳，
年轻的九队学员，
在炮兵摇篮里茁壮成长
…………

声音嘶哑，近乎狼嚎，却唱出了激情与豪迈。一律喝的是啤酒，啤酒也醉人啊。气氛正酣，罗厚兵拿着酒杯，来到我身旁。他不是来敬我。他小声告诉我，去敬石教员吧，平时咱也没钱请，也请不动他们，这是个机会，说两句好话，补考他不会为难你的。

到底是老乡，惦记着我，我感动，也佩服他的精干、聪明。同为湖北人，他是区队长，我连个班副都不是，成为全中队唯一补考的人，成为同学们的笑柄，多年以后，一定还会是他们饭后的谈资。

我没有勇气。我坐着不动。身旁的李大林，一只手伸到我胳膊下，往上一送，像托举一具人体模特一样，将我托起，我便站立在他身旁。罗厚兵趁机说，各位领导，各位教员，现在，赵多要向大家敬酒。

我端着饭盒（没有那么多酒杯，我们以饭盒当酒杯），刚走到教员他们那一桌，还未张嘴说话，竟然号啕大哭。万里红知道我是射击专业没过关，安慰我说，没问题，石教员在这儿呢，来，先敬石教员，敬我们的先进石教员，否则我们不敢喝。她幽默了一下。她笑脸如花，我一下子轻松了。

我把饭盒和一张被眼泪鼻涕模糊了的脸，呈现在石教员面前。石竹山似乎有些尴尬，他当然知道，这张脸如此痛苦，是他造成的。他没让这个学员及格。当然，这个学员考得的确不好，但他是有权放他一马的。

石竹山平静下来。透过蒙眬的泪眼，我看见他脸上的尴尬神情飞逝，他微笑着。我举着饭盒与他碰，碰出很响的声音。几位教员叫好，同学们叫好，队长也过来了，教导员也过来了，都叫好。我一气把一饭盒啤酒干了，足有一瓶。石教员陪了一杯，但他始终没有说补考让我过关的话。学院规定，给不合格的学员两次补考的机会，第一次，在毕业后一周，补考合格，同样可领到毕业证，除了到所分配的单位晚报到七八天，别的什么也不影响，甚至将去报到的那个单位，都有可能不知道你是因补考而耽误了报到。你可以编造个理由，说在学院执行任务，或者误了路程。如果补考还不过关，那就麻烦了，先到所报到的单位去报到，代理排职，干着带兵训练的苦活，却只能拿学员津贴，而不能拿军官工资，待第二年军校学员毕业之时，再回校补考。这不但经济上是个损失，而且会耽误晋职晋衔，精神上还要遭受长达一年的折磨。这对一个学员来说，太残酷，仅次于勒令退学。我当然不愿这样，可石竹山就是不说"没问题"的话，万里红朝石教员嫣然一笑，说，石教员，你就答应赵多吧，当着这么多人的面，答应让他过。石教员微笑着说：这几天，我会用心教他，力争让他会。他首先得会，才能过。

话并没说满，而当时的我，是多么需要一个肯定的回答。

我委屈得再次哭出声来。教导员肖正荣一手搭在我的肩上，那是一个抚慰的动作。他的手指用力，把我推回我的位置，让我坐下来。他回到教员那边。我远远地看见，他举着酒杯，站在石竹山面前，与石竹山说着什么，之后，他一饮而尽。我看见石竹山举杯，仰头，一饮而尽。

九（1）班围坐一桌，都转过头看着教导员和石竹山。王正君鼓掌，所有人跟着鼓掌，掌声雷动。王正君小声说，赵多，好了，没事了，教导员都给他打过招呼了，这下你补考没问题，肯定能过，卡着你对他石教员有什么好处呢，得饶人处且饶人。

我给自己倒了满满一饭盒酒，像是要惩罚自己。我像牛饮水一样，把脸埋进饭盒，一饮而尽。

我脑子有些晕乎，眼前朦胧起来。我都不知道我是怎样回到宿舍的。我趴伏在床上，听见有人哭，这声音不是来自我，而是来自蓝有情。

王守富问他：咋的啦？

没咋，就是想哭。

王守富给了他一拳，知道是离别闹的，伤心。接着，王守富给了他一个拥抱，自己也哭。王正君说，我瞧不起你们，我鄙视你们，像娘们儿，又不是不再相见。蓝有情伸手就给了王正君一拳：你凭什么骂我像娘们儿！你看看你自己。

王正君满脸是泪。

蓝有情依然哭。没人理他。他哭了几声，自觉没趣，去水房洗漱，一张脸还原成原来的模样，一个很俊的小伙。毕业证拿到手了，是军官了，应该高兴啊。该哭的是我。

蓝有情平静下来，何其撑却坐在床头独自抽泣。都是啤酒惹的祸，我们这些年轻男人，往昔训练受伤、流血，都没落过泪。

突然间，就都不哭了，起身，慢慢收拾行囊。

那天的我，自身是弱者，无法摆出同情弱者的姿态去安慰他们。

我揣测过何其撑哭泣的原因。平日里，他喜欢独处。与李大林坐在门角处抽烟时的沉默不同，他会一个人站在空旷地带，眺望他想象中的远方。之后，他会沉默，像是一个做错了事的人在忏悔。他幽默，开朗，但他总会留一点时间让自己沉思，让眉毛紧锁，好像那是他心灵的大门，每天都要准时锁上一阵子，然后打开。

这个时候，若有人喊他一声“阿掌”，他便如从梦中惊醒，眉毛迅速展开，露出笑脸。他的笑好看，好看在他那对虎牙，白而可爱。

王正君问，你为何这般伤心。我们离别还会见面的。他停止哭泣，把王正君晾在一边，过来安慰我。他说，每个人都会犯错误，你考试失败，这个错误是可以弥补的，而我，犯的错，永远是错。

我那时情绪沮丧，无心问他是怎么回事，他自己说。他说，他当兵前，在家里是结了婚的，是他们村上的一个姑娘，当然，她很美丽，否则，他也不会喜欢她。在他考军校这年年初，她怀上了孩子，是个男孩。若不来军校，他年底回家，在他退伍前，她把孩子生下来，不会有什么事。但是，他最后选择了军校。军校学员不允许结婚，更何况生孩子。他与媳妇商量，打掉了孩子。

我永远失去了我的儿子。他说。

我亲手杀死了我的儿子。他说。

王守富说，阿掌，你别没事找事，在这里胡说八道。你让学院知道了，就是个事儿。儿子没了，军官也丢了，你什么也没有了。听我的，赶紧收拾，赶紧去报到。

我努力摆脱自己的沮丧情绪，安慰他说，你还会有儿子的。他说，会有的，但是，他只能是我的另一个儿子。我的第一个儿子，永远失去了。

既然失去了，那他命中就不是你的儿子。我说。

我有罪，他说，我是杀人凶手，杀死了自己的亲生儿子。他说着，举手，扇了自己一个耳光。他说，我才知道，你们为什么要叫我阿掌，我的确欠“掌”。接着他又扇自己的脸，我抓住了他的手。我说，你不要这样。

我与何其撑之前交往并不多，这次席地而坐，升华了我们的友谊。

4

学员毕业，学院组织两项大的活动，除了毕业典礼，还有告别仪式。告别仪式在会餐之后的第二天上午进行，上午八时，所有毕业学员，身着迷彩服，背着行囊，从学院步行到湘江边，统一从黑石渡出发，离开。

在黑石渡畔，学院政委发表离别赠言，要求我们像当年的红军战士一样，发扬一不怕苦二不怕死的革命精神，从这里慷慨出发，扬帆起航，奔向工作岗位，在祖国各地，建功立业。

而后，院长宣布出发。毕业学员顺次登船，过江，气势浩荡。

学院选择这样的离别方式，就是要让毕业学员有强烈的仪式感、荣誉感。学员乘船过江后，江那边的码头上，有学院汽车连的车队迎接，载他们直奔火车站。

平时没那么多班次的船，离队那天，很多船舶公司老板，免费出船，配合学院行动。军民鱼水一家人，我们曾经帮他们抗洪抢险，保一方平安，他们没有忘记。

学员奔赴的目的地不一样，车次不一样，一天出发好几拨。学院早就帮学员订了火车票，也与火车站军运处进行了协商，力争毕业学员，一天内走完。这既利于工作完成，也容易形成送别学员的浩荡气势。少数学员，去的地方太遥远，或过于偏僻，没有合适车次，第一天走不了，中队打报告，学院备案，第二天离队，但第一天，他们同样身着迷彩服，不带行囊，跟着大部队前行，从黑石渡乘船，过江，与第一天离去的战友同去火车站，然后，乘坐汽车连的车，回到中队。

他们的角色是送行的小分队，像去送别亲人。

告别仪式为什么选择水路，为什么是黑石渡，我不知道，我既没在出发的队伍里，也没在送行的队伍里。我既没体会到那种悲壮，也没感受到那种强烈的离别仪式感。我是我们中队唯一没有乘船过江的人。我留下补考，没有拿到毕业证，我没有资格从黑石渡出发。我内心只有羞耻。

李大林没有第一批离校，他返回后，第一时间坐到我身边。他安慰我，说，学院是用这种方式，纪念湘江战役。湘江战役虽然不在此段，在湘江的上游，但红军战士的鲜血，流遍湘江，流到过黑石渡。李大林还说，学院政委说过，把出发地选在黑石渡的另一个原因是，参与湘江战役的很多湖南籍战士，尤其是黑石铺周边的战士，是从黑石渡出发，踏上革命道路的。

你不用遗憾，李大林安慰眼角挂着泪珠的我说，那只不过是祭奠革命烈士的一种形式，祭奠亡灵，我们代表你了。

我朝他苦笑道，没事，没事。

九（1）班的“高人”王守富，不但个子高，智商也高，情商更高。他已同马德礼商量好，毕业后，直接把他妹妹马德芳带到丹东，过他们的幸福生活。他自然没有同大部队走，充当一次送别的“亲人”后，回到我们九中队。郑爱武情况类似，他在最后关头，也联系了一个河南妹，据说长得像明星，在驻马店工作，而他的部队，就在驻马店郊区。

他们是幸福的。军校毕业了，当军官了，媳妇像早就等候在某处，一下子，都来了。

我羡慕、嫉妒，只觉得酒劲上涌，头晕眼花，宿舍发生的一切，像是荧屏在晃动。

我翻转身睡去。我一气睡到第二天，太阳照进宿舍。已经没有记忆，只觉得像是做了个梦，一个悠长的梦。我慢慢清醒过来时，看见几张床上空荡荡的，只有李大林和王正君的床铺上还有被褥。其他人都走了。昨天他们从黑石渡走的，他们几乎都没向我告别，或许看见我在熟睡，或许怕我伤心。

我在走廊里碰见了罗厚兵，我们偶尔开玩笑叫他落后兵，他却样样先进，被校方看中，留校任教。留校任教，大都从本科队挑选，他一个大专生，是特例。我硬着头皮祝贺他，他摇摇头，说他放弃了。他说，他不想在一个没有激情的院校里，当一个老气横秋的沉闷教员。他说他的事业在基层，他喜欢带兵训练，必要时，他还要带兵打仗。

我申请去新疆，南疆某边防旅，那是我的老部队。他说，已经被批准。

我想起他不让我去西藏，感到自己受了骗。我说，你不让我申请去艰苦地区，你是怕我抢占了你的名额。他说，不是这样的。你跟我不一样，我是要搞专业的，我将来要带兵打仗。你带不了兵，也打不了仗。我看啊，你就当个诗人吧，你适合当个作家，写诗作文，写我们军人。

我的未来，竟然被他言中，多年以后，我成为北部战区一名专业作家，写军旅小说。但当时，他的话，我一点也没在意，因为在我看来，当一名作家，是遥不可及的事。

我望着罗厚兵，说不出佩服还是嫉妒。他被留校任教，我被迫留下补考，这中间的差距，无法用尺子去度量。他放弃留校，挥挥手，走得那么洒脱。再看看我自己，窝囊废一个。

我差点又要流泪，但我忍住了。

5

黑石铺的天气，像蒸笼，热浪滚滚。

值班员告诉我，石竹山往中队来电话了，从明天起，我开始接受他的补课，一对一教学。

现在的时间是正午，我那么强烈地想去黑石铺。我说不清有什么东西让我留恋，它是我生命中的一块版图，将在我的记忆里无法抹去。太阳毒辣，我在一棵白玉兰旁，寻一块石头坐下。我看见对面的云顶发屋，想起它的前身是香溪发廊，继而想起香香、西西，接着想起周善仁，更深的伤感涌上来。

时间还早，我不想这么早回中队，空荡荡的宿舍楼，空荡荡的天井，我难以面对。

我走到黑石山脚下，沿着那条曲曲折折的蛇形路往上去。我想上到最高处，坐在那块红石顶上。有人说，它的形状像一只青蛙，他们叫它金蟾，也有人叫它癞蛤蟆。我觉得都不像，那只是他们脑子里的幻想。这块大石头，更像一本翻开的书。

我的思绪回到以前，校长给我们下达学员令的那天，我们到这山顶祭拜七名烈士。我凝望这块石头，的确，它于黑色中有着暗红。我惊讶的是，独处于这片多个生命消逝的幽静之地，我没有一点恐惧，或许因为他们是烈士。

我站在红顶石旁，能看见不远处的湘江卧在大地上，像一条银色布带在风中飘动。目光向南，黑石铺的全貌尽收眼底。往东看，能看见荒凉的山坡上，有一个院落，一个大院子围着一幢二层楼房。我们第一次登上黑石山时，就看见了它，只是当时不知道它是光荣院，现在知道了，那里住着战争中伤残的老兵，也住着周善仁。

山顶的风，有着一丝凉爽。一直晕乎乎的脑子，慢慢地清醒，昨日灌进去的酒，应该是消化掉了。我决定往回走，在这悬崖之上，站的时间一长，便滋生一个欲望，想飞身而下。

我起身，忽然听见有人喊：赵多！我回头，定睛一看，是李大林。

我问：是你，你怎么在这里？

他说，我是来找你的。

我问，你怎么知道我在这里？

我们不顺心的时候，不都喜欢来这儿坐坐，放松心情吗？他说。

他急忙上前，抓着我的手。我说，你是怕我跳下去？他说，不是，不是的。你这么乐观，怎么会跳崖？他虽这么说，手却暗自用劲，把我抓得很紧。他说，补考的事，不要放在心上。我刚才在学院里碰见石教员，他说，补考，只是给你个教训，肯定会让你及格的。

我知道李大林是在安慰我，教员不会说这样没头脑的话，即便他想让我及格，也不会把话说出来。

我们踏着满山的黑石往下走。这些黑色的石头，是地壳运动留下的痕迹。我想，那么我呢，我们来到这座黑石山，又能留下什么？

我们下到黑石铺，在镇街口碰见了王正君和牛娃。他俩散着步，欢声笑语。王正君看见我，停止了笑。他进到一家小卖店，买了两个冰激凌，向我们走来。牛娃并未跟着他，只远远地站在那里。王正君递给我一个冰激凌，说，对不起。我说，你请我吃冰激凌，为何说对不起？他说，有一件事，我一直瞒着你。我以为他要说牛娃的事，这是在我伤口撒盐。我拔腿想走，他说，其实，你完全可以不补考的，那天石竹山的“串讲”你没参加，是我告的密。他抬眼看了我一下，说，我不是故意的。

他说事出有因，说，那天晚上“串讲”结束时，石竹山走到他身边，问他：赵多呢？他说：去看本科生毕业晚会了。

我没心没肝，说完就后悔了。王正君说。

我心里陡地一沉。不参加辅导，是不尊重教员的劳动成果，是对学习的不屑，这种状态下，你没考好，他怎么可能放过你。

他说，的确不是告密，是失误。这不，我补偿你来了。我陪你两天。

我说，不用你陪。

他说，我明天才走，与牛娃一起走，我们一起到东北，牡丹江，我叔是一个高中校长，他让牛娃上他那个高中教书。

我心里像被什么东西堵住了。

他一手搭在我肩上，对我说，走，到江边散步去。我没吱声。他说，走吧，散步就是散心。

他没让牛娃跟着，让牛娃自己回了宾馆。牛娃倒也听话，一脸微笑着离去。

李大林说他走不动，要回去歇息。

我跟着王正君，穿过一座小山，一片稻田，来到湘江边。

燕子飞得很低，像箭一样在浪尖掠过，有时成行，有时交织在一起。累了，它们就俯冲到沙滩上。叫声悦耳。

燕子生动了湘江，我说。我努力让自己的话富有诗意，其实是在努力掩饰自己。我从来没有过这么强烈的挫败感。

我说到燕子时，想到了晏燕，心又一沉。

不，是你生动了炮院。他说。

他很少开这种玩笑。他更喜欢的是调侃，是嘲讽。现在，他说了，舌头舔着自己的嘴唇，微笑着，一脸生动和喜悦，完全没有一点将要离别的伤感。他当然不会伤感，他和牛娃就要开始新的生活。

天很热，但湘江的水和波浪，还有江风，偶尔带给我们凉爽。我的心情也随之平静下来。

我们走得不快不慢，反正是散步，漫无目的。他再次说到牛娃，他说，牛娃真好。我说，你不要跟我说牛娃，你就不能不在我的伤口上撒盐？他说，你不喜欢牛娃，她也不适合你。

你从未对她动过真感情。你只是在利用她，利用她填补你内心的空虚。

我惊骇。我的内心，被他看在眼里，似乎真是那么回事。他说，你别那么压抑，不就是补考吗？补考还能不让你及格？想想周善仁，他要是能补考，那该是多么幸福的事，可是，他连补考的机会都没有。

我仔细一想，也是。我给自己解压。我说，不怕，考都考进来了，还能考不出去吗？他说，你这么想就对了。

他眺望远去的江鸟，说，不过，还是要认真地复习，从来就没有绝对的自由。你看它们，他指着江鸟说，看起来自由自在地飞翔，却只能在这片水域，这片江滩。它们也不能每天都这样，刮风，下雨，电闪雷鸣的时候，它们不得不找一个洞穴，或一簇树叶躲起来。哪里有绝对的自由。

我笑了，说，你回去别搞专业，改政工吧，搞政治工作。你越来越“哲学”了。他笑道，我就是这么打算的。

日头正毒，晒得我浑身冒油。我埋怨王正君不该这么大热的天带我来散步。王正君说，要走了，加深一下我俩在一起的印象，免得你一到部队，就把我给忘了。我说，怎么可能，永远忘不了。他面露惊喜，问，真的？我说，可不，你的那张嘴，嘲讽过我多少次。他搂一下我的肩，笑道，东北人爱闹。没把你编排进“二人转”，损你一顿，就不错了。

太阳更毒。汗流浃背。他说，洗一下吧。湘江的水流汹涌，我们找了个浅水湾，脱了衣裤，趴伏在水里，根本不敢往深处去。

很惬意。东北人旱鸭子多，但王正君不是。他在我们九中队，也算是多才多艺。我裸身站起来时，他手里举着相机。相机在他准尉短袖军服宽大的口袋里，也不知他啥时候拿在手里的。他对着我连连拍摄。我吓得直躲，他说，怕啥，这里除了我俩，别说人，鬼都没有。

那是一个简易相机，比烟盒大不了多少，很便宜的那种，是他在百货商场猜谜语得到的，这使他骄傲了很长时间。他一出去玩就带着，似乎不仅是为了照相，更多的，是提醒我们，别忘了他的那次辉煌。

作为"报复"，我也要给他拍裸照，他就赤裸地站在岸边。他倒大方，摆了几个Pose。这个东北人，个子比我矮一厘米，腿间那玩意儿，却很壮硕。

水面映着我们的倒影。

我思绪翻飞，在宽阔的水面上，没有阻力地飘向更远处。

王正君令我羡慕的地方很多。

他长着一张可爱的脸蛋，这张脸永远乐呵呵的，他生气的表情，也让人觉得是笑着的。这张脸使他看不出年龄，像十六七岁，也像二十岁。王守富说，他这张脸，六十岁也会是这个样子；他学习不刻苦，像玩似的，但每门课成绩都好。王正君说过，他还会回到炮院来的，他要杀回来读研究生。我说，为什么一定要杀回这个学院，这个学院的研究生班没有名气，干吗不到地方大学去读研究生呢？现在不少地方大学，也给部队培养人才哩。他笑笑，没回答我。我问，为了万里红？可你有牛娃呀。他只是笑，不说话。我不会再回学院来了，这是个伤心之地。我说。说完，我竟然发觉，我内心其实是留恋炮院的。我留恋黑石铺。

王正君今天这么开放，是在逗我开心吗？他是在赎罪吗？他何罪之有？他一定是觉得对不起我，比如，他无意中说出我去看晚会而没有留下听老师串讲，比如，他“抢”走了牛娃。

我们穿衣，坐在树荫下，浑身清爽。王正君说，可惜这里不是橘子洲，要到毛主席去的那个橘子洲头更好。我说，那里人多，哪能任我们这么撒野。

这里是湘江的宽阔处，它宽广得几乎看不见对岸。高远的天空蓝得纯净，像大海。但我知道，这不是海，是江，是湘江。帆船失去了本来的颜色，在浪的远处，看上去像消失了。有的船，上面还有帆，但没有风，帆似乎仅仅是一种摆设，让船行走得更有诗意。

远处，水鸟忽起忽落，一阵江风吹过，另一阵江风又来。浪追逐着浪，像是在歌唱。我遥望眼前，一片苍茫，忍不住又要落泪。

王正君笑我：诗人就是多愁善感。

九（1）班的同学叫我诗人，多半是开玩笑，但并无恶意。

西边的天空变了颜色，暗淡了，似乎是突然之间，我们看到一抹霞光。河边稻田里的青蛙，跳跃得频繁了。它们开始了它们的鸣叫。

6

回到黑石铺，王正君把胶卷取出来，交给拥军照相馆的老板娘，我以前没仔细看过她，原来她是一个很漂亮的女人。周六周日的时候，她会进到我们中队，上门服务。她年轻，比我们大不太多。因为是生意人，总是一脸笑，让我们对她有好感。我们有时忍不住在内心对她不怀好意，比如这次，王正君把胶卷全部交给她，里面可是有我们的裸体照。

她叫我们晚饭后去取，说是加急洗相片，但不收加急钱。她知道我们都急着去部队报到。

走在学院的水泥路上，我们猜测，那个年轻的少妇把我们的照片洗出来，会是什么样的表情。我们走一路笑一路，多少天来，我没那么开心过。可是，当我们去取照片时，我们的裸照一张都没有。我不吱声，王正君说，还有哇，还有好几张呢。她说，没有，有的都洗了，有的可能曝光了，就没洗出来，废了。她说着，笑了，脸微红。自古湘女多情，她笑容间，露出江南女子特有的妩媚。

事后，王正君自叹弱智，说，这些生意人，精明着呢，肯定把我俩的照片洗出来了，舍不得给我们，当艺术照，等我们走了，她拿出来，挂在照相馆，宣传她的洗相技术。

这自然又是他的臆想。

王正君说，明天我就走了，与牛娃一起走。他一提到牛娃，我就来气，觉得自己上当受骗了。我不顾他陪我半天，翻脸骂他不是东西，什么童男，什么独身主义，都他妈的扯淡。

他嬉笑道，人，总是在变嘛。也许，你的那个晏燕，已经爱上了你呢。

我说：滚！

王正君滚走之后，他的身影在我眼前脑海暂留了很长时间，他是个机会主义者，他太聪明了，聪明得可怕。这么下去，他早晚会栽跟头。果不其然，后来在我们军校毕业二十年同学聚会上，我到了那个星级宾馆就找王正君，说实话，我很想他，我想摸一下他那个圆圆的脑袋。我没见到他。王守富告诉我，别找了，他进去了。我问，进哪里了？他说，还能是哪里，号子里。我愣了大约三秒钟。我问，啥事。王守富说，拉皮条，给人办事，从中“抽条”，与总部×××联系上了。

我震惊了，按正常推算，他应为副团级，竟能与这么大的官员勾搭上，也算是牛人。

漫长的夜终于逝去，王正君走了。牛娃在黑石铺与他会合，他并没把牛娃带到学院，也没让我去黑石铺送他们。他怕我伤感。

九（1）班，又少了一卷铺盖，空出的床铺，使宿舍显得空荡荡的。我的上铺还是李大林。我问他，你为何还不走？他说，他学院这边还有些事没处理完，好像是档案里缺件，需要补，但他并不上学院去，而是陪着我。我问，你莫不是找借口留下来陪我？他憨厚一笑：我没那么伟大。但我感觉到，他是故意留下来陪我的。我心里酸酸的，很感动。我上去与他拥抱，其实是想他拥抱一下我。人在失意的时候，是多么需要一个拥抱啊。但他像一面厚厚的墙，我怎么也抱不紧他，他也无法抱紧我。

他们都走了，我让李大林把被褥抱下来，找个下铺睡，他不，坚持睡在我的上铺。他说，习惯了，就像习惯了抽烟。这种比喻并不贴切，我不去细想，他愿意，随他去。

我后来好几次做过这样的梦，梦见我去某个地方培训，我俩住在同一个宿舍里，人多，我们争抢着床铺。他总是落后，没抢着下铺，总是睡在我的上铺。

第二天，李大林留下陪我的事，得到了证实。他不仅是留下来陪我，还负责看着我，据说是怕我跳楼。前年二大队一个学员，也是射击考试没及格，留他补考，他从四楼一跃而下，当场死去。

我说，你不用看着我，我没事。我说着，掀开被子，往里一钻，结果用力过猛，把褥子揣跑了，床板上露出无数照片，都是九中队熟识的同学，我眼睛一热。我觉得他们冷漠，不辞而别，原来他们是怕我难过，都用这种方式，留下了纪念。每一张照片背面都有签名，写着赠言。

看着他们的照片，思念像晨雾，那么浓烈地扑面而来。离别，真的是思念的开始。

我吃了两天方便面，李大林说，这东西不能再吃了，去食堂吃。我们就在石竹山给我补完课后，去了食堂。

饭后，李大林出了几道射击计算题，让我推算。他说我的答案不准确，推计算盘的动作不规范。看我的，他说。我就看他，那是一双劳动者的手，过早地出现几条曲折的血管，像蚯蚓爬行。他的脸依旧胖而端正，被太阳晒得发黑。他居然开始秃顶了。他那黑色的眼睛，比以往更加阴郁，或许，是黄昏光线暗淡的原因。

按照他的手法，我推计算盘的速度加快，精度也提高了。我说，你留下来陪我，我真感动。他说，我说过，我不是陪你，我自己有事。就算我是留下来陪你，你也不用感动。第一个寒假，你不是也留下来陪我了吗？

他不知道，那次我陪他，其实是逃避。我逃避我那个家。

三楼卫生间，有一条暗梯，通向屋顶。那是消防暗梯，不让锁死。留下补考后的那些日子，每当黑夜来临，我和李大林都爬上屋顶，坐在中央，仰望星空。繁星满天。我们凝望繁星，感到自己，就是其中一颗。

最后的一个晚上，我们看到一颗流星，它在深蓝色的夜空陨落。李大林莫名地伤感，他说，他觉得那颗流星是他，他将会是我们同学中，最早离开的那一位。我说，你不要这么想。他说，我自己知道，嗜烟如命，早晚要得肺癌。我说，那你就戒掉。他说，戒不掉，也不想戒。他说，生命不仅要看长度，还要看宽度。活着没滋没味，长命百岁，又如何。我说，你实在戒不掉，每天少抽两根。你那么壮实，没事的。

补考前一天下午，石竹山教员给我串讲，把明天上午要考的题型给讲解了一遍。第二天，天空晴朗，有风，我心情舒畅。上午，我们坐在一间大教室里，做着理论题。我说是我们，而不是我自己，因为补考的人，竟然有十几个，只不过我们中队只我一人罢了。我考试的时候，李大林像一位家长，一直在教室外徘徊。他似乎比我还紧张。事实证明，串讲是有用的，有多达百分之八十的原题，出现在试卷上，这样的考试，如果还过不了关，那只能说考者弱智。

下午实弹（枪代炮）考核前，石竹山对我说，理论考得不错，实践要更上一层楼。

白玉兰纯白地开着，香味令我莫名兴奋。我稳坐实弹射击场观察所的位置。石教员在离我三五米远处，给我指出目标点，每个目标点，要求在半个小时内，下达射击诸元。共三个目标点。

第一个目标点，一条河上的一座桥；第二个目标点，铁路与公路的交会处，涵洞；第三个目标点，更干脆，798高地上的碉堡。这么明显的目标点，石教员显然是要放我一马。我也争气，每个目标点，只用一半的时间，就计算出了射击诸元，下达了射击口令。

第一个目标，第一发子弹发射出去后，没有动静。教员问我，什么弹？我说，远弹！我普通话不标准。他说，什么软弹硬弹？远多少？我说，远得看不见。他说，那叫不见弹。

重新计算射击诸元。

重新计算后，再发射，命中。后两个目标，是一次命中。目标点上，都埋着一包粉尘，只要击中，尘烟四起。望着目标点烟尘翻滚，我内心多日的阴霾被炸开。仰望苍穹，天空晴朗。高大的白玉兰树，带来阵阵清香与凉意。石竹山鼓掌，都说孤掌难鸣，但那天，他的掌声，在这空旷的射击场，旱雷般响彻。他说，回去准备准备，抓紧到部队报到去吧。

我没有像我想象中那样飞奔。我站着不动。我问石教员，是因为那个晚上，我去看本科生毕业演出，无视他的考前辅导，他才故意让我不及格，还是我真的没考好。他给了我一个模糊的答案。他微笑着反问我：你说呢？

我不再追问，我想，事情都过去了，不必纠缠，我要做的，是去我该去的那个部队报到。

射击场门口，李大林在等我，按照我的吩咐，他买了一个西瓜，一个哈密瓜，在一个布提兜里。他把布提兜给我，我塞给石教员就跑。我说，天太热，你凉快凉快。石教员说，回来，拿走，搞么事，一点也不严肃！

我和李大林钻进路旁的一片风景树林，沿着林中若有若无的小路，回到中队。

队长家没搬过来，回浙江了。教导员在。我去向他汇报，说射击补考过了，石教员告诉我可以去部队报到。教导员说，好。我生性敏感，多疑。我问他，教导员，李大林是你特地安排看着我的？

他说，是他自己想留下来。再说，他是陪你，不是看着你。

我问，你怕我自杀？

他说，不，怕你寂寞。

他又说，一个人想自杀，是看不住的。凭我对你的了解，你不至于走那条路。我说，可是，会餐那天，我特别难受，真的想到了死。

他说，你不会死。我说，万一呢，万一那天我想不开呢？听说前几年二中队就有一个，因被留下补考而跳楼。教导员说，真要想不开，谁也拦不住。真要那样，你就是个孬种，死不足惜。一个补考都承受不了，将来怎成大器？人生路上，挫折多着呢。这补考，算不上挫折，只是一个小插曲，你看，你不是闯过来了吗？

泪水滑过我脸庞，我急忙逃离。

第十七章　难说再见

1

离开黑石铺的前一天，我决定提前去向肖正荣告别。我去时，看见他的门半开着。我先是听见了哭声，接着看见了惊人的一幕：马德礼突然跪在地上，给肖正荣磕了个响头，接着是抽泣。这太奇怪了。我不相信这是真的，这太像是我的一个梦境。我把我看到的说给王正君听，王正君说，这是真的，他应该行这么重的礼。马德礼的好人好事，是马德礼自己导演的，他救人的那个村子，其实是他姑的村子，那个被救的小男孩，是他姑家的邻居。这事，后来有人写信，反映到中队，肖正荣压下去了。肖教导员说，宽容一个人，比处理一个人，更能挽救一个人，尤其是年轻人。

我说，这么说来，王守富也应该感谢肖教导员。如果马德礼被开除后，不再回到中队，他怎么又能认识马德礼的妹妹马德芳?

马德礼还是给他抄答案，才被劝退学的呢。王正君说，世间的事，真没法说。他们两家人呀，牵不断扯不断，是八百年修来的缘。

我说，王正君你不够意思，你们还有多少秘密瞒着我？阿掌的，马德礼的，你自己的。你们没有任何人告诉过我。王正君拍拍我的肩，说，别觉得委屈，这事怨不得别人，怨你嘴上少一扇门，我们不敢告诉你。

他说这话时，正在门角抽烟。我伸手要去抽他嘴里的烟，他躲开了。我就出门，不理他了，一个人望着空荡荡的天井，突然想起周善仁。我想去与周善仁告别。未及张口，李大林在背后冲我喊，赵多，我知道你在想什么，咱们去看周善仁。我说，好哇，我们想一块儿了。

我审视光荣院。它过于简陋，就像一间被遗弃的旧工厂。相比那些干休所里的花圃、假山、古松、小桥流水，它的确太寒酸，但它有一个很动听的名字：光荣院。

我和李大林见到了周善仁，他就坐在水泥墩上。我们老远就看见了他。近了，他依然神情漠然，两眼空洞。他太瘦了，仿佛一阵风就能把他吹倒。他走路迟缓。

我们都做好了准备，等着他问我们：你认得我吗？我不认得你。但是，他没有问。每次，他都这么问我们，这次没有。

我们看着他，叫他的名字，他没有任何反应。他的病是更重，还是减轻了？

我们没给他买水果，也没给他买零食，这都不是他在九（1）班时的最爱。我在香溪发廊边，给他折了几枝栀子花。往年这时节，栀子花已谢，今年不知为何，它们顽强地盛开着。

我希望这浓烈而不刺鼻的香味，能唤起他的回忆。我希望他像先前问“你认得我吗？”那样，好歹表明他知道站在他面前的是人，现在，他怕只当我们是他面前的两个木头桩子了吧。我们没有形成对话，凝望片刻，除了心痛，没有别的感觉。李大林说，走吧。他的声音湿淋淋的，显然在暗自落泪。

我把栀子花递过去，他没有反应。我把花一直递到他的眼前，他凝望着栀子花，眼睛里突然有了光亮，那不是因为花的白色的映照，那光亮的确来自他的眼睛。他突然把脸埋在花中。我们惊讶地望着他。我渴望我的良苦用心起到作用，渴望这几枝栀子花能将他唤醒。李大林的心情，应该与我是一样的。我们满怀希望地看着他，片刻，他突然推开花，神情恢复成先前的漠然，目光空洞而虚无。

他回到他自己的那个世界了，那个我们无法揣摩的世界。

李大林说，他需要更多的人，更多的花，或者别的东西，来诱惑他，刺激他，也许能被唤醒。可是，都走了，西西走了，我们也要走了。

我说，下次我们再来看他。李大林没有回应我。天南地北，迢迢千里，下次？我的话，我自己都觉得虚无，都不像是我自己说出来的，它更像是这空荡荡的光荣院里，某个角落里的回音。

天微黑，夜幕降临，空气中弥漫着细微的水雾，黑石铺的黑石路湿漉漉的。鸟儿就在有夜露的树上叽叽喳喳地叫着。透过巷道，能看见不远处的田和地，田地边的麦秸垛或稻草垛，在雾中，像一座座朦胧的小山。

我们不再谈论周善仁，都沉默着，像远处沉默的稻草垛。但是，我们知道，彼此心里插着刀。我们不再谈论他，可谁能真正忘记他，忘记那个有坑的血葫芦一样的脑袋呢？我们只渴求时间能消磨我们尖锐而疼痛的记忆。

我们心里清楚，我们这里说的周善仁，其实是他的双胞胎哥哥周善德，真正的周善仁是他弟弟，在他入学前那个夏天，为救落水少年，不慎溺亡。

我所熟知的生活，已然被现实和记忆混淆，就像我们已忘记，他其实就是“周善仁”的哥哥周善德一样。只有悲伤，那么真实地存在着，波浪一般扑上来，焦虑也随之而至，开始蚕食我的心。

2

这是我和李大林在学院待的最后一个夜晚，我们从天窗爬上宿舍楼顶。我俩坐在房顶，仰望头顶的启明星。星光越来越明，体育场的灯光，就显得暗淡了，最后融到黑暗中去。夜风吹走了空气中的闷热，黑暗使人感到凉爽。

李大林抽着烟。我不抽烟，就看着他抽。烟像是他的敌人，他一根接一根，凶狠地抽，似乎仅仅是要将它们消灭。烟就像一只只孤独的萤火虫，暗了，亮了；亮了，暗了，无声无息。他不说话，我也不说话。他制造着“萤火虫”，我看着那闪光，各人想着各人的心事。我们都知道，彼此这一刻想的是什么。无非是我们要去任职，当排长的那个地方。

很多人找关系，想分到离家乡更近的部队，或者回原单位，李大林却坚决要到艰苦的地方去，去西藏。那么高，那么遥远。他本来是要上海岛的，结果，去了西藏，西藏比海岛，更艰苦。他申请去，自然就被学院批准了。

我猜测，他是在努力摆脱、逃离，他想远离他那个丑女人。

果然，他问我，你会娶一个什么样的人呢？到时候给我邮张照片。我说，我歪瓜一个，裂枣一枚，能找啥样的，一定是个丑妹子。他说，再丑也不会丑过我的女人。我说，可能吧，但是，要想找到你媳妇那么贤惠的女人，也很难。

他说，算了，不说女人了，我们没有爱情的时候，还有很多别的东西。他自己说不说了，却还是在说。那天，他的话，差不多超过他三年军校期间话语的总和。他说，我想开了，人哪，怎么都是一辈子，我回去，安心工作，如果我那个兰花花一定要跟过去，我就跟她好好过日子。

经过三年的军校生活，我们似乎都成熟了。

李大林提到兰花花，我想起我还是孤独一人。我想起晏燕，觉得应该去跟她告别一下。

为了忘却的告别。

我去了湖南师范大学。她们比我们毕业早，大都出去找工作了，只有少数人还留在学校。我知道她的宿舍。我敲开那扇门，没见到晏燕，有两个女生，在里面看着各种传单，可能是招聘简章。我问到晏燕，一个女生递给我一封信，说是她让交给我的。

在信中，她说，我知道你要来找我（她连我的名字都省去了），但是，你们军人是没有根的，看似粗壮，其实如水上浮萍，号令到哪里，你们就到哪里。

她说，残酷的现实架不起爱的鹊桥。

她怎么会有这种想法？莫不是我给她的信，或者诗句，流露出了我对她的爱慕？我记得我的信里，自始至终没出现过一个“爱”字，她也没有，这次，她却说了，说“爱”，说“爱的鹊桥”，但她加了别的：“残酷的现实”“架不起”。

这封信不像是只写给我一个人，像是写给我们所有黑石铺的学员的。

我眼前出现的，不只是文字，是声音，像她在朗诵诗，声音哀怨婉转。我抬头看天，残阳如血。

回想，我对晏燕其实并不狂热，不是不爱，是不敢。

“人生若只如初见，何事秋风悲画扇。”如果当初晏燕不到我们九（1）班走一遭，我的离别，或许不会这么伤感。

我选择了海岛。我没有回到我该回去的那个地方。我对海岛一无所知，是李大林对那个海岛的讲述，让我对它充满向往。这个海岛，就是李大林先前所在的部队驻地：浪遮岛。那海里的巨浪，除了遮挡那座孤岛，能遮蔽我过去的某些不光彩吗？它会不会成就我的文学梦？

我俩买的都是晚上的火车票，太早的没座位。时间还早，李大林说，我们到江边散步吧。我说，我昨天刚去过。他说，去过再去，反正闲着无事。我说，我去过，就不想去了，去黑石山吧。李大林说，昨天你去过。我说，我还想去，我喜欢登高远眺，连带着江水也看了。李大林说，天在下火，去黑石山当烤肉？还是去江边靠谱。我没回应。他说，王正君走之前，你陪他去过江边。明天我也要走了，你为何不陪我去？我说，你不是晕水吗？他说，不晕了，早就不晕了。

他望着我，等着我的回答。我想，反正闲来无事，就去吧。等待列车出发时间，的确是一件难受的事，还不如出去走走。

3

行到黑石渡，已是正午，渡口行人稀少，阳光直射如火，鸟儿飞得不知去向。

我们下水吧。李大林说，他们从黑石渡乘船出发，你没有。今天，你也走水路，游泳，比他们更悲壮，不过，象征性地，不必游过江去。是个形式，弥补你没从黑石渡出发的遗憾。

原来他是为了我，我感动得差点落泪。那几天憋屈，动不动就想哭。

我们下水。我知道他的水性，让他就在浅水湾，他点头表示赞同。他比王正君文明，没有脱得一丝不挂，保留了八一大裤衩。江风吹拂，大裤衩像一条裙子，裹在他肥胖的小腹和粗黑的大腿上，看上去甚是滑稽，我忍不住笑。他问我：你笑个甚！我没法回应他，笑得前俯后仰，合不拢嘴。他坐到水里，站起来时，湿淋淋的短裤紧贴他的裆，突显出他的雄性特征。我说，哥啊，你可真是个人物。他不明白我所指，朝着我傻笑。

我下到水里。我有些累，不往前行，躺在水中，仰望蓝天，自由自在。那种感觉真好。浅水湾微波荡漾，我随波逐流，好像是躺在摇篮里。也不知过了多久，我感觉像自己在水里睡了一觉，等我翻身从水里立起头来时，发现李大林不见了。我大喊，岸边无一人影，周围没有回音。他莫不是被水浪冲走了？我细看，他在离我很遥远的水面，往更遥远的地方游去。

我惊骇地望着越来越小的他，虽然他现在不晕水了，但他水性不好，这对于他，简直是自杀性的游戏。我向他快速游过去，就在这时，我感觉到了风，一股很强的风。接着起了浪。那浪有一尺高，不断地打向我，一次次将我的脑袋淹没，我无法前进。几个浪头之后，我再看李大林，他越来越小，缩成一个黑色的点，那是他的脑袋。很快，他的脑袋也看不见了。

我向那个黑点消失的地方游过去。因为在水里，人的视线低，一两里宽的水面，像是海一样无边无际。浪打过来。我害怕了。我停止前游，上到岸上。我想到了死亡。我想，我不能死在这里。我们两个要是都淹死在这里，连个报信的都没有。我们的尸体，就只能喂鱼。

我胡思乱想。我想了很多。我想，即便我游到他身边，他也已溺亡了。我要么找不到他，要么看到的，是一具尸体。我甚至可能连我自己都看不到，因为我很可能也变成了尸体。

我这么想着，无边的恐惧，像江风一样将我包裹。四野无人，上游不远处，废弃的黑石渡，空荡荡的，死一般沉寂。

我向学院奔去，我首先想到的是找中队干部，队长或教导员。我沿着田埂，一个百米冲刺之后，被灌木绊倒。我爬起来，准备继续奔跑，江边吹来的风，带着细密的水珠，这股凉爽让我头脑冷静下来。我突然意识到，这件事不能让队干部知道，那样我势必受牵连，弄不好会遭到怀疑，甚至被保卫科抓去审讯。本来就是补考，报到时间被推迟了，这件事万一再说不清，没完没了地审讯、交代，耽误了报到，这三年军校岂不白上了？不能成为一名军官，何谈前途？

一阵前所未有的恐惧袭来。我不敢回到江边，也不敢这么回学院。晚上就要去报到了。那一刻，我横下一条心，决定将李大林的事埋在心里，不告诉任何人。我悲痛，可是他自己要自杀，他明知自己水性不好，却努力游向江心，这就是他自杀的方式。他自己要死，我有什么办法？他死了，我得活着，我不能因为他，一个已经死去的人，把我的未来搭进去。

我努力地说服自己，不让自己流泪，更不允许自己号啕大哭。我劝说着自己：是他自己要死的，是他自己要走这条路的。

我与李大林来到江边时，正午无人。那时候，九中队除了我和李大林，都走光了，中队就没设值班员。那时候没有监控，只要我矢口否认曾与李大林去过江边，这件事，也就只有鬼知道了。当然，还有一种情况，就是李大林站在我面前。现在看来，能站在我面前的，只能是他的魂。

回到中队，我却犯难了。不辞而别，那他的行囊呢？这么看来，他只能是“失踪”，且在我们九中队失踪。我应该立刻就走，去城里。那时候没有手机。我进到城里，就像鱼游进了大海，没人会想起我，他们找不到我。等列车出发前一刻，我踏上去，装作对今天下午发生的一切一概不知。

但是，我害怕了。我呆呆地坐在我的床上，李大林的东西还在上铺。我那么坐着，脑子里一片空茫。偶尔清醒过来，我就告诫自己说，该走了，晚上的火车，该走了。但另一个我在无形中拖延着时间，不让我即刻出发。我呆坐在那里，其实不是等待，不是想带走什么，而是想留下什么，比如李大林。我想把他从我心里彻底留下。他在我心里拖拽着我。他太沉了，我带不走他。

窗外的光线暗了些。不能再等了，再等，我就赶不上晚上的火车了。我抓起背包绳，正要将背包背上肩，一道阴影挡在门口。我定睛一看，是李大林。

他的确是以一个“鬼”的形象出现在我面前的。许多年过去了，回想那一瞬间的感觉，我依然心有余悸。

李大林穿着半干半湿的衣服，几乎将整个门堵上。夏日炽热的阳光并没有将他的衣服全部晒干。紧贴在他身上的衣服暴露着他浑身松软的皮肉，不是肌肉。他双眼红肿，我不知道是因为江水浸泡，还是他眼泪的侵蚀。他像我一样哭过吗？此刻，我怀着惊慌、恐惧和惭愧望着他。我的脸烧灼般地疼。我没做任何解释，此刻，任何解释都很苍白。事实很明了：我抛弃了他，包括他的“尸首”，我抛弃得如此干净。

我想，李大林不会理我了。

他走向我。我有心理准备，我等着他暴打我一顿，即便他扇我耳光，我也不会躲闪，更不会还击。

他却紧紧地拥抱了我。

他抱得那么紧，那么真切。他真的是李大林，而不是他的鬼魂。我感受到了他的体温，他内心的震颤。他说，我以为你已经走了，到了车站。你没有，你真够意思。

我说，你不要这么说，你这是讽刺我，往我伤口上撒盐。他说，我说的是真话。我问他，你为什么要在最后上演这一出？你就是为了考验我吗？你拿生命来考验我？

李大林说，不是上演，是真的，这一关是必须要过的。

哪一关？

面对。

面对谁？兰花花？

他说是的。他说，真的不敢面对，但我从来没想到死，我只是想跟老天赌一把。我问，怎么赌，拿命赌？他说，也算是吧。他说，我到了江边，望着湘江的水，突然特别想江那边的"橘子妹妹"，疯了似的想。我就疯狂地往那边游。

我对自己说，如果我能游过去，是天意，我就去找她。我发现，我游不过去，再往前游，就是个死。当时一个浪打来，我差点被拍在水底。我好不容易才钻出水面。我没有死。这时候，在波浪声里，我分明听见我娘喊我。我就朝着我娘声音的方向游，游着游着就到了岸边。我差点死了，但我还活着。我对自己说，死都不怕，还怕那个丑婆娘？

4

我没想到，憨厚的李大林，在军校生活的最后时刻，还动这个心思，竟然想去找那个"橘子妹妹"。

那么兰花花呢，三年前，她来找他，他们在招待所住宿。我问，那次来，兰花花怀上了吗？他愣了一下，没有回答我。

他说，生命与生活无关，顾城的诗。

是的，是顾城的诗，但他死了。我说。

可我还活着。他说。

我惊讶于他竟然喜欢读顾城的诗。他是我们班最不喜欢看书的人。当我们坐在床前的小马扎上捧着书看时，他总是坐在门角抽烟，或者干脆坐在临近窗户的那个床头柜上，打开一扇窗，抽着劣质的烟。他有时抽得悠闲，烟像是他温和的朋友；有时抽得凶猛，像与烟有仇。

我心有余悸。我说，你要是真的淹死了，不敢想象。绝不是“生命与生活无关”这么简单。

黄昏时，我和李大林背着背包，向黑石铺走，走到学院大门口，我回望，操场像一口墨绿色的池塘，那里留下我们许多的故事，欢乐、感伤，都被它收藏了。

有一种栀子花的香味，从我身后飘来，循着花香，我回头望，是晏燕。我无法忘记当时的情形，灿烂阳光下，她的微笑击中了我。那一刻，我感到整个世界凝滞了。我定在那里，不知所措。她依然笑着。是你？许久，我尴尬地道一声。她说，我送你。

我不知说什么好。我以为是巧遇。她送我，我一点也不感动，我觉得，她只是来徒增我的伤感。我本来要将她忘记了。

你知道我今天走？我问。

是的，她说，张老师告诉我的。

张老师就是教导员的老婆，她的老师。这么说来，她知道我补考的事了。我扭过脸去，不敢看她。我羞愧，眼泪不可抑制地流下来。

李大林善解人意，他走得特别快，像跑似的，把我俩留在他身后。除了跑步，我从未见过他这么走路，我没想到他走路能够这么快。

我与晏燕并肩。她问我，你读军校，真的仅仅是为了“跳农门”？我说，我专业不好，我还能干啥？她说，你当作家呀，当军旅作家，或战地记者，记录军人的生活，记录未来的战争。每个人来到黑石铺，都是有意义的。她说，别说你在这里苦读了三年，就是我，虽然只是过客，但黑石铺，也改变了我。

我后来知道，此时她已决心入伍，以大学生的身份，直接转干。

等我有空，到东北去看雪。我可喜欢东北的雪呢，那么美，那么壮观，在电影里见过。

我说，去吧，我在东北等你。

之后，我俩再无话，长时间沉默。

“到东北去看雪”，她这句话，让我想起牛娃，她说过要到长沙看雪。女孩子，都喜欢雪，雪美丽、纯洁。

晏燕停下了。我和李大林走出学院的大门，走在黑石铺的石块路上，走向1路公共汽车站。路两旁是高大的白玉兰，硕大的花瓣簇拥着，带给我们夏日的阴凉。花幽幽地香着，让我产生了错觉，感到春天正在向我们走来。

第十八章　疼痛

1

二十年后，我们那批学员相聚黑石铺，不见李大林。不见人，也没有他的消息。那天王守富喝得有点多，控制不住自己的情绪，非要找到他。他说，王正君没来，李大林也没来，这次同学集会，我们一班表现最不好，一个在号子里，一个没有踪影。

表现最好的是周善仁（其实是周善德，为了叙述方便，我还称他周善仁），他竟然也来了，这出乎我们的意料。他语言迟缓，但分明恢复了记忆。他还在光荣院里。他有了专职的护理员，就是那个香溪发廊的西西。西西已成为光荣院的一名正式职工。我们每个人都快忘记她了。她那次离开周善仁后，去了深圳，先后嫁过两个男人。一个好吃懒做，没钱用了，竟然逼着她去勾引有钱男人。另一个更狠，吸毒，逼着她去卖淫。西西逃回黑石铺。她恍然醒悟，世界上对他最好的男人，还是周善仁。她找到了他，申请在光荣院当一名义工，后来变成了正式职工。她精心照顾他，无数次与他窃窃私语，周善仁慢慢恢复了记忆，生活基本能自理。

此刻，西西就在周善仁身旁。她也老了，但依然能从面部的轮廓，看出她昔日的美丽。

一巡酒过后，他们问我，你的晏燕呢？我说，你们别闹了，晏燕什么时候成“我的”了。他们笑。晏燕那年毕业，并没到东北去看雪，她被特招到我们学院，在宣传科，当宣传干事。负责学院广播，有点大材小用。没办法，她喜欢军装。有另一种传言，她是奔蔡棒而去的。蔡棒留校当教员，学校有晚会、大型会议，他们兼任主持。这对金童玉女，牵手成功。

学院并到国防科技大学后，晏燕去了国防科技大学，再后来，调到了某军事频道。蔡棒也去了国防科大，他读研，读博，留校任教。

你毕业后跟晏燕见过面吗？他们问我。这个时候，经历太多，人变得淡定。我说，见过，天天见。我说的是看新闻，军事频道。

王守富找来通联本，给李大林打电话，两个号码都是空号，微信也没有回音。越没回音，王守富越是要找到他，要痛骂他一顿。我们知道，李大林在西藏干了十年后，转业回到了陕西某县公安局。王守富在黑龙江省公安厅有哥们儿，他通过那个哥们儿，找到陕西省公安厅，两个小时后，消息反馈回来。我们其时正大口吃肉大碗喝酒。王守富将手机外放，想让我们听到好消息，甚至以为直接就能与李大林连线，听他有着浓重鼻音的陕西话，然后，我们异口同声骂他王八蛋，这么大的活动不参加。然而，那边传来的话，让我们吃肉喝酒的口大张着，许久没有合上——李大林已于去年九月离开了我们。更让人心痛的是，他原本可以不死。

去年九月十一日清晨，一名歹徒，在他工作的边防小镇嚣张，拿刀欲砍无辜百姓。李大林正好出警，歹徒拿刀砍了李大林，李大林开枪将歹徒击毙。那一刀砍得太深太狠，李大林流血过多，不治身亡。

李大林离世时四十出头，是基层一个派出所副所长、治安中队长，这职务，在我们那批同学中，算是低的，符合他与世无争的性格。

李大林的爱人就是兰花花。李大林去西藏后，她一直在家等他，伺候公爹公婆。她到底给李大林留下一对儿女。儿子刚上大学，女儿还在读初中。据说，李大林去西藏后，很少回家。在高原上一根接一根抽烟，是他留给战士们最深的印象。十年后，他离开部队，被分配到该县公安局。

我们再也吃不下肉，也喝不了酒，一个个傻了似的，坐在那里。沉默。

蓝有情一声叹息，他说，唉，大林总是照别人慢半拍，拿枪的，咋还让拿刀的捅了。真难受！

王守富说，我在公安局十年了，我知道怎么回事，不是逼不得已，他不能开枪，否则涉嫌滥用枪支，会被处理，甚至判刑。他是在等歹徒先动手，谁知歹徒太凶残，一刀就要了大林的命。

一百多号人的院落，死一般地寂静。

无边的愧疚鞭笞着我。

2

去年八月底，一天上午，我接到李大林的电话。在此之前，我们联系较少，毕业后，各奔东西，写了几封信，慢慢地就不写了。后来有了手机，却不知彼此的号。再后来，教导员让人制作了通信录，同学们的电话就都有了，但联系并没多起来。我们正值中年，上有老，下有小，各自忙，同学间没有刻意打扰，除非我去了，他来了，你到了我的地盘，我尽地主之谊，见个面，招待一下，如此而已。

那天上午，一听是李大林的声音，我特别兴奋。我当时正在高速上开车，我告诉了他，他说，那好，改时间聊。

我本想到目的地后，给他打过去，竟然忘记了。晚上，他再次将电话打过来。我们唠了两句。他问我咋样，我说挺好。

我问他怎样，他说，好着哩，之后竟然无语，时间让我们有了陌生感，好多话，需要见面才能被唤醒。为避免尴尬，我挂断了电话。

进入腊月，年的气氛浓烈，我想亲人，也想朋友，我特别想李大林。我给他拨了个电话，竟然是空号。我没多想，现在的人，换个电话号码也正常，反正明年八月间要聚会，到时见面撒野。谁知，却再也不能见。

太沉闷了。我们走出院落。我们聚会的地方是中队的老营房。十年前撤编，现已破烂不堪。黑石铺一家酒店不想失去我们这笔生意，把饭菜做好，连同桌椅，送到了我们九中队旧营院的天井里。

我走出天井，面朝操场，失声痛哭。

这时候，电话响起，电话簿上显示是李大林，我吓了一跳。但我很快让自己平静下来，我说，或许是别人在用李大林的号。我接通，那边“喂”一声，竟然是李大林的声音。我不敢说话，这的确太诡异了，我惧怕。我劝自己，一定是王守富的那个哥们儿搞错了，李大林还活着，他们传递的是错误消息。我壮着胆子，“喂”了一声，那边说，叔叔，我是李大林的儿子，我叫李小木。今天公安局的人把你的电话给了我妈，我妈让我给你打个电话……我怕陌生电话你不接，就把我爸的那个号充上了话费……

我听见电话那端在抽泣。

第二天天未亮，我告别聚会地，登上去西安的飞机，然后大巴，出租车。七个小时后，我见到了李大林的儿子李小木，

他在他们县城车站接我。我没见到他母亲兰花花，李小木说，我妈知道你要来，去买新鲜牛肉去了。我们这里牛肉面有名，她要亲自给你做。

李小木，一个大学二年级的学生。他太像他爸李大林了。我与李大林军校毕业后，就再也没见过面。李大林留在我印象里的，差不多就是这个样子，只是印象里的李大林苍老些。李小木像他爸刚入伍时的模样。李大林那张身着军装、没戴军衔的照片，就在他影集的首页，他一直引以为豪。他那年轻的模样，曾进驻我的梦境。

李小木说，赵叔叔，我爸去世前，经常谈到你们九中队，你们九（1）班。他提得最多的就是你。他走后，我们一家人，都不忍心把这个痛心的消息告诉你。

李小木是大二的学生，但我不知道他是十八九岁，还是二十出头。我的意思是说，从年龄上判断，我不知道，他是不是当年兰花花到我们学院时怀上的。我没法问。

我伸出手去。他扑了过来，将我紧紧拥抱。他说，叔，我太难受了，我爸他原本可以先开枪的……

我们久久地拥抱。我内心震颤。我闭了眼，感到我拥抱的这个人就是李大林，他并没有死，他只是暂时离开，到某个角落抽烟去了。墙角阴暗处那个黑色的影子就是他，他在那里一

明一暗地吸着烟。现在，他扔了烟头，走出阴影，回到我身边，与我热烈地拥抱。我感受着他的体温，他的气息，他的一切。

3

走吧，叔叔。李小木说。他叫了一辆出租车。我与他坐在后排。我们聊着他爸。见了父亲的老战友，他很激动。对于他爸的离去，他似乎不如我想象的那么悲伤。也难怪，毕竟已过去了一年，时光冲淡了悲伤。他眼里有泪，在打转，他没让它们滚落下来。

他家在县公安局家属院，属于县城中心，我们很快就到了他家。一个女人在楼下迎接我。她说，赵大兄弟，你来了，不好意思，这么远，太辛苦你了。话语带着浓重的陕西鼻音，似曾相识，人却非常陌生，是一个漂亮的女人。李小木说，赵叔，这是我妈。我凝望着眼前这个女人，心里咯噔一下。心想，这个李大林，到底换了老婆。见我愣在那里，那个女人说，赵大兄弟，你不认识我？我是兰花花呀。

我惊立于门洞。怎么可能？记忆中的兰花花，小眼睛，厚嘴唇，高颧骨。她说，赵大兄弟，走吧，先进屋，进屋再说。

她在前，我跟着她。她的背影，她行走的动作，又回到多年前那个兰花花身上。

简单吃过牛肉面，到客厅喝茶。兰花花让李小木到自己的房间，关上门。她声音低下来。她说，兄弟，十年了。十年前，我攒下一些钱，瞒着李大林，到西安去做了整容手术。她说着，就落下泪来。她说，我真的是爱他。可我知道，我配不上他。我觉得对不起他。哪个男人，不希望自己的女人漂亮？我就瞒着他，去做了手术。割双眼皮、磨腮、整牙，把厚嘴唇变薄。大兄弟，你知道吗？是全麻，多么吓人，有人整容，就没有醒过来。我就想，醒过来，就跟他好好过。醒不过来，就给他腾位置，让他找一个称心如意的。

她的话，像出膛的子弹，直击我的心脏。这一曲一曲的，像电影一般，总是在我意料之外。惊诧之余，我更多的是感动。一个女人，能为他冒死整容，李大林这辈子，也值了。

我说，嫂子，你整容回来，李大林啥反应。兰花花说，他那人你还不知道，话少，什么也不说，傻子似的看着我，然后，坐在沙发上抹眼泪。他一直哭了很久，默默地哭，把我吓坏了。自那以后，他对我特别好，处处呵护我，好像我是件瓷器，怕我碎了似的。他话少，凡对我说话，必轻言细语。

我说，嫂子，他是被你感动了。是我，我也会感动得哭。你这得忍受怎样的疼痛，这是冒着生命危险啊。嫂子，你对他是真爱，感天地，泣鬼神。

我计划明天到他的坟地去看他。

老教导员肖正荣来电话，问我到了没有，情况怎么样。他让我了解李大林近二十年来的工作历程、成长轨迹。

他是我们九中队的骄傲，你要把他的事迹整理出来，发在群里，让大伙学习他，缅怀他。我说，教导员，你放心。老教导员让我了解一下他家的情况。他家的情况并不好。李大林儿子读大学，女儿读初三，兰花花一直没有稳定的工作。李大林生前，长期在远离县城的基层派出所。兰花花照顾孩子们上学，公安局给她一个公益岗，其实就是个临时工、保洁员。他们住的是公寓房。

教导员在电话里，让我告诉李小木：好好干，大学毕业后，到部队去。他爸的好多战友，都还在部队，干得快的，副师了，将来还可能成为将军。他们不会忘记他，都会帮他。

李小木说，嗯，我知道了，谢谢大大。

教导员把李大林的事，整理成文字，发在群里，很快，群里就有红包，他们让我点。都是同学们自发捐款，要资助李大林家。有的一千，有的八百，最少也是二百块。几乎所有的人，都捐了。个别没捐的，应该是没看到群里的消息。也就两个钟头吧，就收到45000块钱，老教导员已捐赠了一千，再捐205.20元，这样，捐款总额为45205.20元。老教导员不愧为一名政治工作者，他说，4，代表李大林一家人——李大林，兰花花，他们的儿子、女儿；5205.20，意为我爱你，我爱你，这是我们九中队全体，对李大林一家人的爱。肖正荣说，李大林虽然走了，但他将一直在。

我把钱领了，转账给兰花花。她坚决不要。我说，这是李大林昔日战友的一片心意，你必须收下，是我们资助孩子上学的。兰花花就流着泪，收了。

也算是天意，我来的这天，是九月十日，九月十一日，正是李大林的周年。我决定代表中队的战友，上他坟头，给他烧纸，敬酒，祭奠他。

我想起李大林的爹娘。兰花花说，都走了，二〇一七年走的，一个在春天，一个在秋天。兰花花叹了一口气说，幸亏她们走得早，要不，白发人送黑发人，怎能受得了。

4

我一夜未眠。宾馆的灯光朦胧。朦胧的灯光里，李大林无数次走到我眼前，有时穿着迷彩服，有时穿着警察制服，更多的时候，他穿着短裤、背心，坐在窗前，默无声息地抽着烟。

黎明到来。

车在楼下等我。车上坐着兰花花、她的儿子李小木，还有一个中年男子，是李小木的舅舅。按我的要求，车行到鲜花店。我买了一束鲜花，还买了白酒、火纸、香。烟是李大林的最爱，我给他买了一包软中华。

兰花花说，你还记得他爱抽烟。我说，我们整个九中队，包括队领导，都知道他烟瘾大。她说，是啊，他就是戒不掉。他的肺子不太好，有黑点，与这抽烟有关，可他就是戒不掉。

我不让他抽，他就躲到阳台上，打开窗户偷偷地抽。都是在海岛，在西藏边防，太寂寞。唉，他这人，命苦。烟是什么好东西，那么苦，还呛人。

一路上，车开得很快。按当地风俗，我们得赶在正午十二点以前，祭奠李大林。原来李大林的坟，离得那么远。兰花花说，是土葬。说，他们农村老家，还实行土葬，信奉入土为安。老家都保留着自家的祖坟。但李大林活着的时候，跟他们领导说，如果有一天，他牺牲在工作岗位上，他想埋在他最后战斗的地方，也就是这柳镇派出所附近。兰花花说，他好像知道他会有这一天。他果真走了，他是英雄，民政局特批给了他那片坟地。

我以为那是一片陵园。不是，只有一座孤坟。我看到李大林一个人孤零零地躺在这里，眼泪就涌了出来。

我向他敬酒、献花、烧纸。虽是同辈，逝者为大，我跪在李大林坟前，三叩首。我想说几句话，却泣不成声。花了几分钟时间，我断断续续说着话。我哭着说，哥，你一路走好。我知道他并没有远离，他一直在等我们九中队的兄弟们来送他最后一程。我祝愿他在天堂无疼痛无忧虑。我请他安息！我请他放心，我们九中队一百多个兄弟，会时刻关心关注着他的儿女，把他们当作自己的孩子一样，在他们困难的时候，全力相助。

我爱李大林。我们九中队战友都喜欢他。我相信他在天堂一定能感知这份爱，他因歹徒砍杀受伤的心，会因这份爱而得到抚慰。

往事如风，我在这野外的风中，回望往事。在黑石铺的点点滴滴，随风而至。我听见自己的呼喊，穿越山水，撕裂肺腑：李大林，我的好兄弟……如果不是隔着冰冷的土地，我一定要上前，紧紧地拥抱着他，像在黑石铺那样。

我对兰花花说，嫂子，你带着孩子先走吧，我陪大哥待一会儿。兰花花带着李小木，还有李小木的舅舅，他们先走，在林子外边等我。我从口袋里摸出香烟，点燃，搁在坟边的一块小石头上，把剩下的烟，也搁在石头上。我说，哥，你爱抽烟，你抽吧。这里地广人稀，你不用像在军校那样偷偷地抽，也不用背着兰花花，躲到阳台上抽。

烟不紧不慢地燃烧，星火闪动。

我再次下跪，给李大林磕头。我说，哥，我走了。你安息。有什么事，你就托梦给兄弟。

我起身，擦干泪，眼望四周。虽然孤独，这儿还算敞亮。坟在一片林子里，林子南面是一条河。兰花花说，这是一条界河，省界。河的那边，就是内蒙古。坟后不远处，是一座山。山水辽阔，像我们军校的驻地。放眼望，那不远处的小镇，也像极了黑石铺，只是比黑石铺要小，更像一个村庄。

老教导员肖正荣转业后，被分配到某地方卫视工作。他所主管的处室，有一档展播英雄人物足迹的栏目。老教导员说，赵多，你别急着离开，与兰花花，还有李大林的儿女，好好了解一下他的事迹，拍些他生前的照片，他家人的短视频，我打算给他做一期节目，缅怀我们的好战友。

老教导员说，特别是他工作的那个柳镇派出所，一定要去，看看他生前工作的环境，采访他昔日一起工作的战友。老教导员肖正荣声音哽咽。我说，教导员，你放心，我保证完成任务。

回到兰花花的家，我凝望着墙上李大林的那些照片，还有我与他的合影。我戴着墨镜，吊儿郎当，不像好人。他看上去就是一个不多言语的人，给人的感觉很憨厚，与我形成对比。凝望我与他的合影，我的心一阵痛楚。我愣在客厅里，目光透过窗外，放眼高远的天空。我眼前什么也没有，只有李大林。

我无法接受这个事实，我不相信这是真的。他正值盛年，人生应如他的名字，一片树林，枝繁叶茂。

兰花花说，其实，从警生涯中，这不是他第一次受伤，只是这最后一刀，要了他的命。

他太犟，有时候，我也生他的气。兰花花说，我看他年龄大了，总抽烟，身体不好，不能再像小青年那样，在治安刑警中队拼命了，就去找管业务的副局长，让他关照一下，副局长同意了。我回来跟他说，让他去拜访一下副局长，他就是不去。后来通知来了，让他到公安局机关上班，他赌气不去报到，说我不该找领导说情，他就要留在这个偏远的派出所。赵大兄弟，不瞒你说，我有时也恨他，他犟脾气一上来，真让人受不了。他对柳镇的老百姓好，可对我呢，对孩子呢？别人都往上爬，他却像鸡趴窝似的，趴在那里不动弹。不为我想，也得为孩子想吧……

晚上，柳镇派出所所长郑春雷，在一个茶馆接受了我的采访。郑所长说，赵作家，我不想讲。从去年到今年，我接受过多次记者采访，我向他们一次又一次地讲述，每次，都心如刀割。我不说了，你自己看吧，这是一篇报告文学，《英雄的足迹》，是我写的，文笔没法跟你这位大作家比，但也能看出李大林成为英雄的心路历程。他说着，把一份文件递给我。文件页码不多，但我明显感觉到了它的厚重……

附　录

英雄的足迹

郑春雷

只差一分钟，炸药就爆炸了，他毅然冲上前

那是一个血色黄昏，他冲向人群，像冲向一片火海。他单枪匹马，制服了一个浑身绑着炸弹的嫌疑人。他安全归来，妻子不是惊喜，而是惧怕。她号啕大哭："你疯了吗？如果他引爆炸弹，你连尸首都找不到！"面对妻子的"指责"，他没有丝毫的悔意。他说："一身制服，我别无选择！"

时光回到2008年2月16日，日头西斜。一男子因与前妻产生矛盾，一气之下，要与前妻同归于尽。他身捆两根直径6厘米、长30厘米的钢管，内装8枚雷管、1412克粉状铵梯炸药，来寻前妻。接到报警时，李大林正在查案子的路上，情况紧急，容不得他细想，也顾不上等待同事支援，直奔报案地点。他赶到现场时，嫌疑人正向一公交车站站点走去，当时站点有30多

个等车的群众。“警察！别动！”李大林大喊。他声如响雷。这个平时和颜悦色、沉默寡言的人，怒吼起来，声如洪钟，原来他沉默，是在积攒力量。他的声音还在空中飘荡，人便像一股旋风，扑到嫌疑人面前。他抓住嫌疑人的胳膊，将他撂倒。他们滚在一起。嫌疑人拼命反抗，大喊着：“我跟你们一起死！”说着，就用嘴去咬胸口的木楔子。李大林这才发现，炸弹的起爆器不在他手上，而是挂在他胸前，两个铁片夹着一个木楔子。木楔子一旦被咬掉，铁片相碰，电路接通，炸弹瞬间爆炸，身边这几十名群众的胳膊和腿，便会满天飞扬。那场景让他不寒而栗。没有别的办法，保护群众要紧。“炸弹要爆炸了，你们快跑！”李大林呼喊着，他死死按住嫌疑人的胳膊，腾不出手来控制他的脑袋，只能用头部顶住他的下巴。嫌疑人极力拧着脖子，想避开他，以便挣脱出来。在这危急时刻，一双手死死按住了嫌疑人的脑袋，另一双手抓住嫌疑人的胳膊……一个群众冲上来，另一个群众冲上来，一群人冲上来，把嫌犯牢牢地摁住。事后，爆破专家讲，嫌犯身上的炸药，足够炸平6间平房，一旦爆炸，他和那30多名群众，会成为肉片。

“你怕吗？”庆功会上，记者采访李大林。李大林说：“怕，眼前尽是战争电影里那血肉横飞的场面，但在那种危急时刻，我除了冲上去，别无选择。”

我对李大林的采访是在室外进行的，那是柳镇唯一的公园。公园的长椅旁，就是绿地。那时是初春，乍暖还寒。草坪还没完全绿起来，但能感觉到，草地上积蓄着整个春天的力量，就像这人世间，积攒着数亿老百姓的力量。老百姓是天，老百姓是地，老百姓是我们存在的意义。李大林告诉我，那件事过去很久，他都无法将其淡忘。他无数次回想自己冲向歹徒的情景，眼前总是烟雾弥漫，残肢横飞，断腿四散。“我也后怕呀。”他说，“可是，作为一名曾经的军人，一名党员，一个警察，我别无选择。”

多年来，李大林破了1300多起案子，抓了200多个犯罪分子，受过四次大伤。在干刑警的八年间，他无数次面对穷凶极恶的亡命之徒，命悬一线，他只有进，没有退；只有勇敢，没有怯懦。他说，在那一刻，容不得怯懦，哪怕十分之一秒的犹豫，都会让他，让同事，或者更多的老百姓，瞬间陷入灾难。

只差一厘米，非死即残，他咬住歹徒不放手

两年后，李大林再次与死神擦肩而过。

辖区的一名精神病人陈某，突然发病，用大铁锤狠砸家里的承重墙，半面墙已被他砸塌，同楼道居民，全都跑到了楼下开阔地。这引起了不小的恐慌。李大林接到求助警情，第一时间赶赴现场。在此之前，已有特警、消防武警几十名，跟精神病人对峙，时间长达两个小时，有几个兄弟还受了伤。陈某在家里用砖头和钢钎跟警察对抗，两个民警被扎伤，退了下来。

他是精神病人，不是死刑犯，他们没有权力击毙他，甚至打伤他都不可以，这为工作增加了难度。众兄弟束手无策。见此情景，李大林对现场指挥说：我上！他用盾牌挡住了砸过来的砖头，凭借多年来抓人的经验，找准时机，猛扑过去，将陈某紧紧抱住。他万万没想到，陈某力大如牛，挣脱开他的胳膊，把一尺多长的钢钎，一下子扎进了他的右腿，李大林感到钻心剧痛，但他没有退缩，死死地将陈某压在身下，像一位拳击手一样，再次将对方缠住，扭打在一起，两个特警趁机而上，将陈某制服。

一厘米呀，大夫说，钢钎从他大腿大动脉和主神经中间穿过，哪怕只偏一厘米，他非死即残。

李大林坐在病房里，眼望窗外，窗外的天湛蓝如海。他已有二十多天没回家了，他想他的爱人，那个为他而整容的兰花花。他想儿子，想女儿。英雄有泪不轻弹，他泪落衣衫。

丝毫不差，他被老百姓称为“最美警察”

2017年12月至2018年2月期间，李大林所在的柳镇派出所接到多名群众报警，称自己的电瓶车电瓶在镇超市门口、饭店附近和小区内被盗。报警群众称，犯罪嫌疑人都是将电瓶车车锁破坏后，实施盗窃。柳镇派出所立即成立了专案组，李大林任组长。

犯罪分子是狐狸，我们就是猎人，再狡猾的狐狸，也逃不过猎人的眼睛。李大林对他的警察兄弟们说。他鼓舞着他们。那时柳镇的天正冷，李大林带两名侦察员，在寒冷的天气里蹲守了八个多小时。2018年2月15日黄昏，犯罪嫌疑人董某落网。嫌疑人涉案70起，涉案金额近3万元，追缴涉案电瓶车电瓶68块。丝毫不差，所有丢失的电瓶，都回到失主手中。

2018年6月5日，有人在柳镇向南的红柳河畔发现一名死者，男性，年龄60岁左右。死者身上有多处刀伤。在案发地点不远处，一中年女性报警，称她被人持刀抢劫，犯罪嫌疑人用刀扎伤她后，将其女式挎包抢走。

李大林奔赴现场，仔细勘查，他断定这两起案件为同一人所为，大量排查之后，锁定了嫌疑人。李大林带着三个民警，奋战六昼夜，成功将犯罪嫌疑人抓获，“6·5重大持刀抢劫杀人案”成功告破。

从军装到警服，从军官到警官，从军营到地方，李大林足迹深深，踏地有痕。他人生的方向从未改变，那就是，走向老百姓的内心；他铁骨铮铮，向死而生。先后荣立一等功一次，二等功两次，三等功四次；2016年，他被评为“全省治理自行车电动车被盗问题专项行动”先进个人；2017年，他被县政府授予“十大杰出民警”“全县人民满意民警”称号；同年底，他获全县“最美警察”殊荣……

2018年9月11日正午，一中年男人出现在柳镇菜市场，他手持菜刀，扬言要杀人。李大林飞身到持刀者跟前，将持刀者与老百姓隔开，将自己置于危险之地。他一面规劝持刀者把刀放下，一面寻机想将持刀者制服。在僵持之时，他遵从警察使枪原则，没有轻易开枪。就在歹徒举刀刺向他的那一刻，他才开枪射击。歹徒被击毙，但同时，刀刺中了他的心脏。

李大林看起来并不精干，动作甚至有些迟缓，但那只是表象，他出枪之快，射击目标之精准，在县公安系统是有名的。他遵循警察使枪原则，维护了一个警察的尊严。他倒下了。

李大林走了，我们按照他生前的心愿，把他埋葬在他工作过的这方土地。他喜欢这里，工作之余，常来派出所附近这片林子散步，坐在河边抽烟。这里前临柳河，后依石山。山清水秀，山河辽阔。

图书在版编目（CIP）数据

山河望 / 曾剑著. — 北京 : 北京十月文艺出版社，2022.1

ISBN 978-7-5302-2170-9

Ⅰ. ①山… Ⅱ. ①曾… Ⅲ. ①长篇小说—中国—当代 Ⅳ. ① I247.5

中国版本图书馆 CIP 数据核字（2021）第 138353 号

山河望
SHANHE WANG
曾剑 著

出　　版　北 京 出 版 集 团
　　　　　北京十月文艺出版社
地　　址　北京北三环中路 6 号
邮　　编　100120
网　　址　www.bph.com.cn
发　　行　新经典发行有限公司
　　　　　电话（010）68423599
经　　销　新华书店
印　　刷　河北鹏润印刷有限公司
版　　次　2022 年 1 月第 1 版
　　　　　2022 年 1 月第 1 次印刷
开　　本　880 毫米 ×1230 毫米　1/32
印　　张　12
字　　数　240 千字
书　　号　ISBN 978-7-5302-2170-9
定　　价　59.80 元
质量监督电话　010-58572393
如有印装质量问题，由本社负责调换。

版权所有，未经书面许可，不得转载、复制、翻印，违者必究。